Allison Glenn tried to hide what happened that night...and failed.

a novel

New York Times and USA TODAY bestselling author of The Weight of Silence

真相 THESE THINGS HIDDEN

HEATHER GUDENKAUF

希瑟・古登考夫——著

吳宗璘——譯

春天出版 Spring Publishing

艾莉森

黛文·肯納利朝我走過來，她一如往常，穿著律師灰色套裝，高跟鞋在瓷磚地板上發出清脆響聲。我站著不動，深吸一口氣，拿起我的小背包，裡面裝的是僅有的幾件隨身物品。

黛文要準備帶我去法院指定的林登佛斯中途之家，我至少得要在那裡住六個月以上，證明我可以照顧我自己，好好做一份工作，不要惹麻煩。經過了五年之後，我終於離開克雷文維爾，我滿懷希望，一直看著黛文的後方，希望可以看到爸爸媽媽的身影，但我也知道，其實他們不會出現。「嗨，艾莉森，」她的聲音好溫暖，「準備要走了嗎？」

「對，都好了。」我其實沒那麼有自信，我即將要到陌生的地方，和陌生人一起相處，我沒有錢，沒有工作，沒有朋友，而家人也與我斷絕關係，但我準備好了，也只能如此。

黛文牽起我的手，輕輕捏了我一下，直盯著我，「一切都不會有問題的，知道嗎？」我好不容易嚥下口水，點點頭，自從我被判入獄十年之後，第一次覺得熱淚盈眶。

「我知道這不容易。」黛文伸出手臂，環繞著我的肩膀，我的個子比她高，她很嬌小，語氣輕柔，但每一句話卻剛強堅實，這正是我這麼愛她的原因之一。她總說她會為我全力以赴，而且也說到做到。她態度一直很明確，雖然付錢的是我爸媽，不過我才是她的客戶。她似乎是唯一治得了我爸媽的人，我們第二次和黛文見面的時候（第一次時我還在醫院），我們四人在郡屬監獄的小會議室裡，圍桌而坐，我媽媽想要掌控全局，她不能接受我被逮捕的事實，她認為從頭到尾就是搞錯了，所以她希望我接受審判、努力證明自己無罪，為葛蘭家的人洗刷冤屈。

「請您聽好，」黛文的語調沉著冷靜，「對艾莉森不利的證據已十分確鑿，如果我們讓她接受審判，她恐怕得坐很久的牢，甚至是一輩子。」

「不可能，」母親鎮定的態度與黛文不相上下，「我們要還原真相，艾莉森還是會平安回家，把高中念完，上大學。」有著完美妝容的那張臉因憤怒而顫動，雙手也抖個不停。

爸爸平常擔任金融顧問，好不容易才抽出一個下午趕過來，他突然站起身來，抓起水杯用力向桌面重重一摔，「我們花錢請你，就是要救出艾莉森！」他大吼大叫，「你給我好好搞定！」

我縮在椅子裡頭，心想黛文也會有相同的反應。

但沒有，她只是把雙手平放在桌上，挺直身子，抬起下巴之後，開口說話，「我的任務是審視所有的資料，找出所有的方案，並且幫助艾莉森找出最好的解決之道。」

「選擇只有一種，」爸爸伸出粗長的食指，幾乎快戳到黛文的鼻子，「艾莉森一定要回家！」

「理查！」媽媽的聲音依然冷靜，但已有慍怒。

黛文倒是沒被嚇到，根本沒有閃避，「要是你現在不拿開手指頭，恐怕之後就沒機會了。」

爸爸慢慢把手放下來，肥厚的胸膛正快速劇烈起伏。

「我的任務，」她又重複了一次，眼光死瞪著我爸，「就是要審視證據，選擇最佳辯護策略。檢察官想把艾莉森從少年法庭移送一般法院，並且以一級謀殺罪起訴，如果我們走審判這一條路，她就得在牢裡度過餘生了，我跟你保證。」

爸爸的臉埋入雙手裡，哭了出來，媽媽則是頭低低的，她覺得丟臉而緊緊皺眉。

當我站在法官面前，對了，他長得很像我物理老師，雖然黛安叫我聆判的時候要有心理準備，但我唯一聽到的兩個字：十年，對我來說，這簡直等於我的一生，我沒有辦法把高中念完，也不能繼續打排球、籃球，也不能游泳，參加足球賽季，愛荷華大學的獎學金也沒了，當然也沒辦法當律師。我記得自己轉頭看爸爸媽媽，我的臉上滿是淚，但妹妹沒有來。

「媽媽，求求你。」法警將我帶開的時候，我向媽媽低聲呼救，她的眼光直盯著前方，臉上面無表情，爸爸則是雙眼緊閉，他大口呼吸，努力想要保持鎮定，但他們兩個人根本不看我。現在，我重新恢復自由之身，已經是二十一歲，我不知道他們是否想念我，或者，其實他們想念的是那個符合他們理想典範的女孩。最初負責審理我的案件的是少年法庭，所以媒體不能公佈我的姓名，當案件移送一般法院的那一天，林登佛斯的南部剛好發生大洪水，數百戶民宅全毀，企業損失慘重，共有四人死亡。爸爸動用了他的人脈，加上那天有其他大新聞，所以我的名字從來沒有在報紙上出現。當然，我的父母也欣喜若狂，總算保住一點葛蘭家的顏面。

我跟著黛文走向她的車。這五年來，我第一次感受到飽滿的陽光，它不再是被刺牆阻隔的殘缺光影。八月底了，空氣依然沉重悶熱，我猛力呼吸，發現監獄裡的空氣和外頭的自由空氣沒什麼不同。「想先做些什麼？」黛文問我，我仔細想了想之後，才說出答案。離開克雷文維爾的感覺，我說不上來，我想念開車的感覺，當年我被逮捕的時候，駕照才領不到一年。現在，我終於有了一些隱私，我可以好好去浴室淋浴，吃東西的時候也不會有數十個人盯著我看，雖然我得待在中途之家，但實際上我已經自由了。

說來好笑，我在克雷文維爾待了五年，你一定以為我都在猛抓著牢門、拚命想逃出去吧，但其實並非如此，我的確沒有朋友，也沒有愉快的記憶，但卻有了某些此生從未擁有的東西：平靜，如此珍貴稀有，對於我自己的所作所為，為什麼能夠靜和以待？我不知道，但我就是這樣。

我年輕的時候，也就是在我入獄之前，我的心一直在奔跑，從來沒有停下來過，它一直在跑，跑，跑，我的學業成績滿分，而且是五種運動項目的好手：排球、籃球、田徑、游泳，還有足球。我的朋友都覺得我長得很漂亮，我很有異性緣，但我從來不惹麻煩，然而，這是表面，我的骨子裡卻像是熱血在沸騰，我坐不住，就是沒辦法靜下來。我每天早上六點鐘起床跑步，或者到學校的重訓室做重訓，接著趕快洗澡，把燕麥棒或香蕉塞進背包裡，上一整天的課。放學之後，參加隊訓或球賽，回家與爸媽和布琳吃晚餐，之後再花三四個小時寫功課和讀書。最後，終於，到了午夜時分，我會努力入睡，但這個時刻最可怕了，我躺在床上，心思定不下來，都在擔心父母和其他人對我的看法，還有下一次的考試，下一次的比賽，大學，我的未來。

我還是有辦法讓自己在晚上安靜下來，躺在床上，緊緊裹著被子，想像自己在一條小船上，漂流在看不到岸邊的大湖上，天空宛如一只倒扣的碗，漆黑不見月光，滿天星星眨著眼睛。雖然無風，但是小船會載我穿過幽暗無波的湖面，唯一聽得到的是湖水悠迎船側的聲響。不知道為什麼，這樣就能讓我心靜下來，可以閉上眼睛，好好休息。我十六歲入獄，所以當我十八歲的時候，正好與世隔絕，一開始入獄的幾個禮拜痛苦不堪，等我熬過去之後，我立刻發現自己已經不再需要那條小船，也可以安心入睡。

黛文抬頭看我，滿心期待，等我說出恢復自由之身後第一件想做的事。「我想看爸爸媽媽，還有妹妹。」我好不容易才忍住不哭出來，「我想回家。」

我出了這樣的事，覺得很抱歉，尤其是對我妹妹。我想要道歉彌補，但做得還不夠，她依舊不肯理我。

我被逮捕的時候，布琳十五歲，怎麼說，還未經世事吧，至少，我是這麼想的。布琳從來不生氣，從來沒有，她彷彿能夠把怒氣存在某個小盒子裡，等到滿了，無處可去，怒氣又轉為憂傷。

我們小時候在玩洋娃娃的時候，我總會先搶那個有光潤無瑕臉龐、柔順髮絲的娃娃，布琳只能拿被麥克筆畫鬍子、頭髮被鈍剪刀修得亂七八糟的髒娃娃，布琳似乎也一直不在意，我可以馬上搶走她手上的洋娃娃，但是她臉上的表情卻不會有任何變化，她只會默默拿起那個可憐破相的洋娃娃，擁入懷中，好像那本來就是她想要的一樣。我還可以逼布琳做事，什麼都行——讓她出去倒垃圾，輪到我吸地板的時候，也會喝令她去勞動。

回憶過往，早有徵兆，幾乎很難發現布琳隨和個性裡也有小問題，不過，當我靜心觀察的時候，我看得一清二楚，但我選擇假裝看不到。

布琳會用手指頭拔手臂上的深色汗毛，一根接著一根，直到整隻手臂紅通通光溜溜才停止，她心不在焉，完全沒意識到那看起來有多麼詭怪，等到手上的毛全拔光之後，她開始拔眉毛，我覺得她簡直就是想要全身脫毛。媽媽終於發現布琳的眉毛越來越稀疏，她想盡辦法要阻止妹妹的行為，只要布琳的手準備要碰臉，媽媽的手會立刻飛過來，啪一聲甩開妹妹的手，「你就是要作怪啊？布琳？」她還會這麼問，「你希望其他女孩都在笑你？是不是？」

布琳不再拔眉毛，但是她找到其他方法懲罰自己。猛啃指甲，深啃到裡頭的嫩肉，牙齒緊咬著口腔裡的兩側頰肉，對著瘡痂又摳又抓，直到傷口潰爛才停手。

我們是兩個極端，陰與陽，我又高又壯，布琳比較矮小纖細，我是株巨大碩實的向日葵，總是將我的臉龐迎向陽光，布琳像是水楊梅，纖弱毫不起眼，一旦起風，立刻隨之低垂，我好愛她，世界上沒有任何人、任何事物比得上她，不過，我從來沒有告訴過她。我把她的存在當成理所當然，覺得她永遠會聽我差遣，仰望著我。但我似乎已經消失在她的生活裡了，真的，我不怪她。

我寫信給布琳，一封又一封，但是從來沒有接到她的回信，在這段牢獄生活中，最悲慘的莫過於此。現在我自由了，我可以去找布琳，讓她見到我，好好聽我說話，我別無所求，給我十分鐘就好，然後，又能恢復往日時光，一切如昔。

我們上車，就此告別克雷文維爾，我因為興奮和恐懼而開始胃痛，但黛文的態度很猶豫，「我看，我們先找個地方吃點東西好了，然後再去葛楚特之家安頓好，最後再打電話給你的父母。」

我不想去中途之家，裡面罪行最嚴重的可能就是我——就算是因持槍搶劫和謀殺的吸毒妓女，都比我值得讓人同情。所以，如果我能回家，也比較合情合理，畢竟那是我從小到大生長的地方，有些美好的回憶，雖然曾經發生過慘劇，我也應該待在那裡才是，至少，現在也該讓我回去一下吧。但我看懂了黛文臉上的答案，爸爸媽媽不想見我，不想再和我有任何瓜葛，也不歡迎我回家。

布琳

艾莉森寫的信，我都有收到。有時候，我真的希望自己可以回信給她，去探望她，就像一般姊妹會做的一樣，不過，我總是卻步不前。奶奶說，我應該要和艾莉森說話，要學習原諒她，但我就是沒有辦法，五年前的那個晚上，彷彿有什麼東西擊碎了我的心。我曾經竭盡一切努力，想要好好做艾莉森的妹妹，就像是我們小時候一樣相親相愛，在我的眼中，她無所不能，我以她為傲，大家以為我忌妒她，才不是，我從來沒想過要作艾莉森；我只想當我自己，但沒有人知道，尤其是爸爸媽媽，他們根本不懂。

艾莉森是我知道最厲害的人了，她聰明，擅長運動，人緣好，長得漂亮。大家都喜歡她，雖然她對人也不是那麼好，但她絕對不會對人使壞，她不需要花什麼力氣、就能讓大家都喜歡她，他們就是好愛她，艾莉森的生活遊刃有餘，輕鬆自在，我卻只能站在一旁靜靜當個觀眾。

很久以前，艾莉森還沒變成林登佛斯的完美女孩，爸爸媽媽也還沒把所有希望寄託在她身上，她還願意握著我的手，告訴我一切都很好，沒問題，那個時候，我們形影不離，我們根本就是一對雙胞胎，雖然我們兩個長得一點都不像。艾莉森比我早出生十四個月，個子很高，還有一頭柔滑的金色長髮，銀藍色的眼眸彷彿能夠看透你，或是讓你覺得自己是她唯一在乎的人，但這要看她的心情而定。我個頭小，長相普通，頭髮亂蓬蓬，而且是乾枯的橡樹葉色。

不過，有一次我們彷彿心有靈犀，那時候艾莉森五歲，我四歲，我們一起央求爸爸媽媽讓我們共用一間臥房，雖然全家有五間臥室，而且可以任意挑選，但我們就是想要在一起。當媽媽終於答應的時候，我們把兩張單人床併在一起，還請爸爸幫我們在床上掛起粉紅色的蚊帳，當我們把蚊帳拉起來的時候，感覺就跟在露營一樣。我們可以待在裡面好幾個小時，一起玩翻花繩或是看書。

媽媽的朋友對我們姊妹情深很大驚小怪，「真不知道你怎麼調教的，」她們總是這麼問，「怎麼能讓你兩個女兒處得這麼好？」

媽媽總是露出驕傲的笑容，「就是要教她們互相尊重，」媽媽不改她一貫的自負口吻，「我們希望女兒們要善待彼此，她們也很聽話，還有，我們認為家人要花時間好好相處，這也很重要。」

當媽媽在發表她的大道理的時候，艾莉森總是在翻白眼，我只是在心裡偷笑，我們全家人的確經常在一起，但我們其實幾乎不會聊天。

艾莉森十二歲的時候，決定要搬出我們的房間，要自己住一間臥房，我崩潰了，「為什麼？」我問她，「為什麼要搬走？」

「就是想啊。」她抱著一堆衣服，從我旁邊掠過去。

「你瘋了！我做了什麼事？」我一路跟著她，進了新房間，就在我們房間的右邊，現在，這房間只剩下我一個人了。

「沒有，布琳，你又沒做什麼，我只是想要有點隱私而已。」艾莉森把衣服放進新衣櫃裡，順口回答我的問題，「我住在隔壁而已，又不是從此永不見面，媽啊，布琳，你不會哭出來吧？」

「我不哭。」但我拚命眨眼睛，強忍淚水。

「好吧，那來幫我搬床。」艾莉森抓著我的手臂，回到我們的房間裡，不，我的房間。當我們把床墊推到走廊上的時候，我發現一切都不一樣了，我看著她在新房間裡整理自己的學業和運動的獎章、獎盃以及勳帶，我的心也涼了，我們不會再有任何的相似之處。艾莉森開始漸漸把重心放在她的朋友和課外活動，有個很厲害的排球隊找她入隊，只要有空，她都在運動和讀書，幾乎連一分鐘都不肯放過，但我只想和艾莉森在一起。

爸媽對我毫無同情之意，「布琳，」媽媽告訴我，「你該長大了吧，艾莉森當然會想要自己的房間，要是她不搬出去才奇怪呢。」

我一直很清楚，自己和其他小孩不太一樣，但一直到我媽媽說出這句話的時候，我才驚覺自己是個怪人，我開始看著鏡中的影像，希望可以知道別人覺得我哪裡奇怪。棕色鬈髮，要是沒有用梳子整理得服服貼貼，一定會蓬亂不堪，棕色眼睛上僅存的眉毛，像是又短又稀的逗點，讓我看起來總是面露驚訝。鼻子普普通通，不大不小，我知道自己將來會出現整齊美麗的牙齒，但當我十一歲的時候，上頭還緊緊箍著牙套，一口牙看來像是在值勤而被迫站得直挺挺、排成完美分列式的小士兵。除了我的眉毛之外，我不覺得自己看起來很奇怪，我想，一定是因為我內心世界很古怪，我下定決心，一定要好好掩飾這個部分，我躲在暗處，靜靜觀察，絕對不發表意見看法，反正也不會有人問起，而且，當艾莉森出現的時候，我默默隱身角落，一點也不難。

第一個晚上，我獨自一人睡在我們的房間，我哭出來了，對我一個人來說，這房間實在太大，只有我的小小書架和衣櫃，加上散落的填充動物玩偶，整個房間看起來光禿禿的。我之所以會掉淚，是因為我深愛的姊姊似乎再也不想和我玩了，她離開我的時候，根本也沒多瞄我一眼。一直到她十六歲的那一年，她終於又需要我了。

那天晚上，我本來不會在家的，我打算和朋友們一起去看電影，但是媽媽發現納山・坎菲德也會去，她不會答應的，因為納山曾經因為喝酒還是什麼事情被抓過，她說，我不應該和這種朋友鬼混，所以當晚我被禁足在家。

我經常在想，如果那個晚上我坐在電影院，和納山一起吃爆米花，而不是待在家裡的話，我的人生境遇，或者，應該說我們大家的人生境遇——會多麼不一樣。

我不知道艾莉森現在變成什麼模樣，我猜坐牢應該沒辦法讓人維持美貌。昔日的高顴骨恐怕已經消失在成堆脂肪裡了吧，閃亮的長髮應該也變得鬈曲，而且早就剪得短短的，反正我也不知道，自從警察把艾莉森帶走之後，我就再也沒有看過她。

我想念我姊姊，那個會在我念幼稚園第一天、牽著不停哭泣的我走進教室的姊姊，會教我徹底搞懂拼字的姊姊，會想要教我踢足球的姊姊，我想念的是那一個艾莉森，但另外一個……我一點都不想，就算這一生再也看不到她了也沒關係，自從她坐牢之後，我也墜入地獄，好不容易我終於在奶奶的住處找到自己的家，我有自己的朋友，有同學，有奶奶，還有我的幾隻動物，這就夠了。

我很怕知道這五年的牢獄生活究竟對艾莉森造成什麼改變，她一直很漂亮，而且充滿自信，她以前可以瞪著惡霸鄰居吉米・華倫，還可以跑八英里之後又做一百個仰臥起坐也不會氣喘吁

艾莉森

我猜妹妹根本不知道我剛出獄。在我入獄兩年之後，她高中畢業，也搬出家裡，住在距離林登佛斯北方兩個半小時車程的地方，紐艾莫利。那是爸爸的家鄉，現在她和奶奶住在一起。我最後聽說的消息是，她念了當地的社區大學，學的好像是伴侶動物學。布琳一直很喜歡動物，她能找到自己喜歡的科系，我也很替她開心，如果是爸爸媽媽作主的話，很可能會逼她填補我的空缺、去念法學院。

布琳終究沒有回信，當我打電話去奶奶家的時候，她也還是不肯和我說話。我想說的是，我都懂，我了解她為什麼不想和我再有任何瓜葛，如果我是她，很可能也會和她做出一樣的選擇，但是我不可能和她保持距離這麼久，整整五年的時間，她完全不理我，我知道自己視她為理所當然，但我那時候也還只是個孩子，我再怎麼絕頂聰明，其實也還是根本搞不清楚狀況，我了解自己犯下的過錯；但我只是不知道該怎麼讓妹妹回到我身邊、讓她可以原諒我。

在開回林登佛斯的路途上，我和黛文之間的話不多，但沒關係。當年爸媽請她為我辯護的時候，其實她的年紀也不比我現在大多少，剛從法學院畢業的她，是為了大學時代的男友來到林登佛斯，兩人打算結婚並合開一家律師事務所，最後婚沒有結成，他走了，但她留了下來。要不是因為有黛文，我可能會在牢裡待更久，很久很久，我欠她太多了。

「艾莉森，你現在有了全新的人生起點。」我們要準備上高速公路，下方跨越的是朱伊德河。就在黛文切入車道的時候，她告訴了我這句話，我點點頭，但保持沉默，我是想要裝出開心的樣子，但其實大部分的時間我都很害怕，一路開車回到我自小長大的地方，我覺得好茫然，兩隻手得緊緊揪在一起，不然會一直抖個不停，我們經過以前全家人每週日都會去的教堂、我念過的小學、再也沒辦法畢業的中學，回憶排山倒海而來，「還好嗎？」黛文又問了我一次。

「不知道。」我的回答很誠實，順勢把頭靠在冰涼的車窗玻璃上，我們又安靜下來，經過了聖安娜大學，我第一次遇到克里斯多夫的地方，經過了回家必經的轉彎口，但我們沒有轉過去，然後是足球運動場，我的球隊在這裡連續三年贏得市冠軍。「停車，」我突然開口，「拜託，停在這裡好嗎？」黛文把車子轉進足球運動場，有一群青少女正在踢球。我下車之後，站在邊線看了好一會兒，這些女孩全都在專心比賽，炎熱天氣讓她們臉頰紅通通的，汗水也浸溼了綁在後頭的馬尾。

「可以一起玩嗎？」我開口的聲音細弱羞澀，一點都不像是我的風格，女孩們根本沒有注意到我，繼續專心踢球，「可以一起玩嗎？」我又問了一次，這次堅決多了，一個矮個頭的結實女孩走過來，她的棕色頭髮整個後梳、以髮環固定，她停在我面前，從頭到腳打量了我一番，眼光充滿懷疑，我說：「只要一分鐘就好。」

「那就來吧。」她答應我之後，又快步跑回去追球了。

我小心翼翼進入球場，草地是深濃的翠綠色，我彎腰撫觸，先前一陣暴雨，地面軟溼。我開始奔跑，起初放得很慢，隨即加快腳步，在坐牢的時候，我努力維持體能，會在四面圍牆的庭院裡繞圈跑步，還在囚房裡做伏地挺身和仰臥起坐。但是這個足球場至少有一百碼之長，我很快就氣力竭盡，必須要停下來，我彎身，雙手扶著膝蓋，肌肉已經開始發疼。

女孩們回頭看我，她們的皮膚有健康的曬痕，和我幾乎未曬的慘白肌膚成了明顯對比。有人把球踢給我，一切又回來了，雙腳之間盤球的熟悉感，知道該朝哪裡行進的天生直覺，我在她們之間橫衝直撞，在全場穿梭運球傳球，有那麼一時半刻，我忘了自己是個二十一歲的前科犯，人生早已棄她而去。有個女孩鏟我球，我在一大群人裡鑽進鑽出，突破重圍，我穿著便宜的慢跑鞋，底部沒有防滑釘，所以有點打滑，但很快就找回平衡感，中場衝過來，我假裝要從左翼進攻，把她拋在後頭，然後又一記直傳給那綁髮環的女孩，她一腳攻門，球飛過守門員的肩膀，勁射入網，女孩們爆出歡呼聲。在那一剎那，我以為自己是十三歲，和朋友玩一場臨時起意的球賽，我暢懷大笑，拭去額頭上的汗珠。

我看到黛文依然在邊線那裡耐心等我，臉上露出開心的表情，我一定看起來很蠢，一個穿著卡其褲和馬球衫的大人，居然和一堆小孩在踢足球。

「你天生就是運動的料。」我們走回去的時候，黛文大力稱讚我。

「是啊，現在我覺得好過癮。」我回答得很不好意思，幸好我的臉因為運動而早就漲紅了。

「真不知道你這麼厲害。」黛文回我，「好了，還有一點時間可以吃東西，然後就得和葛楚特之家的人會面，來吧。」

黛文把車停在中途之家前面，這就是我要待半年的地方。此時，天空開始飄雨，這棟大型的維多利亞式房子，有光禿的白色外牆，黑色的百葉窗，門廊上有一排細長的白色廊柱。「居然這麼大。」我仰頭望著房子嘆道，還好前院有著美麗景致，不然看起來還真是可怖。

「裡面有六間臥房，一間住兩到三人。」黛文向我解釋，「你一定會很喜歡歐莉娜。她在十五年前創辦了葛楚特之家，她自己的女兒楚蒂是在出獄之後過世，歐莉娜覺得女兒當初出獄後要是能去法院指定的處所，也許現在還能好好活在人世，所以她成立這個中途之家，希望可以教育這些女性更生人、好好展開新生。」

「她女兒是怎麼死的？」我們下車，向前門走去的時候，忍不住問黛文。

「楚蒂不肯回家和媽媽住在一起，所以她去男友那裡，當初也正是那男人讓她染上毒癮。楚蒂才出獄三天，就因為吸食毒品過量而致死，最後是歐莉娜發現女兒的屍體。」

我不知道該說什麼才好，所以我們冒雨進入門廊，兩人都沉默不語。黛文敲門，來應門的女子約六十歲左右，穿了件寬鬆的丹寧洋裝，她很瘦，一頭銀髮剪得短短的，皮膚曬得很黑，看起來像是在冰箱放太久的乾癟胡蘿蔔。

「黛文！」她大叫一聲，隨即給了黛文一個大大的擁抱，手鐲在她細瘦的腕間發出清脆的聲響。

「嗨，歐莉娜，」黛文笑得很高興，「每次看到你都覺得好開心。」

「想必你一定就是艾莉森了，」歐莉娜放開黛文，握住我的手，她的手心溫暖又堅實，「看到你真好。」她的聲音粗啞低沉，應該是因為抽菸的關係，「歡迎來到葛楚特之家。」她那雙綠色的眼睛一直盯著我的臉。

「幸會。」我也回禮，勇敢迎向她的目光。

「好，快進來，讓我好好為你做介紹。」歐莉娜進入門廳，我看著黛文，胸口湧起一陣慌亂，她對我點點頭，鼓勵我走進去。

「艾莉森，我得回辦公室去了，明天我會打電話給你，好嗎？」她看出我的憂慮，趨前抱住我，雖然我的身體一直很僵硬，但還是很謝謝她的擁抱。「再見了，歐莉娜，謝謝你。」黛文又面向我，「好好待在這裡，不會有事的，需要什麼的話，記得打電話給我。」

「我還好。」但這比較不像是回黛文的話，反而是說給我自己聽的，「一定沒問題的。」我目送她快速走下門廊的階梯，她回到車子那裡，準備過她自己的生活。我心想，我本來也可以這樣的，穿著灰色套裝，開著自己的昂貴房車，載著我的客戶四處跑來跑去。不過，我現在卻揹著背包，裡面是我全部的家當，進到這一間屋子裡，而裡面全都是我先前根本不屑一顧的人。我面向歐莉娜，她正在仔細打量我，我不太確定她臉上的表情是什麼意思，憐憫？悲傷？想起了她的女兒？我真的不知道。

她清了清喉嚨，刺耳潤澀的一聲，隨即繼續帶我介紹環境。「目前這裡有十位住客，加了你之後，十一個，你的室友是碧亞，很好的一個人。好，這裡以前是圖書室，」歐莉娜指著左方一間方正寬敞的房間，「現在我們把它當成會議室，每天晚上七點，大家都到這裡聚會。這裡是餐廳，六點整供餐，至於早餐和午餐就各人自理，廚房在另一頭，等到整個介紹完之後，我會帶你過去，葛楚特之家就和大多數的家庭一樣，生活的重心都在廚房。」

歐莉娜走得越來越快，我得趕緊跟上她的腳步，沒有辦法停下來和每一間的人好好打招呼。在平淡無奇的囚室生涯結束之後，葛楚特之家，簡直是對感官的一陣猛烈奇襲，這裡有顏色明亮的牆面，到處都有畫作和照片，家具與擺飾品，遠方的角落傳來音樂，我還聽到嬰兒的哭聲。歐莉娜看到我疑惑的表情，立刻向我解釋，「住客的家人可以過來訪視，你聽到的是凱西寶寶的哭聲。凱西下個禮拜就要離開這裡，回家和丈夫與小孩團聚。」

歐莉娜指給我看，那裡顯然是家庭房，我開口問道：「她為什麼會到這裡來？」

「在葛楚特之家，我們不會去管大家曾經犯了什麼罪，而是將重點放在如何讓大家過得更好，以及幫助其他人達成目標，大家總說——」歐莉娜此時搖搖頭，「——這裡耳語傳得很快，很快就會知道大家的事了。」

突然之間，我覺得好累，不知道歐莉娜是否馬上就會帶我到房間裡去，我只想要爬進被子裡，好好睡一覺。我們遇到一個矮壯的女人，她一頭黑色長髮及腰，鼻子和嘴唇上還有好幾個刺環，「艾莉森，這是塔巴夏。塔巴夏，這是艾莉森．葛蘭，她會和碧亞睡同一間房。」

「我知道你是誰。」塔巴夏露出怪異的笑容，她抬起裝滿清潔用品的大桶子，順勢把頭髮甩到肩膀後方，我當然不覺得自己入獄的原因會是個永遠的祕密，但我寧可希望自己惡名昭彰是別的原因，偷車、吸古柯鹼都好，甚至是殺了家暴丈夫的女人也沒關係。

「幸會。」我向她問好，但塔巴夏不以為然，哼了好大一聲，我以為她的鼻環會因而飛出來、打到我的胸口。我想到自己的朋友凱蒂，差點哈哈大笑出來，我們十四歲的時候，凱蒂穿了肚臍環，但是她爸爸媽媽並不知情，等到她給我看的時候，肚臍洞已經紅腫發炎。我想要幫她忙，可是她很怕癢，只要我一靠近她的腹部，她立刻開始扭個不停。當布琳走進來的時候，我正在幫凱蒂清理傷口，我們實在忍不住，拚命笑個不停，所以，每當布琳和我一看到別人身上有奇怪的穿環，我們兩個就會一直咯咯笑。

我不想再理會塔巴夏，所以轉頭看著歐莉娜，「不知道這裡有沒有打電話的規定？我想找我妹妹，可以嗎？」

布琳

我聽到電話鈴聲響起，奶奶大聲叫喊，「我來接！」一分鐘之後，她進了廚房，我正在做三明治，我看到奶奶臉上的表情，想必一定是和艾莉森有關。「是你姊姊。」奶奶告訴我。雖然我一直猛搖頭，但是她很堅持，「布琳，你該和姊姊說話才是。」

奶奶想要裝出嚴厲的姿態，但我知道她絕對不會強迫我和姊姊說話，「不要。」我很堅決，繼續在麵包上抹花生醬。

「遲早你還是要和她講話啊。」奶奶循循善誘，「我覺得你這樣會比較舒坦一點。」

「我不要和她講話。」我口氣很硬，但我不氣奶奶，我知道她左右為難。

「布琳，如果你不和艾莉森講電話，也不回她的信，她終究還是會找到其他方法的。」

突然之間，我恍然大悟，從奶奶蒼老和藹的藍色眼眸裡，我知道艾莉森要出獄了，八成已經出來了。

我的雙手開始發抖，一團花生醬從刀尖滑落到地板上，我好怕她會突然出現在這裡，萬一，那時候我人在後院、正在訓練我那隻德國狼犬和鬆獅犬的混種狗米洛，當我一轉身，就看到她人站在那裡看著我，我要和她說什麼？除了她在信裡說的話之外，她還想告訴我什麼？要說抱歉，有多少種方法可以說抱歉？

我拿紙巾彎下腰、把地上的花生醬擦乾淨，不過米洛已經搶先一步吃掉了。

「我沒辦法和她講話。」

奶奶緊抿著雙唇搖頭，充滿無力感，「好吧，我跟她說。不過，布琳，你以後還是得要面對她的啊。」我沒回話，但跟著奶奶走進客廳，看著她拿起電話。

「艾莉森？」奶奶的聲音在顫抖，充滿了感情，「布琳沒辦法接電話。」她聽對方講話，有一會兒沒說話，「她很好……很好……」

我受不了，衝回廚房，抓起我的三明治之後，拉開後門，進入我自己的車子裡面。動物比人好相處多了，我很早以前就懂得這個道理，爸爸媽媽一直禁止我養寵物——太多毛、太髒、要花太多時間照顧。每一次我帶流浪動物回家，我總是滿心期待祈禱父母能讓我收容牠們，只要一次就好。我努力把牠們弄得乾乾淨淨，用舊梳子整理糾結的毛髮，噴體香劑，還用舊牙刷幫牠們清理牙齒。年老又患風溼的雜種狗……耳朵上被打了記號的單眼貓，我真想在爸爸媽媽面前好好炫耀一番，看，他多棒？看，她的毛多軟？看看牠們多麼乖巧可愛又聰明？你們看到我有多寂寞嗎？有發現嗎？但沒有，就是不能養寵物，我爸爸會帶著我，把牠們丟到流浪動物之家，每一次我都嚎啕大哭，而且緊緊抓著小動物不放，逼得牠們伸爪亂抓、想要從我手上逃開。

奶奶倒是願意讓我在她的家裡養寵物，不過她有限制，五隻。我們有兩隻貓，一隻八哥，一隻天竺鼠，還有米洛。奶奶說，要適可而止，她不希望自己變成動物管制員關心訪視的對象。

我正在訓練米洛當治療犬，他現在學的是坐下三十秒，還有聽到呼喊時會過來。奶奶還幫我訓練米洛，讓他遇到兩人爭吵時能夠乖乖坐著不動。我和奶奶會假裝吵架，看是誰要倒垃圾或做晚餐，我猜米洛知道我們不是認真的；他只是在打哈欠，躺下來，來回看著我們，最後我們祖孫兩人開始哈哈大笑。等到我們完成訓練工作之後，我希望可以把米洛帶到養老院或醫院，動物有助於病人和老人減輕疼痛與焦慮，早就已經獲得證實，將來我想要自己開公司，專門訓練動物做寵物治療。我一生中就這麼一個計畫，理想計畫，我只想做這件事，不希望有任何人或任何事物讓我分心，阻撓了我的目標，爸爸媽媽不可以，姊姊更是絕對不行。

要是艾莉森能夠始終如一，總是做出正確的抉擇，就不至於走到今天這般田地了，她不必被迫離開，爸爸媽媽也會很開心，我也可以安心躲在自己應屬的幽暗背景中。但她沒有，她徹底摧毀了一切，還拋下我，留我一個人和爸媽待在同一間屋子裡。

我不是像她一樣的完美女孩，而且我永遠也不可能變成那樣的人，哦，不過我爸媽很努力，在我念高中的這段時間，一直充滿著壓力，只要待在家裡，我就沒有辦法好好思考，做出任何決定，也沒有辦法呼吸。我想要去念聖安娜大學，想要在課業迎頭趕上，想要好好交朋友，但只要我一走進教室裡，馬上就有一股恐慌襲來，它總是先從耳朵開始發作，那奇怪的嗡嗡聲下竄到喉嚨、又流到指尖、造成僵麻，我的胸口縮得好緊，甚至無法呼吸。老師和學生都瞠目結舌看著我，我也會回瞪回去，直到他們彷彿在我的眼前溶解一樣，他們的雙耳縮進臉頰裡，雙唇滴落下巴，什麼都沒有了，只剩下一團肉泥。

我在媽媽的藥櫃裡找到一瓶安眠藥、全部吞下去，我爸媽才驚覺，應該放手了，他們很樂意把我送走，我帶著一只皮箱和抗憂鬱藥，穿越小河走過森林，就此在奶奶家落腳。

這裡一切都很安好，奶奶安排我去看醫生，我按時服藥，也讓我的生活回復正常，我沒事了，但我不想和艾莉森說話，我就是，沒有辦法。這樣比較好，對她對我都是。

一生中就這麼一次，艾莉森必須要付出代價。

艾莉森

我把話筒放回電話機座裡，歐莉娜正以她如小鳥般的敏銳雙眼注視著我，只要我一安頓好，找到工作，首先要做的事情之一就是買手機，至少我講電話的時候能夠有點隱私。我想，爸媽一定會願意幫我買手機，但我不希望自己和他們第一次見面講的就是錢。除此之外，我也希望讓他們看到我過得很好，可以照顧自己。我不知道他們是否想起了我，其實我心裡希望的是，當我到達這裡的時候，已經看到他們的車子停在葛楚特之家的外頭。

歐莉娜一定是靈媒，因為她說：「這裡的許多住客都有手機。但我們這裡也有相關規定，做家事和開會的時候必須關機，我們必須要尊重其他人對於安寧環境的需求。」

她繼續向我介紹屋內環境，她帶我走過廚房，我們大家必須輪流做晚餐。再來是一間八角形房間，有樓梯可通達二樓，這裡是看電視的地方。有個穿著女侍制服的灰髮女子在沙發上打盹，還有一位個子嬌小、深膚色的年輕女子，把小娃娃放在她的腿上，輕哼著西班牙語的歌曲，電視上播的是肥皂劇，已經被調成靜音。

「這位是佛蘿拉，還有她的兒子，馬納羅。」歐莉娜低聲向我介紹，「那位是瑪莎。」歐莉娜向那位睡眼惺忪的女子揮揮手，佛蘿拉瞇起眼睛，露出懷疑神色，而且把馬納羅抱得更緊，那個小男孩向我們伸出肥嘟嘟的手，還露出了笑容。

「幸會。」我先開口打招呼。

佛蘿拉開始對著歐莉娜嘰哩呱啦講西班牙文，她的聲調緊張又急促，而歐莉娜也以西語回她話，我想，因為我的關係，歐莉娜日後還得花好一番力氣安撫其他人。

「上樓吧，我帶你看房間。」歐莉娜輕推我的手肘，促我離開電視房，登上通往臥室的迴旋樓梯，我跟在歐莉娜的後頭，依然可以感覺背後佛蘿拉的眼光。進來不過二十分鐘，但似乎每一個人都已經知道我是誰，之前犯了什麼樣的罪，我知道自己不應該煩惱這種事，畢竟在監獄裡也得面對一樣的問題，但這次說不上來，似乎有哪裡不太一樣。

「我們希望大家都能自動自發整理房子。」歐莉娜向我解釋，的確，我看得出來，這裡一塵不染，地板也非常光潔。歐莉娜輕敲某間緊閉的房門，隨即打開，裡面是個小房間，有上下鋪，還有兩個小小的衣櫃。床鋪上有藍白相間的小花蓋被，還有又厚又軟的枕頭，又一陣疲憊感襲來，我想躺上去休息了。牆壁是天空藍，乾淨的白色窗簾遮住窗戶，這是讓人心情舒緩的房間。

「你的室友碧亞正在外頭工作，幾個小時內就會回來。你要不要先整理一下行李，把東西放好，我等一下再過來找你，繼續介紹這裡的環境。」我看著床鋪，很是猶豫，不知道哪一張才是我的床，「你睡下面，」歐莉娜告訴我，「碧亞喜歡睡上鋪，她說下鋪會讓她覺得有空間幽閉症。」

歐莉娜離開房間的時候，還拍了拍我的手臂。「歐莉娜，」我叫住她，她又轉頭回來，她的臉色如許和藹，讓我好感動，「謝謝。」

「不客氣，」她露出微笑，「先休息一下，有什麼需要喊我一聲就是了。」

我那幾件東西剛好可以全塞進書桌的抽屜裡，空間還很寬裕。就某方面來看，葛楚特之家讓我想到了某年的夏令營，那時候我十一歲，我和人共用上下鋪，而且，就像歐莉娜說的一樣，主要集合地點也貼上清楚明確的行程表，從我們五點半起床到晚上十點半熄燈，一整天全都是各種待辦事項和團體活動，主題從財務管理到情緒管理都有，甚至還包括了面談技巧。

我坐在下鋪試了試床鋪，彈簧很堅實，但還是壓得下去，感覺上是真正的床，而不是像克雷文維爾的制式硬板床，又粗又扎人的床單還有漂白水的味道。我拿起蓬鬆的枕頭，把鼻子埋進去，聞起來有薰衣草的氣味，我的眼裡也泛起淚水，也許這裡沒想像中的那麼糟糕，這世界上不會有比監獄更可怕的地方了。也許其他的女孩也會學著喜歡我，也許爸爸媽媽會忘記鄰居的想法，再次歡迎我以女兒的身分回家，也許，只是也許，布琳會原諒我。

我又再次深吸一口氣，把枕頭往下移，就在這個時候，我看到它了，空洞的眼睛直瞪著我，髒兮兮的塑膠臉似笑非笑，我拿起這個洋娃娃，舊舊爛爛的，好像是從垃圾車裡撿回來的一樣。洋娃娃的裸胸上被寫了字，黑色麥克筆的潦草字跡，現在，我知道這個字終將與我形影不離，無論我去哪裡都一樣——殺手。

克萊兒

書擋書店，潮溼又昏暗。週日下午突如其來的一場暴雨，帶走了八月的窒悶暑氣和所有的客人。克萊兒．凱比正在拆書箱，約書亞從櫃檯後面探出頭來，他的金黃色頭髮翹得亂七八糟，克萊兒好想舔溼手指幫他順髮，但還是忍住了，他的棕色眼睛仰望著她，滿心期待。

「小朋友，需要我幫忙嗎？」克萊兒故意裝腔作勢問兒子。

「我好無聊哦。」約書亞悶悶的，穿著球鞋的小腳踢著櫃檯前方。

「後面的書都看完了嗎？」克萊兒問他，約書亞回頭看著書架和架上的書，又回頭看著媽媽，他點點頭，努力憋笑。

「哦，這樣啊。」克萊兒很懷疑。「楚門呢？」

「在睡覺，」約書亞嘟囔著，眉毛皺在一起，「又在睡。」他說的是他們家裡的六歲紅斑英國鬥牛犬。

「我不怪他呀，下雨天睡午覺剛剛好。」克萊兒回他。「要不要來幫我忙？我還有好多箱子要打開，書也要上架，統統做完才能離開。不然，還是你也想去睡個午覺？」

「我不累。」約書亞態度很硬，不過他眼皮幾乎已經快睜不開了，「爸爸什麼時候會過來？」

「很快就到了。」克萊兒向兒子保證，隨即又傾身靠向櫃檯，親了一下兒子的金髮。她環顧這整家書店，這裡既是避難所，也是枷鎖，多年前這家書店以及它所帶來的沉重負擔，曾經讓她快發瘋了，冗長的工作時間讓她總是耗盡心力，所以她也沒注意到自己長年操勞的身體，最後終於背叛了她。有時候她突然一想到這件事，就讓她心揪得好痛，無論她在做什麼，都必須立刻暫停——服務客戶、拆箱、接電話都一樣，焦慮的手指緊鉗著心口不放，她得要小心撬開，呼吸才能恢復正常。

然後，何其意外，約書亞來了，絕大多數的奇蹟一樣，都是在尋常的日子降臨，他也不例外。那個時候，他們已經坦然接受自己不可能有小孩了，親生或領養都一樣。但自從約書亞報到之後，漸漸地，她反而覺得書擋書店佔去了她寶貴的時間，因為她想要、也需要和自己的兒子在一起，約書亞馬上就要去念幼稚園，她更是不肯放過與他相處的時時刻刻，雖然，她也知道兒子在想什麼，他不想和她一同待在書店裡，比較想在外頭玩耍。

克萊兒一手打理開書店的大小事務，已經有將近十二年的時間。先在林登佛斯都更的市中心，橡樹成蔭的蘇利文街上，找到了完美的地點，弄到小型企業的貸款，開始下購書訂單，找兼職人手幫忙。而強納森的職責是為克萊兒打造一間夢寐以求的美麗書店，這間房子本來是裁縫店，先前的屋主是位單身女子，她在十九世紀中葉與自己年邁的父親搬到林登佛斯。這間房子很漂亮，有做工精緻的錫片天花板，強納森還發現，塗滿斑駁陳年老漆的家具，其實是胡桃木材質，而二樓與閣樓裡到處都是發霉的布匹，珠母貝材質的大鈕釦罐，工作桌下面還藏著衣骨和白鐵工具。克萊兒喜歡想像女裁縫當年在桌上做衣服的場景——蕾絲綴邊的受洗服、繡滿細珠的婚服胸衣、喀什米爾材質的黑色喪服。

約書亞想爬上櫃檯，雙腳一直在他前頭的鑲板上亂蹬亂扒，「好無聊哦，」他滑坐到地板上時又講了一次，隨後又再次問道：「爸爸什麼時候會過來？」

克萊兒走到櫃檯後面，蹲下身，把約書亞抱起，然後將他放在收銀機旁，「他應該再——」她看了一下手錶，「半個小時到一個小時，就會過來接你，好，那現在你想做什麼？」

「我要聽領養紀念日的事。」兒子下令了，克萊兒的表情看起來很令人期待，「拜託啦。」他繼續央求。

「好吧。」克萊兒終於答應，還把兒子擁抱入懷，最近她經常在想，兒子怎麼轉眼之間就這麼大了，她好難想像他居然已經五歲，克萊兒把鼻子埋進約書亞的頸脖裡，大力嗅聞他早晨沐浴時所使用的香皂氣味，芳香宜人。兒子突然之間想要有隱私，開始下令媽媽不准在他洗澡的時候接近浴室。

「只有楚門和爸爸可以進來，因為我們都是男生。」他這麼解釋。

克萊兒也照辦，幫他放好洗澡水之後，她就坐在走廊地板上，整個人靠在緊閉的浴室門口，靜靜等待，不過只要每隔幾分鐘，她就會對著裡頭叫喊，「沒問題吧？」

現在，她把兒子帶到書店角落的舒適絨布沙發上，兩個人坐定之後，約書亞如何變成他們家小孩的故事，立刻就要登場。

「我們要講領養紀念日之前呢，」克萊兒說道，「我們要先說的是第一天看到你的情景。」

約書亞又向前緊挨著她，這孩子如此體貼，總讓克萊兒驚嘆不已，過去這五年來，他天天如此。

「五年前，七月底的時候，爸爸和我坐在餐桌前，正在討論晚餐要吃些什麼的時候，電話響了。」

「是達娜打來的。」約書亞喃喃應和，一邊還玩著她耳垂下方的奶白色珍珠耳環。

「對，是達娜，」克萊兒回他，「她說，醫院裡有一個漂亮的小男孩，正等著我們過去。」

「就是我，那個在醫院裡的嬰兒就是我。」約書亞告訴楚門，這隻狗搖搖晃晃朝這對母子走過來。

「生我的那位女士沒有辦法照顧我，所以把我留在消防隊，然後消防隊員發現我躺在籃子裡。」

「啊？誰告訴你的？」克萊兒問他，一邊用手輕輕戳他的肋骨。

「就是你嘛。」約書亞皺起他的朝天鼻，想要裝出莫可奈何的表情。

「也好，那我們就一起把故事說下去。」

「然後，所有的消防隊員都不知道該怎麼辦！」約書亞大叫，「他們只是站在那裡看著我，『是個嬰兒！』」約書亞把雙手伸出來，手心向上，臉上是生動活潑的驚愕表情。

「當然，你害大家都嚇了一大跳，」克萊兒點點頭，「消防隊員打電話給警察，警察又通知達娜，她再把你帶到醫院裡，最後，達娜又打電話給我們。」

「還有，你第一次抱我的時候，你一直哭，一直哭。」約書亞咯咯笑個不停。

「是呀，」克萊兒也大方承認，「我哭得像個小嬰兒一樣，你是全世界最漂亮的小男孩，而且——」就在這個時候，有人推開書店的門，是強納森，他現在正忙著裝修，身上的T恤和牛仔褲也因而沾滿了多處斑污。

「都好嗎？」他向妻兒打招呼，也忙著甩落黑色鬈髮上的雨滴，「你們在幹嘛？」

「講領養紀念日的故事。」克萊兒解釋。

「啊，原來。」強納森臉上漾著燦爛的笑意，「最美好的一天。」

「那天媽媽哭了。」約書亞說道，他摀住嘴，不讓克萊兒看到，好像以為只要別人看不到他的嘴巴、就聽不見他說的話。

「我知道，」強納森也低聲回話，「那時候我也在場。」

「哎哎，你爸爸也哭啦，」克萊兒抗議，看著她的先生與兒子，充滿愛憐，「我們帶你回家，三十天之後，法官宣佈，『約書亞已經正式成為凱比家族的一員了。』」

「那我之前是誰呢？」約書亞有點擔心。

「你是長了三隻尾巴的狗獾。」強納森故意逗他。

「你是我們每天早上起床時的祈願，你是我們每天晚上入眠前的祝禱。」克萊兒這麼告訴他，她雖然想哭，但只要一想到社工達娜當初萬一撥的是別人的電話，結局就會大不相同，淚又吞了回去。

「我們第一天看到你的時候，你就是凱比家的人了。」強納森一邊回他，也順勢坐到沙發上，剛好讓約書亞被父母緊緊包夾在中間。

「凱比三明治！」約書亞大嚷，這是他最愛的遊戲，「我是花生醬，你是麵包！」

「你是肝泥香腸，」強納森糾正他，「橄欖麵包，煎蛋再加上林堡起司。」

「不是，」約書亞大樂，「你是火雞肉沙拉三明治。」

「喂，我很喜歡吃這個呦。」強納森提出抗議。

「噁心。」約書亞吐出舌頭。

「噁心。」克萊兒跟著附和，強納森此時也看著她，兩人四目相接。他們知道，千辛萬苦終於才有了今天，先是不孕，再來是失去第一個養女的椎心之痛，他們嚐過心碎與失望的滋味。過去，就都過去了，他們的眼光在彼此訴說，現在有了自己的小男孩，這，才是最重要的事。

查爾姆

查爾姆．圖里亞推開書擋書店的大門，她一手拿著教科書，另一手拿著行動電話，因為她擔心蓋斯會打電話給她，查爾姆希望繼父要找她的時候，隨時都可以找到人，她也知道，總有一天會接到繼父倒下、發燒，甚至是更可怕的惡訊的電話。雨已經停了，不過她還是先站在書店門口的地墊上面、仔細抹去腳底的污泥。

克萊兒向她熱情問好，打從幾年前查爾姆第一次到書店開始，克萊兒的溫暖總是一如往昔，她總是問查爾姆護校的課上得怎麼樣，繼父現在過得如何等等。

「現在狀況不是很好，」查爾姆回答她，「居家照顧護士說，可能很快就得要考慮找安寧照護了。」

「真遺憾。」克萊兒的聲音裡流露由衷的悲傷，查爾姆開始假裝低頭翻找錢包，希望不要讓人發現自己眼眶裡盈滿的淚，一想到蓋斯來日無多，她就想哭。克萊兒．凱比人這麼好，她想要回來書店尋找溫暖，總是如此容易，卻又如此艱難。

「約書亞今天有來書店嗎？」查爾姆問道，四處尋找那個小男孩。

「他剛走。」克萊兒很抱歉，「強納森剛接他回家。」

「哦，那幫我向他打招呼吧。」查爾姆努力掩飾自己的失望之情，趕緊拿出自己的教科書清單、放在櫃檯前給克萊兒看，「大部分的書都可以在學校的二手書店裡買到，但就是找不到這本，而且好貴。」查爾姆一邊解釋，一邊指著紙上的某一書名，「你覺得我該怎麼辦好呢？」

「我會幫你查查看。」克萊兒答應要幫忙，「什麼時候畢業？我想應該快了吧？」

「五月，好想趕快畢業。」查爾姆露出微笑。

「明天我會打電話給你，告訴你書找得怎麼樣了。查爾姆，你要好好照顧自己，好不好？還有，你要記得，如果有任何需要，打電話給我。」

「謝謝。」不過查爾姆知道除了找書之外，她絕對不會打電話向克萊兒求援的。她很喜歡這一家人，也很愛和克萊兒聊天，但查爾姆已經知道得太多了。如果克萊兒發現查爾姆居然知道這麼多事，恐怕也不會再以同樣的熱情相待。

查爾姆在雜貨店買了一點東西，隨即開車過了朱伊德河，到達林登佛斯與克拉小鎮之間的鄉間、探望蓋斯，她雖然不想承認，但繼父的健康狀況的確日益惡化。她進入車庫前的車道，凝望著這間小小的三房農舍，她從十歲就開始住在這裡了，蓋斯總是把屋況維持得很好，得要近看才會發現耗損的痕跡，然而，房子真的舊了，黑色百葉窗的塗漆開始褪色、也出現裂痕，白色壁板需要強力洗刷，草坪還是修剪得很整齊，但已經不復以往，蓋斯身體健康的時候，不是如此。有一次查爾姆努力幫忙割草，割出蓋斯喜歡的斜紋圖樣，不過他什麼話都沒有說，查爾姆知道草坪線條不平整，讓繼父很洩氣。最後，查爾姆打電話給一個住在半哩外的十四歲鄰居，請他接手割草工作，但蓋斯絕對不讓別人碰他的花圃，那畢竟還是他的領地，只不過，現在因為他的病，花兒也跟著憔悴了。

查爾姆下車，帶著購物袋走向房子的側門，她看到蓋斯正跪在地上、背對著她，他的頭低低的，她以為他要倒下去了，查爾姆趕緊丟下袋子衝過去，蓋斯一聽到她過來，立刻轉頭，而且慢慢站起來，搖搖晃晃拿起自己可攜式的小氧氣瓶，「查爾姆？你去哪啦？」他的聲音低沉沙啞，「我好擔心你。」格紋襯衫包住他細瘦的骨架，屁股上垂掛著鬆垮垮的卡其褲，蓋斯好不容易才脫下園藝手套，丟到了地板上，他順了順自己臉上的濃密黑髮，雖然他的膚色灰白，兩眼凹陷，但是查爾姆依然看得出來他的光彩，他當年也曾經是個英挺俊拔的男子，母親和他交往的時間，遠超過了其他男人，而且最後還嫁給他。當查爾姆還是小女孩的時候，她看著這一對璧人，心裡滿是驕傲，漂亮的金髮媽媽，還有帥氣又愛逗她開心的消防員，蓋斯。

芮妮．圖里亞和蓋斯在一起四年——查爾姆心想，對媽媽來說，這已經算是世界紀錄了。到了最後，媽媽對自己在幸福家庭中所扮演的角色、還是感到厭倦，離開蓋斯，隨後又與他離婚。他們搬進蓋斯家的時候，查爾姆十歲，等到她媽媽準備要搬出去的時候，查爾姆十四歲，芮妮沒搬太遠，只過了朱伊德河，但後來又搬回林登佛斯。查爾姆和她住了幾個禮拜，但實在忍不下去，某個半夜，查爾姆打電話給蓋斯，求他讓她搬回去住，蓋斯答應了，什麼也沒問，查爾姆和她哥哥想要和蓋斯一起住，他人也夠善良，就讓這兩個孩子住進去了。

現在蓋斯病情嚴重，肺癌，消防員工作與長年抽菸的後遺症。自從他生病之後，他已經在五年前從消防隊退休，自從他得知診斷結果之後，他總是問查爾姆為什麼還要陪伴一個重病老男人，「因為這是我家啊，」她的答案一直沒有變，「你是我的家人。」

「嗨，蓋斯，」查爾姆故作輕鬆，不想讓他知道自己其實十分擔憂，「我剛去書店一下，順便到雜貨店買點東西。」

蓋斯看著她好一會兒，最後才開口問道：「那個小男孩怎麼樣？」

「他不在那裡，但克萊兒說他很好，下禮拜要開始去上幼稚園了，很難想像吧？」

蓋斯搖搖頭，「是啊，真沒想到。他過得好，我也很為他開心。」

「我幫你買了哥拉奇。」他還來不及問約書亞的事，查爾姆已經先開口，她交給他最愛的捷克糕點，蓋斯接過去的時候，查爾姆向他保證，「我一定要學會這道點心。」

「哎不用，這樣就很好了。」雖然他這麼說，但查爾姆知道這並非實情。蓋斯以前會遵照奶奶流傳下來的食譜，做出道地的哥拉奇，但現在他身體太虛弱了，連站個十分鐘都有問題。

「你媽媽打電話找你。」蓋斯的聲音粗啞，聽起來比實際年齡還老個十五歲，查爾姆很難判斷這究竟是因為癌症的關係，抑或是因為她媽媽打電話來而讓他不高興。

查爾姆幾乎不和媽媽講話，母女倆偶爾會想要好好修補關係，但每次面會的結果，通常都是以淚眼婆娑和怒罵相向收場。

「她到底想要幹嘛？」查爾姆悶悶不樂。

父女兩人從側門進入廚房，查爾姆從桌邊拉了張椅子，椅腳在褪色的藍花合成地板上發出噪音，蓋斯慢慢入座，雙腿顫抖不停，她一直很怕他會在家裡摔倒，就在昨天，他絆到地毯與地板接縫的隆起處、因而踉蹌摔倒，不但膝蓋流血，而且也造成手肘瘀傷。查爾姆必須讓他像三歲小孩一樣坐下來，清理他的破皮膝蓋，再幫他貼上急救繃帶。她知道時候到了，應該要和蓋斯討論要找人在白天陪他，因為她那個時間如果不是在上課，就是待在醫院裡。

「她沒有過來吧？」查爾姆眼睛睜得大大的，很是驚恐，萬一她母親真的來過這裡，光看一眼就知道蓋斯的病況有多嚴重，她馬上就會像禿鷹一樣，環伺不去。蓋斯沒什麼財產，但他有房子也有車子，芮妮一直覺得離婚後房子該歸她，查爾姆不可能任由她在這種時候出手染指。

蓋斯搖搖頭，和現在孱弱的身子相比，他的頭看起來好碩大，在過去幾個月當中，他的體重掉得很厲害，「不，她就只是想講話而已。」查爾姆看著蓋斯從袋中拿出一個哥拉奇、咬了一小口，他這個舉動都是為了她，因為他不希望她打電話給醫生，然後醫生又告訴她，你繼父沒吃東西，現在，他啃個幾口之後，就再也吃不下了。

「她不就是要錢嗎？」查爾姆雖然早就知道答案，但還是問了蓋斯。這就是她媽媽的典型作風，不打電話，沒有生日卡片，什麼都沒有。然後，突然之間，呼！電話！當然，芮妮打電話來不是為了要找女兒，她自己一定也很清楚。

「不，不是，」蓋斯很袒護前妻，「她打來只是要知道我們過得好不好。」

「她有提到我嗎？」查爾姆很懷疑。

「當然有啊。」蓋斯的手在顫抖，慢慢將哥拉奇送到唇邊，他的臉色慘白，雖然自己刮鬍子，但是脖子上依然留了好幾處鬍碴。「她問你過得怎麼樣，還有學業，有沒有什麼新動靜。」

「那你怎麼說？」查爾姆的聲音近乎恐懼，她不喜歡媽媽知道她的生活細節，能越少越好，這樣才不會讓媽媽有把柄找她的麻煩。

「我沒有透露太多。」蓋斯語露悲傷，查爾姆知道，他還深愛著自己的母親，她心想，母親的確很可愛，不過，一旦她不可愛了，就變得像討人厭的蚊子一樣，令人只想一巴掌甩開，但即便是事隔多年，蓋斯對她依然無法忘情。「我告訴她你過得不錯，明年春天就會從護校畢業，還有，你是個很善良的女孩子。」但蓋斯的臉色隨即暗沉下來，一朵烏雲飄了過去，「當然，她也問起你哥哥，我說好些年都沒聽到他的消息，而且我也不想知道這兔崽子的下落。」

「但我猜她一定很想知道！」查爾姆笑了，她哥哥是媽媽的心頭肉，他的爸爸是媽媽唯一深愛的男人，但他卻不希望和這女人再有任何瓜葛，查爾姆心想，算他聰明。

蓋斯把哥拉奇放到桌上，看著查爾姆，在他疲憊的藍色眼眸裡，深藏著萬分苦痛，「她說他打電話給她，在她的答錄機裡留了一段奇怪的話。」

「哦？」查爾姆的態度若無其事，彷彿她一點也不在意，「哥哥說了什麼？」

「她沒有說，她只說想和你講話，希望你可以回電話給她。」蓋斯的聲音好沙啞。

「你累了，」查爾姆對他說，「要不要去躺一會兒？」蓋斯沒有多說，一切已無須多言。他慢慢將椅子推離餐桌，顫巍巍起身，「記得嗎？珍今天晚上會過來。」她提醒蓋斯。

珍是訪視護士協會的護士，她幾乎每個傍晚都會過來幫蓋斯檢查身體。早在蓋斯開始咳血、而且意識越來越模糊的時候，查爾姆就開始安排珍過來看他，她會幫忙量血壓，聽肺音，確定他的日常照護無虞。蓋斯總是以自己的外表為傲，而且想要在珍到來之前再好好整理一番，襯衫要塞進褲頭裡，還要梳整頭髮，癌症讓他的膚色變得有些發黃，以往強健的手臂，如今弱如細枝，不過，蓋斯依然是天生的調情高手。

「呀，是珍啊，」蓋斯露出微笑，「我最愛的護士要來了。」

「喂喂，」查爾姆的語氣裡有一絲促狹，「我還以為你最愛的護士是我。」

「你是我最愛的準護士，」蓋斯解釋，「但珍是我最愛的合格護士。」

「哦，這樣啊，也行啦，」查爾姆走到蓋斯後面，深怕他摔倒了，她的模樣，彷彿像是個媽媽在護衛蹣跚學步的小孩，「只要我們講清楚就好。」她先確定蓋斯在床上的位置安全無虞，又在邊桌幫他倒了一杯水，再三確定他的氧氣瓶是否運作正常。

「查爾姆，」蓋斯把被子拉到下巴處，「我今天也和某人談過了，」他的聲音如此嚴肅，她知道接下來的這番話非同小可，「我打電話去安寧照護——」

「蓋斯，」她打斷了繼父的話，「不要……」眼眶裡的淚好刺痛，她還不知道該怎麼面對這個話題。

「我已經打電話給安寧照護中心了，」蓋斯口氣堅定，「如果時候到了，我想要待在自己家裡，我不想住醫院，知道嗎？」

「說這個還太早——」查爾姆才剛說話，卻立刻被蓋斯打斷。

「查爾姆，親愛的小朋友，如果你想要當護士的話，一定要學會傾聽病人的心聲。」

「但你又不是我的病人。」她努力壓抑自己，盡量不哭出來，順手把百葉窗放下來，擋住初午的陽光。

「時候到了，你要打電話給安寧照護中心，我把號碼留在電話旁邊了。」

「好，知道了。」她答應了，但只是為了要討蓋斯開心而已。蓋斯恐怕不久於人世，但她還沒有心理準備，他是她唯一真正的家人，她需要他，然而他的臉已經佈滿了疲憊與痛苦。「我要去學校了，還需要我幫你什麼忙？」查爾姆開口問道，她痛恨離別，但也有一絲解脫感。

克萊兒

克萊兒和強納森並沒有告訴兒子那天所有的細節，他們沒說出口的是，克萊兒看著強納森的手肘擱在餐桌上，雙手緊緊摀住頭，當達娜打電話告訴他們有棄嬰的時候，強納森是如何猶豫不決，克萊兒必須告訴自己，要有耐心，等他。好不容易，終於等強納森抬起頭來，他的前額都是指尖壓印在皮膚所留下的模糊紅點，克萊兒多希望可以走過去，輕柔吻過那每一個紅點。「等到他們找到下一個寄養家庭，我們就把這小孩送走。」強納森這一番話毫無說服力，「你懂嗎？維持不了多久的，沒有辦法，我真的不行。」他用力搖頭，彷彿這依然是個難解習題，「艾拉那一次已經夠受的了，我沒辦法再來一次。和一個小孩親密相繫，最後還是被人給帶走，寄養家庭就是如此，把小孩送回到他們的親生父母身邊。」

「我也不行，」克萊兒低喃，「艾拉那種折磨，我也沒辦法再來一次。」但不知道為什麼，克萊兒知道這個媽媽不會回來了，更不可能把小孩從他們身邊帶走，歷經這一切之後，上帝不可能還這麼殘酷無情。

一年前，愛荷華州另一端的封凍玉米田裡，出現了一具死嬰，自此之後，愛荷華州的立法單位火速通過了「安心避難法案」，允許新手媽媽將兩週以下的新生兒丟在醫院、警局，或是消防隊，也不須擔心遭控遺棄。醫生判斷那小孩應該是一個月大，克萊兒還一度擔心警方會找到遺棄小孩的媽媽，但她的疑慮很快就煙消雲散，這個小男孩，也就是他們要帶回家的小男孩，是第一個適用於此一法案的小嬰兒，他，是他們家的人了。

當達娜把約書亞放進克萊兒的臂彎時，她的傷痛彷彿也因而痊癒了，彷彿流產、手術都是從來不曾發生過的事，痛苦與失落也變成模糊記憶。他們等了這麼多年，就是為了這個漂亮完美的小男孩。

在開回家的途中，他們先去買了必需品，尿布、奶瓶、奶粉，克萊兒後來又想到些什麼，所以拿了一本新生兒名字的書，終於，好不容易，她可以為小孩命名了。這本書依照字母順序排列，其後是名字的來源與意義。克萊兒覺得，這個小孩的名字一定要具有特殊意涵，孩子的生命不是她給的，但她可以好好給這孩子起個名字，這個舉措意義非凡。

克萊兒原本喜歡卡德這個名字，但它意味著圓嘟嘟或結滿疙瘩，強納森喜歡索爾，意思是祈禱，這個名字可以考慮；他們祈禱子嗣已經好幾年了，或是福爾摩斯，意思是指安心避難之地，但強納森覺得這名字聽起來很無趣，而且他馬上就想到其他小孩取笑他是偵探的畫面。克萊兒又向後翻了好幾頁，眼光落在約書亞這個名字上頭，被上帝拯救的意思。「約書亞，」她大聲唸出來，在唇齒間琢磨著這個名字，克萊兒對強納森露出微笑，又回頭看著那個要變成她兒子的寶寶，「約書亞，」她又重複了一次，這次的聲音更清楚，就在這個時候，沉睡中的他發出低聲的輕息，十分滿足，安心，被拯救的孩子。

查爾姆

自從查爾姆開始到聖伊薩多爾醫院當實習護士之後，她無時無刻不想著那個嬰兒。雖然她知道這小孩被照顧得很好，很受到大家的疼愛，但是，只要她經過醫院那個安心避難的黃色標誌，當年丟棄他時所產生的悲傷與解脫感，又會立即湧上心頭，小孩不是她的，老實說，其實她當初也真的是覺得解脫了，如果她沒有把小孩帶去消防隊的話，恐怕很難有機會完成高中學業，更不要說念大學了，而且查爾姆也相信她媽媽一定會不知怎麼就毀了這小娃兒的一生。

查爾姆趕忙跑到那條充滿磚造建築的街道上，這裡是聖安娜大學的校區，此間小型的私立大學座落於林登佛斯的市中心，周遭是歷史悠久的住家與逐漸開始損壞的鋪石路面，她上氣不接下氣，跟上一群學生的腳步，準備去上護理系的領導術和當代議題。蘇菲是個高高瘦瘦的女孩，畢業後想在兒童腫瘤科工作，她現在堅稱自己和母親有心電感應。

「真的，」當他們進入教室的時候，蘇菲再次強調，「我只要心裡想著我媽媽，她就會在一分鐘之內打電話給我。」

「怎麼可能，」查爾姆嗤之以鼻，「我才不信。」她看著同班同學，希望有人可以附和她，但是大家卻只是露出會意的微笑，都在點頭示意，彷彿在說：「是真的，我的好姊妹有這種能耐。」

「那就試試看吧。」查爾姆下戰帖，雙手橫在胸前，整個背靠在椅子上。

「好啊。」蘇菲聳聳肩，從皮包裡找出手機，把它放在查爾姆前方的書桌上。

「現在是怎樣？」查爾姆問道。

「沒啊，我們等就是了，差不多一分鐘左右，我媽媽就會打電話給我。」蘇菲解釋。

查爾姆不可置信，搖搖頭，但果然蘇菲的手機發出振動，開始在桌上輕舞，蘇菲拿起電話，給每一個人看螢幕的來電顯示，媽媽。

「嗨，媽，」蘇菲對著手機講話，「我正想到你呢。」她還對查爾姆露出勝利的微笑。

查爾姆大感驚奇，心情也同時陡然一沉，有誰能和她如此緊密依存？沒有，當然，也絕對不可能是她媽媽，芮妮永遠要做大家注意的焦點人物，對她來說，查爾姆是不夠的，她哥哥也不夠，蓋斯也一樣，芮妮．圖里亞總是想要找尋更好更刺激的事物。查爾姆不知道哥哥的下落，而她猜自己的生父八成也已經死了，查爾姆去年倒是交過一個男朋友，總是一直打電話給她，但那是出於他超級強烈的不安全感，而不是什麼超自然的心心相繫。

蓋斯，她心想，也許她和蓋斯有那樣的深厚情感，是他教她騎腳踏車的，也是他教她怎麼做分數相乘，當她走上講台領取高中畢業證書的時候，也是他坐在觀禮席裡、努力忍著不要讓眼淚掉下來。

查爾姆能當好媽媽，能當好人，全都是來自蓋斯的教導，她知道有一天自己結婚生子之後，她會天天看顧著家，遇到困難悲傷之事、或是覺得無趣，也不會一走了之。

這是她媽媽、哥哥永遠學不會的事。

布琳

今天是我這學期的第一堂課，我已經認識所有的老師和大部分的同學，但依然好緊張，某種熟悉的感覺在胸口騷動，宛如一層厚濁塵土揚起、又落在我的胸骨，我遵照墨利斯醫師的指示，努力做大口深呼吸，真的有效。

我好期待這學期的課；因為我選修了「人類社會中的動物」以及「人文教育與伴侶動物」，而且我也得找校外實習的工作，我已經是動物保護之家的義工，所以接下來會申請去馬場工作。我從來沒有騎過馬，但是我在書上看過，馬匹可以幫助那些出現行為問題、飲食失調的人，甚至自閉症的患者。很多人都不知道，馬兒其實是非常聰明的動物，在十九世紀末期時，有隻名叫「漂亮金凱」的馬，曾經和牠的訓練者威廉．凱醫生一起周遊美國，「漂亮金凱」可以辨識不同的錢幣，而且還會使用收銀機、顯示數字，找回正確的零錢。牠還會拼字，會看時間，據說有六年級小孩的智商，我不知道這是不是真的，但我覺得很有可能。

我聽到手機的振動聲，趕緊在包包裡找手機。我一度擔心是艾莉森從某人那裡問到電話號碼，但連爸媽都不知道我的手機號碼，而且奶奶也不可能會給她。看到來電者的姓名，我笑了，是我的朋友米西，我趕緊打開手機，放到耳邊，「嗨，米西，什麼事？」

「今晚要辦派對，我住的地方，八點鐘。」

「為什麼要辦派對？」我一邊問她，一邊把車停入派瑞利社區大學的停車場裡。

「只是開學聚會啦，要不要來？」

「一定到，」我趕緊拿起後座的課本，準備到動物科學大樓去，「今天我要工作到晚上九點，一結束就過去。」

我搬到紐艾莫利那年的十一月，認識了米西，那年九月，我搬來和奶奶一起住，我整個人低沉又寂寞，前兩個月都待在奶奶屋裡的客房裡，拚命哭個不停，在自己的記事本裡亂塗亂寫，努力不要去想自殺的事。最後，奶奶受夠了，實在看不下去。

「布琳，來吧，」她走進我的房間，坐在床邊，「打起精神、展開新生活的時候到了，」我從床單底下偷偷看著她，但沒有回話，奶奶和爸爸是很不一樣的人，有時候我真是難以想像爸爸是從她肚子裡生下來的，「我想給你看一點東西。」她趁勢拉開我的被子。

「幹嘛啦！」我口氣很不爽，我只想搶回自己的毯子，蒙頭繼續睡，讓我忘了自己是個垃圾、是個一無是處的人。

「來啦，你一定要看。」她伸手拉我起來，把我趕進她的車裡，我們開過紐艾莫利的大街小巷，最後車子停在某棟長方形的金屬建物前，外頭有個大大的招牌，亮紅色的幾個字，「紐艾莫利動物保護之家」。

我挺直身子，面向奶奶，「為什麼要到這裡來？」

「來嘛，我告訴你為什麼。」她對著我笑，我心不甘情不願跟著她走進去，一隻友善的黑色拉布拉多跑出來迎接我們，還有個年紀與我相仿的女孩，穿了件紅背心，上面有個名牌寫著「米西」，她站在櫃檯後方，手裡正抱著一隻小橘貓，我聽到別的地方隱約傳來從狗籠發出的尖叫與哀鳴聲。

「嗨，兩位好，」那女孩的語調很開心，「今天有什麼需要我幫忙的地方？」

奶奶看著我，「布琳，這位小姐可以幫你什麼忙呢？」

「真的嗎？」我不敢置信，「奶奶？你是認真的嗎？」

「快去看看吧。」她望著狗籠區，「那裡有些小動物正等著你……快去。」

「來，」米西說道，「跟我從這邊走。」她打開門，整個房間裡都是狗吠回聲，狹長空間的兩旁都是狗籠，裡面有各式各樣的狗，像是小獵犬、英格蘭雪達犬、拉布拉多犬，以及許多的混血狗，有隻紅棕色毛茸茸的小狗望著我，眼睛發亮、流露哀求神情，我停了下來。

「這是什麼狗？」我開口問米西。

「他叫米洛，德國狼犬和鬆獅犬的混種狗，兩個月大，在南區的某條碎石路上，有人發現了他，可憐的小東西，快餓死了，還嚴重脫水。他活動量大，但個性很可愛。」

我看著奶奶，「可以養這隻嗎？」雖然我開口問她，但卻不敢抱太大希望，他才幾個月大，已經有碩大的腳掌，而且米西還說他活動量很大，「我想，這小傢伙需要我。」

「好啊，布琳，他就是你的了。」奶奶爽快答應，伸出手臂環著我的腰。

也因為米西，我成為這個動物之家的義工，又因而知道社區大學的陪伴動物課程。漂亮愛玩、個性又無拘無束的米西，為什麼會和無趣的我當朋友，依然讓我費疑猜，但我還是很開心。我記得自己十三歲的時候，媽媽逼我和艾莉森一起去參加足球野營隊，我足球踢得很爛，只要球一傳到我這裡來，我鐵定搞砸，艾莉森那個禮拜都裝作不認識我，無論我怎麼用盡辦法要和她講話，努力想要打進她的小組或是朋友圈，她就是不理我，我最後終於受不了，像個小嬰兒一樣啜泣起來，她只是翻白眼，哈哈大笑。後來，我堅持自己扭傷了腳踝，只待在自己的小屋裡不肯出去。

能夠交到朋友，尤其是一個像我一樣熱愛動物的朋友，真的是讓我鬆了一口氣。我把手機放回包包裡，不小心碰到了藥瓶，過去一年來我都在吃這個藥，但我今天沒吃，昨天也沒吃，我現在覺得自己精神更好也更堅強，就連聽到艾莉森出獄的消息，我也不再像一年前那樣煩憂不已。

也許我該停藥了，也許，我已經準備好了，要靠著自己的力量、好好過生活。

艾莉森

我低頭看著那嬰兒洋娃娃，它那雙死氣沉沉的眼睛也盯著我，我覺得全身無力，已經五年又一個月二十七天，她現在應該五歲，或是六十一個月大，或兩百六十九個禮拜，一千八百八十三天，或是四萬五千一百九十二個小時，兩百七十一萬一千五百二十分鐘，或是一億六千兩百六十九萬又一千兩百秒，我分分秒秒都在計算她的年紀。

克雷文維爾監獄裡的許多女犯都有小孩，有些人甚至是在服刑時把小孩生下來。我習慣在監獄的庭院裡繞圈跑步，感受慢跑鞋撞擊著水泥地，讓大量空氣入肺，「你要跑去哪裡？殺嬰兇手？跑累了沒？」我聽到角落裡有人對我說話，隨後又是一串笑聲，我不理她們，除了喊我殺嬰兇手、婊子，或其他更難聽的話之外，她們根本不會和我說話，她們把我當成囚區冒出的一股惡氣。這些女人自己也是殺人兇手；謀殺親夫或男友，不然就是搶劫的時候槍殺店員，但我更罪大惡極，柔弱的小嬰兒，才剛出生幾分鐘，就被扔進河裡，任由河水沖到岸邊，全身遍體鱗傷。

葛楚特之家的這些人，和克雷文維爾的也沒什麼不同，但我從來沒有覺得這麼寂寞過，我知道對爸媽來說，眼看女兒沉淪至此，何其痛苦，但我只求他們能夠過來看看我，我已經好久沒有握過媽媽的手，爸爸也不再撫觸我，也聽不到妹妹銀鈴般的笑聲，我們再也不是相親相愛的一家人，但有時候，當我動也不動，依然能夠想起父親碩大的手，正摸著我的頭，有時候，當我閉上眼睛，我也會想起在失控前的一切，我回到高中生活，在田徑場上跑步，想要打破自己所保持的最佳紀錄，還有，坐在自己的房間裡算微積分作業，幫媽媽做晚餐，和妹妹聊天。

我早有計畫，要在大學入學考試拿下第一名，然後要在愛荷華大學或是賓州州立大學參加排球校隊，主修法律預科，然後念法學院，我未來的人生藍圖已經都規劃好了。現在，什麼都沒了，都結束了，只是因為某個男孩，還有，我懷孕了。

我第一次見到黛文的時候，人已經躺在醫院裡，吊著點滴，她說檢方要以一級謀殺罪和危害兒童罪起訴我，「把嬰兒丟進河裡之前，她是不是已經死了？」第一次會面，她就開門見山問我，我只是聳聳肩，沒有回答。

「你覺得她那時候已經死了嗎？」黛文再次問我，在我面前來回踱步，不肯放棄，但我只想要整個人縮成一團、靜靜死去，但她卻不停追問我發生的所有細節。

「對，」我終於開口，「對，我想它那時候已經死了。」

她定住不動了。「她不是動物，不可以說『它』，明白嗎？」她的態度很嚴峻，「你可以稱其為『那個嬰兒』或是『她』，但絕對不可以說『它』，懂不懂？」

我點點頭，「我真的覺得『那個嬰兒』已經死掉了。」話雖如此，但連我自己也不相信，因為我說的並非實情，驗屍結果也證明了這一點。

最後，黛文為我提出的辯護理由是過失致死罪，五年徒刑的第四級重罪，還有第二級重罪的危害兒童罪，我很可能因此被關五十年以上，但是黛文跟我再三保證，真正的刑期不可能這麼久。我不必站到被告席為自己辯護，不需要，我也沒有機會告訴別人當晚所發生的事，而且似乎也沒有人有興趣知道當時的細節。我猜，大家在我身上可能看到了某人的影子，姊妹，女兒，孫女，甚至是他們自己。每個人都大致了解案情，這就夠了。黛文是對的，我最後獲判十年徒刑，在克雷文維爾發監執行，當下聽到的時候覺得可怕，但至少比被關五十年好多了，我問黛文，為什麼刑期會變得這麼短。

「很多因素，」黛文解釋給我聽，「監獄有太多服刑人，衡諸案件本身情況，艾莉森，十年是認罪協商的結果。」

一個月之前，黛文來探監，那時候我正在庭院裡跑步，水泥地裡冒出七月的輻射熱氣，溫熱的氣息滲入我的球鞋和襪子裡，我氣喘吁吁，看到黛文朝我迅速走過來，她一身灰西裝，那彷彿已經像是她的制服了，她腳上穿的是高跟鞋。我從來沒有穿過高跟鞋，我從來不去跳舞，更沒機會參加畢業舞會。

「有好消息，艾莉森，」她的開場白也兼作招呼，「假釋委員會正在複審你的案子，下個禮拜你要去委員會一趟。」

「假釋？」我愣住了，「但現在才五年啊？」我從來不敢妄想自己可以早點出獄。

「你素行良好，符合假釋聽證的條件，你說是不是很棒？」她看著我憂愁的臉，露出不解的神情。

「很好啊。」我這麼回她，但主要是因為她想聽到這個答案，我該怎麼向她解釋？我已經習慣被監禁的生活，可怕的食物和監獄裡的惡行，對於自己為什麼來到這裡及其過程也逐漸釋懷，其實，我現在覺得很安穩，我的一生中何曾有過這樣的時刻？不需要當完美的人，也不需要計畫未來，我的監獄生涯宛若死灰，這十年，我只要能活著就夠了。

「針對假釋委員會可能問你的問題，我們得要坐下來好好演練一番，最重要的是，你一定要表現出自己的悔意。」

「悔意？」

「悔意，懊悔，」黛文言簡意賅，「對於自己所犯下的過錯，你覺得很抱歉，這就是關鍵之所在，如果你沒有顯露悔意，不可能會核准你的假釋聲請。你可以吧？因為自己把剛出生的小嬰兒丟到河裡，覺得很抱歉？」她問我，「你說是不是？」

「是，」我終於說出口了，「沒問題，我會這麼告訴他們的。」我的確說到做到，我坐在假釋委員的面前，看著他們審閱我的檔案資料，他們稱讚我在獄中表現良好，包括我在監獄餐廳的工作，還有我拿到了高中文憑與學分，可以繼續取得大學學位，他們看著我，充滿了期待的眼光，等我說出那句話，「我很抱歉，」我說，「傷害自己的小孩，害她死掉，我覺得好對不起她，實在是大錯特錯，真是悔不當初。」

爸爸媽媽沒有參加這一場聽證，我擔心他們缺席會讓假釋委員會留下不好的印象，認為連自己的父母都不支持我、不希望我獲釋出獄，不過黛文說不必擔心；因為奶奶到了聽證會現場，而且我提早假釋的機會很高，「重要的是你在獄中的表現是否良好，是否有心向善。」黛文說得沒錯，她總是對的，假釋委員會最後一致投票通過我的假釋聲請案。

我在晚餐時間見到了室友，碧亞，以前因吸食海洛因而入獄。餐桌上只有五個人，其他的人都在工作，或正在從事其他符合規定的活動。我很想知道大家都做些什麼工作，因為我真的好想趕快開始自己賺錢——但我卻遲遲不敢開口發問，甚至也沒膽說半個字。大家盯著我，彷彿我像是有瘟疫還是什麼病，但碧亞除外，對，她似乎覺得我的過往也沒什麼，不然就是她還不知道我曾經犯下的惡行。碧亞的臉龐因吸毒而消瘦凹陷，雙眼死黑，彷彿曾經目睹過地獄或更可怕的事物，她也有細瘦結實的手臂，看起來修理我們任何一個人都沒有問題，所以大家似乎都對她敬畏三分。葛楚特之家嚴禁出現任何暴力行為，不過，碧亞到這裡的第一個晚上，葛楚特之家就出事了，她講得口沫橫飛。

「有兩個人為了誰可以先用電話而吵架，那個因侵吞公款入獄的女人，直接抓起電話砸向另一個女孩的臉，」碧亞想到這段往事，開始哈哈大笑，「鮮血牙齒飛得到處都是，歐莉娜，你還記得吧？」碧亞叉起青豆，一邊問道。

「記得，」歐莉娜的表情很僵硬，「亂七八糟，我們得打電話叫警察過來。」

「對，而且因為我是菜鳥，所以得要清理現場。」碧亞不禁打了個哆嗦。

「喂，碧亞，」歐莉娜輕聲斥責她，「我有幫你。」

用完晚餐，洗完碗盤之後，我打電話給爸爸媽媽，也再次打給布琳，但是都沒有人接電話。我呆坐在沙發上，我的手裡依然拿著話筒、聽著撥號音，歐莉娜進來，從我手中溫柔取下電話，她婉聲告訴我只能待到七點，再來是團體聚會的時間。我先上樓，回到自己的房間，又看到另外一個被放在金屬水桶裡的爛娃娃迎接我，我一點也不覺得意外。我用力嚥口水，胸口鬱結著一股怒氣，這些女人自己以前作姦犯科，居然敢對我有意見？我憑藉著往日在足球營所受過的踢球訓練，猛踹水桶，敲到了硬木地板，發出匡啷聲響，水噴濺得到處都是，還在我腳邊積出了水坑。我聽到走廊上傳出腳步聲與竊笑聲，我旋即轉身，用力甩門，牆壁也因而震搖，回音傳遍了整個屋子。

幾分鐘之後，有人敲門，「滾開！」我憤怒大吼。

「艾莉森？」是歐莉娜，「你還好嗎？」

「沒事，我只想要一個人靜一靜。」我的聲調和緩多了。

「我可以進去嗎？一會兒就好？」歐莉娜問我。我想說不行，我想爬出窗外趕快逃走，但是我沒辦法回家，也無法離開這個地區，「艾莉森，求你開門好嗎？」

我偷偷開了一點門縫，看到歐莉娜的綠色眼珠正盯著我瞧。

「我真的沒事。」但是水桶裡的水已經漸漸淹到走廊，歐莉娜靜靜等著，一句話也沒說，只是用那雙會意的雙眼仰望著我，我終於讓她進來。

歐莉娜看著被踢翻的水桶、洋娃娃，還有一大灘水，嘆了一口氣，「艾莉森，很抱歉發生這種事，」歐莉娜告訴我，「隨她們去吧，保持低調，做好自己的工作，她們日後也就不會對你有差別待遇。」想必她發現了我臉上的哀憂，因為她問我，「今晚團體聚會時要不要討論這件事？」

「不要。」我態度很堅決，我知道。與這些人當面起衝突，沒有任何好處。

「我幫你拿條毛巾。」歐莉娜拍拍我，留我一個人緩和情緒。我想要保持低調，一個月兩次，乖乖向假釋官報到，做好份內工作，管好自己的事情，但我知道她們不可能輕言放過我，她們痛恨我所犯下的罪行，我很清楚，她們覺得自己比我高尚，認為自己所幹的壞事都有極其合理的藉口，都是毒品害的，都是男朋友害的，都是悲慘童年害的，但我呢？我有完美的雙親，美好的童年與生活，我找不出任何藉口。歐莉娜回來了，交給我一疊毛巾，「要不要我幫忙？」

我搖搖頭，「沒關係，謝謝，我自己來就好。」但她還是進來了，拿起水桶和娃娃，然後輕輕掩上房門。我擦乾地上的水漬之後，躺在下鋪，想要閉上眼睛，但只要我一眨眼，就只會看到那個娃娃的死沉雙眼。

我回想起那天晚上的情景，記得那娃娃的哭聲不像電影或是電視裡演的那樣，起初，是媽媽咬牙切齒在呻吟，然後使勁全力一推，寶寶出現了，嚎啕大哭，彷彿被迫從溫暖陰暗的羊水子宮出來、進入這個明亮冷酷的世界，真叫人忿恨不平一樣。但那一聲啼哭，從來沒有出現。

當布琳把嬰兒抱給我的時候，我可以看出她眼底的恐懼，我告訴她我不要，我不想碰她，所以布琳雙手顫抖，剪斷了臍帶，把她放在房間角落地板上的小包袱裡，「艾莉森，我們要找醫生。」她拂著我額頭前的汗溼髮綹，聲音裡盡是擔憂，我全身冷到不行，牙齒不聽使喚而打顫出聲，布琳看著那安靜、動也不動的嬰兒，「我們要打電話找人幫忙才行……」

「不，不可以，」我的聲音含糊，努力想要蓋住自己的大腿，因為我現在才意識到自己下半身光溜溜的，我想控制自己嘴巴肌肉，讓講出來的話保持順暢，如果不能這樣，我知道布琳會崩潰的，「不，絕對不能告訴別人，現在不需要有人知道這件事。」我知道自己的聲調聽起來很冷靜，甚至冷酷，但我也說過了，我是有計畫的人：畢業典禮的代表、排球隊獎學金、大學、法學院。克里斯多夫，是個錯誤，懷孕，更是大錯特錯。我只希望布琳可以冷靜下來，好好陪著我就行了。

「啊，艾莉，」布琳的下巴在顫抖，眼淚撲簌簌掉下來，話也說得抽抽答答，「我一下就回來。」她仔細整理我周邊的被褥，「我把這些床單床被拿去丟掉。」我真的好想睡好想睡，我想要閉上眼睛，從此消失不見。

我運用手臂的力量，從溼漉漉的床上起身，慢慢將雙腿移至床邊，兩腿之間的劇痛讓我幾乎想要大叫出來，我等著這股刺痛轉為陣痛之後，才站起身，手還是扶著邊桌當支撐，我看著房間角落，布琳留下嬰兒的那個地方，我可以，我告訴自己，一定得親自來。

我終於站穩了，低頭一看，發現大腿上有鐵鏽色的污痕，布琳已經很努力幫我擦拭身子，但是我的腿間依然不斷滴落鮮血，我痛苦哀鳴，流了好多血。我看到角落的那個用毛巾裹成的包袱，裡面是那嬰兒，看起來距離我好遠，我要穿上衣服，好好把這裡收拾乾淨。馬上就要天黑了，爸爸媽媽隨時有可能提早回來，我得當機立斷。雨滴落在屋頂，我依稀聽到布琳走下樓、關上紗門的聲響，我知道我該做什麼，應該把她帶去什麼樣的地方，看起來就像是她從來不曾在這裡出現過，根本不存在，之後，我會趕緊整理臥室，再假裝得了感冒，躺在床上好幾天，之後讓一切回歸正常，平靜無事。

但似乎無法就此了斷，我說，那小東西，它像是某種惡性腫瘤，和我緊密相繫，也和布琳分不開，甚至，連我的父母也是，我們再也無法擺脫。我開始哭，我這一生從來沒有出過差錯，但就這麼一次，我毀了。只不過犯了一次錯，真是太不公平了。

克萊兒

克萊兒走進這間老式維多利亞建築裡，這是她和強納森十二年前買下來、並用心翻修的成果，她心裡惦記著過幾天要打電話給查爾姆，不知道她最近過得怎麼樣，這些年來，她越來越喜歡查爾姆這孩子，身材圓滾滾，講話輕柔的小女孩，特別喜歡自我成長類的書籍。當年，查爾姆買下《離婚的影響》這本書，克萊兒才知道查爾姆自十歲起與繼父蓋斯同住，而就連媽媽離婚搬走之後，她也還是繼續住在繼父那裡。再來她又買了《兄弟姊妹：一生的緊密關係》，查爾姆告訴克萊兒，已經有好幾年的時間沒看過自己的哥哥，但萬一他回來的話，她希望自己已經做好心理準備。等到查爾姆要開始念大學的時候，她又帶著教科書的書單來到書店，克萊兒才知道她一心想當護士，因為蓋斯最近剛被診斷出罹患肺癌。查爾姆也會選書送給朋友，她還曾經為初戀男友、買了一本關於籃球的書。

還有一次，她買的是《母親：支持我的搖籃》，作者瑪亞・安哲羅為了想要修補與媽媽的關係，因而寫了這本書。「她搞不懂，」查爾姆後來告訴克萊兒，「她以為我送她這本詩集是為了要嘲笑她，攻擊她不擅母職，我真的是被她打敗了。」查爾姆的語調悲傷，克萊兒心中不禁暗暗慶幸，自己每一天都告訴約書亞自己有多愛他，雖然，她有時候也會犯錯，就像是某次她錯罵約書亞，居然把他的萬聖節糖果全餵給了楚門，不過，她很有信心，約書亞絕對不可能，絕對不會懷疑她的愛。

克萊兒看到約書亞正在客廳地板上丟網球給楚門，但這隻狗卻只是懶洋洋地看著球滾過去，「快去！楚門！」約書亞催促著牠，「快去撿球！」約書亞依然不放棄，楚門站起來，但卻是離開了客廳，「楚門！」約書亞的叫聲好失望。

「牠會回來的，」克萊兒彎身把球撿起，又交回給約書亞，「不要擔心。」

「電視上有隻鬥牛犬，叫作泰森，牠知道怎麼溜滑雪板。」約書亞一邊抱怨，一邊緊捏著短褲皺巴巴的摺邊，「楚門連追球都不會。」

「楚門會做其他事，也是很酷啊。」克萊兒抓頭猛想。

「像什麼？」約書亞面無表情。

「三秒鐘吞掉一整條吐司。」她想出了答案，但約書亞並不領情，克萊兒嘆了一口氣，坐在地板上挨在他旁邊，「你知道楚門其實是個大英雄？」約書亞一臉狐疑，「當初你到我們家的時候，又輕又小。」

「我記得，」約書亞一臉聰慧，「六磅。」

「有一天晚上，大概是你來我們家一個禮拜左右之後，那時候你正睡在小床裡，爸爸和我好累，那時候雖然才七點半，但我們兩個還是在沙發上睡著了。」

約書亞笑了，「七點半你就睡了啊？」

「對，我們真的睡著了。」克萊兒伸過去握兒子的手，不知道為什麼，他的手已經不再像以前那麼肥嫩柔軟，他的手指很纖長，克萊兒一度在想，不知道這是誰的遺傳？生母或是生父？

「當你還是個小嬰兒的時候，睡得並不多，所以只要你睡著，我們也跟著睡。好，我們在沙發上睡得很沉，突然之間聽到楚門在狂吠，你爸爸想把牠帶出去，但楚門就是不依，爸爸追著牠，但牠就是又跑又叫，我在旁邊看，其實覺得很好玩。」一想到強納森跌跌撞撞追狗的畫面，這對母子不禁露出微笑，「最後，楚門爬上樓梯繼續吠，等著我們上樓，然後牠又衝到你的房間裡面，我們兩個一直低聲逼牠要安靜，『噓，楚門，乖，你會吵醒約書亞。』但牠還是一直吠個不停，突然之間，你爸爸和我懂了，出事了，而且很嚴重，因為楚門叫成這樣，你應該早就哭個不停才對。」

約書亞也不禁皺起眉頭，「我沒有醒過來啊？」

「沒有，你沒醒。」克萊兒一想到當年的往事，不禁打了個寒顫，趕緊把兒子拉到懷中。

「為什麼沒有？」約書亞一邊問媽媽，一邊把玩著她的結婚戒指，又把它放到自己的大拇指裡、來回推動，鑽石在牆面上投射出斑斕的虹光。

「爸爸打開你房裡的燈，你在小床裡，看起來睡得很好，但其實出問題了，你沒有呼吸。」約書亞的手僵住不動了，但一句話都沒說，「爸爸趕緊把你抱起來，你一定是被他的大動作給嚇到、呼吸立刻又回來了，你開始哇哇大哭。」

「呼！」約書亞鬆了一口氣，又開始在轉玩戒指。

「真的是『呼』，大家都鬆了一口氣，」克萊兒強調，「楚門是那一天的救星，好，牠雖然可能不知道怎麼玩滑雪板，但是牠真的是很特別的狗。」

「我想也是，」約書亞喃喃說道，「我要去向牠說對不起。」他把戒指套回媽媽的食指之後，蹦蹦跳跳去找楚門了。克萊兒還有些事情沒說出口，當他們夫妻兩人看著他臉色發青、動也不動躺在小床的時候，她也沒了呼吸，直到他發出嚎哭聲，她的魂才回來。她不禁心想，萬一他走了？是不是上帝改變心意？幸好空氣又再度盈滿他小小的肺腔，她也跟著恢復了呼吸。

克萊兒慢慢移動腳步，她很清楚自己畢竟已經四十五歲了，等到約書亞過十歲生日的時候，她就是半百之人，等到兒子四十歲的時候，她也已經是八十歲。做人母親，是她此生以來最困難艱鉅、也是最美好的挑戰，自從約書亞走入她的生命之後，最令人歡喜的除了聽兒子喊她媽媽之外，也許就是看著父子兩人玩在一塊兒，他們兩個會一起看居家裝修雜誌，聚精會神看舊電視影集《老屋子》，克萊兒只要問約書亞長大以後想做什麼，她一定會開懷大笑，因為他的答案是《老屋子》的主持人鮑伯．維拉，或是跟爸爸一樣。他們會一起削木、磨砂紙，和上漆，同心協力整理壁爐架、衣櫃，還有欄杆，她看著強納森教導約書亞敲釘和鎖螺絲，心裡滿是驕傲。

雖然他們只有約書亞這個小孩，但克萊兒知道他的確跟其他孩子不太一樣。她一直覺得約書亞簡直就是個愛作夢的小孩，腦袋裡充滿著各式各樣天馬行空的想法，當他們和他講話的時候，他似乎總是沒有聽進去，她也不在意。他們會多次提醒他該做些什麼事，他似乎都有聽懂，但是幾乎都沒動靜，還有幾次，他似乎根本沒有理會父母所說的話，只是發呆望著遠方，她也不知道他為什麼這麼出神，然後他居然就走了，他們還得把他輕聲喚回來，他的周邊似乎有某種保護機制，讓他可以遠離這個世界的嚴峻險惡，要是沒有這一層的緩衝，她相信這孩子終將暴露在危險之中、脆弱不堪。克萊兒不知道這是否與他幾次出現缺氧有關、抑或是他剛出生時曾經遇到創傷，有時候，她好擔心他們的愛還不夠，無法讓約書亞重新恢復對這個世界的信任感。

克萊兒伸出食指，慢慢滑過沙發邊的那一排照片，裡面都是他的成長歷程，他們帶他回家、正式成為家裡的一份子、第一次吃流質食物，還有第一個聖誕節。每一天，克萊兒都會祈謝五年前把約書亞留在消防隊的那個女孩，正是因為她，他們夫妻兩人才有了這個兒子。有時候她也不禁對那女人感到很好奇，那個生下約書亞的女子，她住在林登佛斯？或是從遙遠的地方而來？她是不是只有十多歲？不知道該如何是好？又或是已經成年？已經生下了好幾個孩子而無力再繼續撫養？也許約書亞在別的地方有與他模樣相似的兄弟姊妹，也許他媽媽在吸毒，也可能是家暴的受害者。克萊兒不知道答案，其實也不想知道，這女孩放棄了自己的兒子，她衷心感謝，但無論是基於利他還是自私，究竟是什麼人給了她這一切？她不想知道答案。

布琳

米西的一房小公寓裡擠滿了好多人，她還有另外兩個室友。但米西是我唯一認識的人，她正在沙發上和某個男生親熱，我站在角落很彆扭，盡量不要去注意他們兩個人的熱吻，那男孩把舌頭伸入米西的唇間，他的手也在她的身上遊走。有人硬塞給我一杯飲料，我大口喝下，準備迎接全身舒服暢快的麻痺感。我在服藥，照理說不該讓任何的酒精下肚，但反正我已經好幾天沒吃藥了，也沒關係。有個男孩穿過人群擠過來，我猜我在學校裡看過他。

「嗨！」他講話好大聲，努力想蓋過震耳欲聾的音樂。

「嗨。」我的心裡很懊惱，因為我的社交能力一直都很遜。這男孩塊頭不高，但還是比我高，金黃色的頭髮上抹滿髮膠，豎得直挺挺的。

「我應該認識你。」他靠過來，身上有股甜美的氣味，好像是水果酒。

「哦。」我應答得很隨意，假裝自己天天都會遇到這種事，我想再喝一口杯裡的酒，卻發現杯底已經空了，我的臉馬上垮下來。

「來，喝我的吧。」他動作豪邁，拿自己的T恤擦拭酒瓶口。這男孩的鼻子上有一小叢褐色雀斑，我很想要伸出手指一一數算。現在我覺得頭好暈，只好倚在牆上維持平衡。

「謝謝。」我接過來，也喝了，因為我想不出口該說些什麼。

「我是羅伯．貝克。」他露出笑容自我介紹。

「幸會，」我也對他微笑，「我叫布琳。」

「我知道，」他說，「你是布琳．葛蘭。」我笑得更開心了，他知道我是誰。

「對，是我。」我的聲調充滿挑逗，而且還醉步向前，更靠近了他一點，不知道如果吻著他、他的舌抵著我的舌是什麼滋味。

「我是林登佛斯人。」他開口了，我的心突然一緊，「我們以前去同一間教堂。」要來了，他看我，不是因為他在學校裡一直注意我，也不是因為他覺得我長得漂亮，現在我只能對著他眨眼睛，一句話都說不出口，「你的姊姊是艾莉森．葛蘭，對不對？」他重複了一次，我發現他正回頭看著一群男孩，他們正打量著我們兩個人。

「不是。」但我從他臉上的表情看得出來，他知道我在說謊，「我從來沒聽過這個人。」我往他的後方四處張望，假裝自己在找人。

「我們去同一間教堂，而且我們的媽媽還一起當募款餐會的義工，你就是布琳．葛蘭。」他的語氣斬釘截鐵。

「不是，我不是她。」我趕緊把水果酒塞回給他，裡面的酒汁全噴濺在他的衣服上，我穿過群眾，搖搖晃晃撞著大家汗溼的身體，走到門口。出去之後，舒適的夜風吹涼了我的臉龐，我找到自己的車，坐了進去，我知道現在這個樣子不能開車，我的頭好重，必須靠在方向盤上閉眼休息。回首成長歷程，老師們總是這麼說，你是艾莉森．葛蘭的妹妹，對吧？是不是跟你姊姊一樣？（你愛在這裡加什麼形容詞都可以）聰明、又會運動、活潑有趣？

哎，不是，我不是這樣的人，我不是我姊姊，我想要大吼，我跟她一點都不像，永遠也不可

艾莉森

在暗夜之中，我依然覺得好奇怪，警察怎麼會知道那嬰兒是我的小孩？一定是有人打電話通知他們，但那個人鐵定不是我。我的心底知道答案，是布琳，但我還是很難相信是她拿起電話叫警察，布琳連自己打電話叫披薩都沒辦法，五年過去了，我還是沒有辦法想像她當年打電話的畫面。

生小孩那天所產生的詭異僵麻感已經消失，取而代之的是催淚的灼痛。其實，看到警官令人安心的手，我很開心，布琳也伸手摸我的臉，「艾莉森，」她哭喊著，但我推開她，我覺得很不舒服，彷彿只要有人碰我，整個身體就會立刻著火，我知道自己這個動作讓布琳很受傷，她一直是個敏感的女孩。

說來奇怪，我居然能理解她為什麼會這麼做，這已經遠遠超過一個十五歲女孩的負擔了，尤其是像布琳這樣的女孩。她幫我分娩的事，我希望她沒有告訴任何人，這明明是我的錯，沒有理由需要兩個人一起承擔。就在我小心翼翼進入警車後座的時候，我聽到布琳的淒慘哭聲。

從此之後，我再也沒有看到布琳，也沒和她說過話。

最後，我昏倒在警車裡，所以我們先進了醫院，我縫了三十針，接下來的三天，身上都掛著抗生素點滴。醫生和護士看待我的方式也截然不同，大家的確都發揮專業、仔細照顧我，但是沒有溫柔的撫觸，也沒有冰涼的手靠在我發燙的額頭上，也沒有人幫我立枕頭，他們只有憤怒厭惡，還有恐懼。爸爸媽媽一開始無比震驚，但自從警察出現之後，他們的反應也轉為憤怒，「太荒唐了！」媽媽大表不滿，因為警官到醫院裡來，問我是不是把嬰兒丟到河裡，我不發一語。

「艾莉森，」媽媽說道，「趕快告訴他們，搞錯了。」但我還是沒說話，警官又問我，為什麼塞滿血床單的黑塑膠袋會放在我們家車庫的垃圾桶裡？我還是沒有接腔，她繼續問我身體怎麼會有嚴重裂傷，而且胸部腫脹又在滲奶？

「艾莉森，快告訴他們，這不是你做的！」爸爸下令。

終於我開口說話，「我想，我得找律師。」

警官聳聳肩，「這樣想就對了，因為我們也找到了胎盤。」我用力嚥了嚥口水，低頭看著自己的雙手，嚴重浮腫；一點都不像是我的手。「胎盤塞在枕頭套裡，被壓在垃圾袋底，」她面向我父親，「就在你的垃圾桶裡，打電話給律師吧。」當她準備要離開病房的時候，她又轉頭看著我，溫柔問道：「她有哭嗎？艾莉森？你把她丟入河中的時候，寶寶有沒有在哭？」

「滾！」媽媽厲聲尖叫，一點都不像她平常鎮靜自若的風格，「妳給我滾！妳無權進來含血噴人！還用這種方式激怒我們一家人！」

「哼啊，」警官不以為然，離開房門前又看著我，「她看起來也不怎麼生氣啊。」

查爾姆

蓋斯惡化的速度越來越快。「嬰兒呢？」當查爾姆從醫院返家的時候，他又問起嬰兒的下落。

「很好啊，」她向他保證，「記得嗎？那戶很好的人家收養了他？他們把他照顧得很好。」

查爾姆聽到有人在敲前門，她拿起爐火上的馬鈴薯泥鍋，趕緊去應門，是珍，她站在前門的階梯上，黑髮後梳紮成馬尾，手裡帶著百寶箱，她喜歡這麼稱呼自己的隨身工具包。

「嗨，都好嗎？」她進屋時向查爾姆打了招呼，「已經有秋天的感覺了。」她微微發抖，查爾姆接過她的外套。

「我知道，而且才八月底而已呢。謝謝，我還不錯，」查爾姆回話，「蓋斯在另外一個房間看電視。」

「哦，心靈食糧。」她露出微笑。

查爾姆聳肩，「只是打發時間罷了。」

「他現在怎麼樣？」珍的語氣轉趨嚴肅。

「還可以，時好時壞。」

「那你呢？學校課業怎麼樣？這麼多事應付得來嗎？你才二十歲，得念書又得照顧老人，責任重大。」

「哎，不可以說蓋斯老，他會很受傷的，我們都還好。」查爾姆回道，態度有點強硬，她知道珍為什麼會提起這個話題，只要她來訪，幾乎都會講到醫院或是專業療養機構的事情，「我每天都會打三次電話給他，而且中午都會回來看他。」

「我知道，我都知道，」她伸手想要安撫查爾姆，「你做得很好，我只是說，總是有其他選擇和資源，要是蓋斯狀況不好，或是你需要幫忙，隨時讓我知道好嗎？」她眼光溫和，專注看著查爾姆。

「好，我知道了。」查爾姆雖然嘴上這麼回答，但也知道蓋斯絕對不會因而離開家門一步。

「前幾天我看到你媽媽。」珍隨口提起，同時正在檢視整個廚房，查爾姆很清楚，這是珍當護士的職責，確定蓋斯能夠獲得良好的照顧。查爾姆倒也不擔心，這間房子總是一塵不染，而且她也總是會在冰箱裡貯放食物。

「哦？」查爾姆淡淡回話，宛如自己毫不在意，但是她卻豎耳聆聽，急切想知道媽媽的近況，任何隻字片語都好。

「對，我在林登佛斯的沃爾瑪看到她，氣色不錯，她現在是歐洛克餐廳的服務生。」

查爾姆沒有接話，她母親這些年已經換了許多工作，她很懷疑這個會做得長久。

「她還是跟那個男的在一起，賓克斯。」

「現在還是啊。」查爾姆語氣尖酸。

「她也問起了你，我說你過得不錯。」珍的措辭小心翼翼。

「她大可以自己問我啊，她也知道我住哪裡，之前她也在這住了很久，不可能會忘了吧。」

「她也想知道你有沒有哥哥的消息。」珍在探話。

「沒有，」查爾姆態度悍然，「好幾年都沒聽到他的事了，我最後聽到的是他在販毒，專搞些不法勾當。」

「你真的表現很好，查爾姆，」珍又誇了她一次，「你一直很堅持，再來很快就可以大學畢業，展開自己的人生。」她把工作包揹上肩，開始喊蓋斯，「你的夢幻女郎來囉！蓋斯，趕快關電視，不要再看垃圾節目！」另外一個房間傳來蓋斯的笑聲，她們聽到喀嚓一聲，關電視了。

珍對待蓋斯的態度溫柔又仔細，查爾姆看在心裡，她知道珍對所有病人都是這種態度。珍先給了蓋斯減輕疼痛的藥，就算是嗎啡無法減緩的內心傷痛，她也總是找得到方法逗蓋斯開心，她的處理方式，總能讓病人感受尊嚴與尊重，而這一點對蓋斯來說更是極其重要，因為走到這個最後階段，他也只剩下這些了。他知道自己來日無多，但珍卻能讓他寬心，她對他講話的方式，似乎能夠勾起他對於過往的回憶——消防員、受鄰里敬重的人、好朋友也是好鄰居。

她不禁想到，不知道五年前是否有人發現他們的所作所為，要是有人知道她當年的違法情事，那麼她的護士之夢也將會因而破碎。

查爾姆心想，我好希望能像珍一樣服務他人，給我這個機會吧。

布琳

我醒過來的時候，全身都在發抖，車窗已經霧溼，我還愣了好一會兒，才想起來自己在什麼地方。我用手背擦去凝霧，天空一片漆黑，我還在米西公寓的外頭，屋裡已經沒有燈光，整條街道安靜無聲。

我把頭枕在方向盤上睡著了，現在脖子好僵硬，而且又口乾舌燥，宛如裡面塞滿了棉花。我開始回想起這個晚上發生的事，居然以為那男孩對我有興趣。先前我以為只要自己離開林登佛斯，就能夠在一個無人知道我過往、不知道我姊姊是誰的地方，順利展開新生活，但我錯了。

我發動汽車引擎，把車內暖氣調到最高，好讓熱氣噴上我的臉，儀表板的溫度顯示是三十三度。希望奶奶沒有在等門，也不要擔心我才好。我開始在心裡盤算，不知道自己酒醒的程度能不能開車回去奶奶家？或者我應該去敲米西的門、在那裡窩一個晚上？不過，我現在不知道該怎麼面對她才好，也不知要如何解釋為何自己匆匆離開，過沒多久之後，我又會變回那個住在林登佛斯的女孩，布琳．葛蘭，這女孩的姊姊，居然淹死了自己的嬰兒。

雖然我的頭還是很痛，胃也開始不舒服，但我想還是開車回家比較安心，這個世界的運轉方式已經跟昨晚不一樣了。我打開頭燈，小心翼翼地駛入街道，準備回家，我不知道要怎麼和奶奶說才好，實話實說吧，我想，至少，某種程度來說，她應該是這世界上我唯一可以誠實以對的人了。她知道我住在自己家裡的時候，卻像個局外人，她都懂，他說，當她自己和我祖父我爸爸住在一起的時候，她也有相同的感覺，他們兩個人都是完美主義者，而且都極其聰明，對於金融和天文學具有高度興趣。她說自己也曾經試圖想要打進這對父子的小圈圈裡，但她覺得自己也只能站在外頭、向裡面張望，但從來沒有機會能夠趁隙而入。

我十四歲的時候，在社區中心學素描，初學階段的其中一項作業，就是自畫像，我拿著素描本和鉛筆，坐在自己的鏡前好幾個小時，只是一直看著我自己，鉛筆筆尖根本沒有碰到素描紙，我的手在紙上躍動個不停，宛如要找地方停歇的蝴蝶，後來，艾莉森晃過我房間，好奇探頭進來。

「你在幹嘛？」她問我。

「沒有啦，」我回答，「只是美術課的作業，我得要交自畫像。」

「我可以看嗎？」她走進我的房間，我記得我當時在想，姊姊長得好漂亮，我應該畫她才是，但我沒有勇氣開口問她。我把素描本朝她的方向略略斜傾，她看著我，皺起眉頭，「想必對你這樣一個藝術家來說，這是最困難的作品吧。自畫像，讓全世界看到你如何呈現自己的面貌。」她搖搖頭，彷彿覺得我很厲害，「要不要從眼睛開始？」她提出建議，「然後再畫這裡。」然後她離開了，繼續其他的活動，學校的事，還有運動。

我一個人坐在房間裡，待了好久，一直在微笑，不只是因為艾莉森賞光現身——這實在很反常——而且她居然叫我藝術家。就在那一剎那，我不再是小妹，不再微不足道，我是布琳．葛蘭，是個藝術家。

那幅自畫像我還留著，它重現了當初我坐在鏡前的場景、凝望著我自己、手裡還拿著紙筆，而且要是更進一步細看我手裡握著的素描本，你還會看到裡面又畫了一個手握紙筆、凝望鏡前的女孩，然後，畫中之畫不斷重複下去，直到鏡中女孩小到幾乎看不到為止。我自認畫得很棒，美術老師也這麼覺得，我拿到了甲等，我特別拿給爸爸媽媽看，他們說很好，我又問，是不是可以去裱框，然後放在客廳或是其他地方，但是媽媽說，不行，因為這幅畫作不符合家裡的裝潢風格。

我一直沒有把這幅畫給艾莉森看，我很擔心，不知道她會說出什麼話，畢竟艾莉森在那個時候把我當成了藝術家，我希望她可以永遠記得，記得我是個藝術家。

我開車回到了奶奶家，正要進車道的時候，發現她早已為我點了燈。我躡手躡腳，悄悄打開後門，進入廚房。瓦斯爐上的燈是亮著的，而且餐桌上還留有一張字條：希望你和朋友玩得開心，流理台上有蛋糕。我笑了，這正是我這麼愛奶奶的另一個原因，總是會有蛋糕等著我。我還是覺得反胃想吐，所以喝了一杯水之後就直接回到臥房。米洛蜷在我的床上，睡得極熟，我把他推到床邊，自己鑽進被窩，但毫無睡意。我又起床服藥，而且還多吃了兩顆、補足前兩天沒吃的份量，我拿出了自己的素描本，再次爬回床上，我開始畫畫，我的手彷彿在恣意飛舞，我看著這一切，墨色的雲朵、河流、我的姊姊、嬰兒⋯⋯還有我自己。

艾莉森

今天輪到我清理葛楚特之家的所有浴室，之後我要去找歐莉娜談某個工作機會，當地有家書店正在找人。我當然很雀躍，但也十分緊張，歐莉娜積極參與許多當地社區組織，所以她的許多女孩，她是這麼叫我們的，也能在葛楚特之家附近的商家找到工作。我把裝入清潔劑的水桶放在地板上，拿著馬桶刷，掀起了馬桶蓋。我驚覺馬桶裡面居然有個極為擬真的洋娃娃，正瞪大眼睛仰望著我，我幾乎無法呼吸了，它和我生下的寶寶一樣，有著光滑的粉紅色頭皮，而且這娃娃的雙手還伸向我，彷彿在求我把她拉起來。我並沒有拿著馬桶刷、忿忿衝出去要修理人；我也沒有因為看到這可怖的景象而大吼大叫，或是發誓此仇非報不可。我只是癱坐在廁所地板上，額頭靠在藍色的瓷磚牆面上，掉淚，一直掉淚。

終於，歐莉娜走進廁所裡——這間屋子裡的門都沒有鎖——她坐在地板上陪我，抱著我，我已經好幾年沒哭過了，也沒有人看過我這樣的哭法，媽媽沒有，爸爸也沒有，就連布琳也沒看過。我緊抓著歐莉娜纖細的身軀，她瘦骨嶙峋的肩頭抵著我的下巴，我哭個不停。

「乖，艾莉森安靜，乖。」她在我耳邊低語，積臭菸味所散發的氣息，化成一股舒適的微風，吹拂在我的臉上，「一切會變好，」她向我保證，「聽到了嗎？艾莉森？」我猛吸鼻子，窩在她的脖子裡點點頭，「那我們就起來，好好把你的臉洗乾淨。」她將粗糙雙手擱在我的肩頭，「不容易哪，」然後她又抬頭望著我，「恐怕還得經過一段艱困期，才會走得順，沒有人能改變你先前所做過的事或是過往的歷史，」我低下頭，又開始低泣起來，「但是——」她的聲音尖銳高亢，逼得我又繼續看著她，「你現在是怎麼樣的人，未來要怎麼走，完全操之在你，懂嗎？」我沒有回答她，「懂嗎？」她又問了一次，我點點頭。

「艾莉森，心裡要懷抱希望，去迎向這個世界，」歐莉娜聲音溫柔，眼裡也盈滿淚水，「用希望迎向世界，它也會給你回報，相信我。」我想，這些年來，她這一席話已經和幾十個女孩說過了，也許，是好幾百個女孩。

我點頭，開始揉眼睛。

「沒事了嗎？」歐莉娜問道。

「沒問題了。」我一臉傻相，只是拚命在點頭和吸鼻子，明明看起來就是有問題，「給我幾分鐘就好。」

「好。」她自己先站了起來，然後又在我面前停住不動，似乎在考慮是否要再說點什麼，「那我們等一下團體聚會的時候再見了。」她瞄了一眼還躺在馬桶裡的那個洋娃娃，「要不要我來處理？」

「不，我自己來就好。」我隨即聽到門輕輕帶上的聲音，她離開了。望著鏡子，我看著自己哭得發腫的雙眼和污髒的臉孔，我告訴自己，絕對不能讓那些女人看到我現在這個模樣，我彎下身子靠近水槽，將冷水潑到自己的臉上。我突然想到，當初冰涼的河水碰到寶寶臉龐時，不知道她有什麼感受？此時我的喉嚨裡突然出現一股絞塞的聲響，我逼自己再次看著鏡子，開始整理頭髮，依然又長又亮，如陽光般的金黃色澤，我恨。我抓起一把頭髮，深呼吸，翻遍了藥櫃想找把剪刀，但一無所獲。

我從毛巾櫃裡取出一條舊毛巾，把那娃娃從馬桶裡撈起來之後，用毛巾將它的手裹得緊緊的，我想，這是我的試煉，加入這個中途之家幫派的入會儀式，重罪犯聯誼俱樂部，很好，我的測試表現超屌。我打開浴室的門，其他人趕緊悄悄溜到門廊上、觀察我的動靜，當我走過她們面前的時候，我抬頭挺胸，還刻意走過門廊下樓梯，對於背後的竊笑和評語完全置之不理。我又大步穿過廚房，走出後門，到達放置大型黑色垃圾桶的地方，我用力打開塑膠垃圾蓋，把那一包東西丟進去，完全不動聲色，它也默默掉落在一堆腐臭食物殘渣、髒兮兮的紙巾團之間，全都是那群做過壞事的女人所製造的垃圾。

希望，歐莉娜說，迎向世界要懷抱希望，我也希望如此，也必須如此，但我不知該如何做起。

當我在葛楚特之家的廊道上走動的時候，我聽到有人低聲罵了一句「殺人兇手」，同時也看到其他人憤怒憎惡的面孔。只要我繼續待在林登佛斯，我就永遠無法擺脫自己的過去，我一定要爭取到那個書店的工作，好好度過這段中途之家的日子，然後，遠走高飛，但在此之前，我必須要當面見到妹妹，逼她和我說話。

克萊兒

雖然過了晚上七點鐘之後，天色已經轉黑，但是蘇利文街上的路燈卻是到了九點半的時候，才一一綻亮。約書亞望著泛著銀色水光的落雨，十指壓在書擋書店的前窗上，留下了讓克萊兒不忍拭淨的溼黏指印。看哪，那髒兮兮的紋記彷彿在低語，看看剛才是誰在這裡，最愛酸味軟糖蟲和巧克力口味蘇打的五歲小男孩，克萊兒不太給約書亞吃這兩種東西，偶爾才會放任他好好享受。通常他們不會在週一傍晚待到這麼晚，但是克萊兒的十七歲工讀生愛許莉請病假，而且天花板又開始漏水，移動家具書籍、清理地板，又是一陣忙亂，楚門心情不好，躲進了後頭房間，克萊兒禁不住約書亞的苦苦哀求，還是給了他最愛的糖果點心。

兩個小時過去了，精疲力竭的克萊兒爬上那搖搖晃晃的老舊四腳梯，強納森總覺得哪天她會因此摔斷脖子。現在，她準備要進行早該在幾個小時前完成的盤點工作。

「媽媽，」約書亞焦躁不安，「我看到閃電，我覺得等一下就要打雷了。」

「再給我幾分鐘，約書亞，我們馬上可以收拾東西回家，我快弄完了，你是不是很累呢？」約書亞搖搖頭，「現在你要開始早點上床睡覺了，因為下禮拜就開學了。」她一邊對著約書亞說話，一邊檢視上層的書架，看看有哪些書必須要叫貨，並逐一寫在自己的夾板上。

「我可以上樓嗎？」約書亞問道，書店樓上是無人居住、但附了家具的套房，強納森一直整理得很好，希望有朝一日可以出租給來這裡念書的大學生。

「抱歉，不行呦，」克萊兒告訴他，「爸爸在樓上還放了一些工具，上面也沒有什麼好玩的東西，除了漏水的天花板之外，我跟你保證，我們一定會在……」她舉起手腕看時間，幾乎要從梯子上摔了下來，「哎呀！」克萊兒大呼一聲，穩住了重心，「我們十五分鐘之內就回家。」

約書亞大嘆一口氣，彷彿不是很相信媽媽的話。「好，我先回去那裡。」他的大拇指豎成彎鉤狀，指向童書區的方向，隨即無精打采走開了。

真像個小老頭，克萊兒心想。就在此時，前門的電鈴聲響起，有兩個年輕人懶洋洋走進來，「抱歉，我們已經打烊了，」克萊兒告訴他們，態度相當抱歉。她很不喜歡趕走客人——不只是因為錢，當然，那很重要，但是她也懂得渴求新書立即在手的感覺，「我們明天早上九點開門。」她又回頭補充一句，本來心中也沒有多想些什麼，但是那兩個年輕人迅速拉起頭套，將臉埋入寬鬆的連帽運動衫裡頭，現在是八月底，雖然下著雨，但傍晚的天氣依然溫暖潮溼，她的心裡充滿了恐懼，而第一個想到的就是，約書亞。

個子比較矮的那個年輕人抬頭看著克萊兒，頭套也因而向後滑落，深色的光亮眼眸直視著克萊兒。另一個高瘦的男孩直接衝到收銀機前，伸出瘦骨嶙峋、指甲啃得亂七八糟的食指，打開收銀機，放錢的抽屜應聲而開，直接敲到男孩腹部，裡面的硬幣也發出互相撞擊的聲音，響徹了整間書店，「喂！」克萊兒不敢置信，「你在幹什麼？」

高個子男孩沒有理他，開始把鈔票和一捲捲的硬幣放入運動衫口袋裡，克萊兒從搖搖晃晃的梯子往下看，一心只想要擋住歹徒、不要讓他們碰到約書亞。

「不准動！」高個男孩下令，但她又往下挪動了一個階梯，她心中暗自祈禱，希望約書亞好好待在後面的童書區裡，千萬不要出來，「我說不准動！」那男孩大聲咆哮，而且開始接近克萊兒，他的頭套滑落下來，露出棕色的髮絲，克萊兒心想，要不是因為他冷笑、讓人看到那一口因吸食安非他命而變色的髒牙，不然，他原本應是個英俊的孩子，那男孩的雙眼幽暗無神，楚門呢？克萊兒心裡不解，當我需要這隻狗的時候，他究竟在哪裡？

克萊兒又想到了約書亞，希望他找地方躲起來了，但是當她一回頭看，卻發現兒子還站在那裡看著她，眼神裡都是恐懼，他看起來好小，好脆弱，臉孔因為擔憂而皺成一團，而且雙手緊握在前，這兩個盜匪還沒有看到約書亞，克萊兒微微將頭朝向兒子，希望他可以回到童書區、找地方躲起來，但約書亞只是站在那裡，動也不動，克萊兒繼續試探，又下了一個階梯，但那男孩已經將手深入自己運動衫的口袋裡，幾張鈔票飄到地板上，她看到對方口袋裡出現金屬的閃光，「他媽的不准動！」他大聲咒罵，也開始亮刀。

「我……我不動。」克萊兒乖乖聽話，眼光從約書亞身上飄到了那把刀。

「天哪！」他的同夥跑到收銀機旁，「你在幹嘛？把刀子收回去！」那男孩個子比較矮，體格更加精實，很像是體操或摔角選手，他的頭套邊冒出濃密的黑色鬈髮，眼珠是灰色的，石板灰。

「閉嘴！」高個子喝斥同夥，隨即又面向克萊兒，「保險箱在哪裡？」

「我們沒有保險箱，只有收銀機。」她的雙腿已經開始發麻，但是依然忍耐不敢亂動。

「保險箱在哪裡？」他又問一次，因為不滿而揚高了聲音。

就在這個時候，大家都聽到了嗚咽聲，克萊兒的胃轟然下沉，是約書亞。

「媽的什麼聲音？」矮個子發問，但看不出他在問誰。

「媽咪？」約書亞開口，「我們可以回家了嗎？」他先望著媽媽，又看到高個男孩手中的刀，臉上滿是恐懼。

「乖，約書亞，」她已經驚恐過度，吐出來的每一個字句都在喘氣，「回去，沒事，回去那裡等我。」約書亞小心翼翼，慢慢後退一步。

「不！你給我在這裡站好！」高個子男孩大吼，約書亞眼睛眨得厲害，遲疑了好一會兒，又朝書店後頭跑去，高個子去追他，克萊兒也立刻跳下梯子。

她突如其來的動作，造成梯子鉸鏈彎曲，她也因而失去平衡跌下去，其實，這一摔不算太高，大約是五呎高左右，而且她還在摔落過程中努力扭身，才不會讓自己背部朝地。大家總說，一遇到這種事情，時間就會變慢下來，她總是哈哈大笑，不以為然，她覺得那只是心理因素在作祟，但這原來是真的；在她摔到硬木地板的過程中，她的確看到許多的細節。

在旋身之際，她發現自己正面對著那高個子的歹徒，他發現沒有必要去追約書亞，「快走吧！」矮個子緊張萬分叫喊著他，但聽在克萊兒的耳中，卻是「快……走……吧！」聲音有如太妃糖一樣緩慢黏滯，他很害怕，克萊兒看到他眼中的恐懼，她心想，這孩子最多不過十五歲，他們的媽媽知道自己的孩子在做什麼嗎？「快走！」他大吼大叫，音節拖得很長，然後這兩個人趕緊奔向門口，要走了，謝天謝地，一切事物又開始加快腳步，恢復為正常的速度。

克萊兒的右肩先著地，痛楚立刻傳透整隻手臂，再來是頭部撞到地板，眼瞼立刻出現一道溫暖黃光，她聽到那個高個子在門口高喊，「掛回去！掛上電話！」

然後她又聽到他的聲音，微弱，怯生生，「他們害我媽媽摔倒，」約書亞對著電話的另一端在講話，語調顫抖又害怕，「他們拿走了錢。」約書亞又急急補上一句。

「快跑！」克萊兒想要大叫，但是氣壓在肺底出不來。

「幹！快給我掛電話！」歹徒忿恨的話從齒間迸裂出來。

克萊兒開始像軍人爬地，朝約書亞的方向而去，和兒子相比，她的肩痛與頭痛也沒那麼重要了，「快跑！」她拚命大喊，上氣不接下氣。

約書亞放下電話，它也噹啷一聲摔到地上，他沒有跑走，反而是趕緊去找媽媽，蹲在地上陪她，她聽到遠方傳來警笛，還有，耳邊是約書亞慌張無措的呼吸聲，盜匪也聽到警車要過來了，迅速衝出書店。

「沒關係，約書亞，」克萊兒安慰他，但聲音虛弱，「沒事，小朋友。」他盤腿坐在她身旁，小小的手緊抓著媽媽的手腕，彷彿在擔心他要是放了手，媽媽會漂離不見蹤影。克萊兒的肩痛一陣陣襲來，頭昏腦脹讓她反胃想吐，膽汁也悄悄流入喉中，她把臉轉過去，背對約書亞，開始大吐特吐。她聽到兒子在低泣，而且也感覺到他貼著她的身子在發抖，但是兒子依然捏著她的手腕，甚至抓得越來越緊，「不要哭，約書亞，」克萊兒低聲說道，而自己的淚水已經滑下雙頰，「千萬不要哭好嗎？」終於，楚門也慢吞吞走過來，用他的溼鼻子輕推克萊兒的臉，狗兒最後也坐下來，一家三口等著馳援到來。

救護車抵達，緊急救護人員告訴約書亞，他們真的是來救媽媽的，他才放開克萊兒的手，她的手腕上也留下五個清楚可辨的圓指印，宛若像是一串紅色的花環，「沒事，約書亞。」克萊兒這麼告訴兒子，一遍又一遍。

「我們會派警官陪你兒子，一直等到你丈夫過來，」緊急救護人員先讓克萊兒安心，「你摔得不輕，我們要先幫你照X光，然後再由醫生仔細檢查，你現在是不是很痛？」

克萊兒點點頭。「他可以陪在我旁邊嗎？我不希望留他一個人。」克萊兒勉力抬頭，看到約書亞，他現在看起來很畏縮，坐在閱讀沙發上，楚門的頭靠在他的大腿上，有位年輕警官走過去找約書亞，他蹲下來說了些話，約書亞的嘴角上揚，露出不情願的微笑。

「我們得趕快送你去醫院，真的，警官會留在這裡，好好照顧你兒子的。」

「我覺得我又要吐了。」克萊兒很難為情。

「沒關係，」他向克萊兒點點頭，「我想你這是腦震盪的症狀，吐吧。」

當克萊兒抵達醫院，被醫護人員以輪床推進去的時候，強納森已經等在門口了，憂心忡忡。

「克萊兒？」輪床暫停下來，他趕緊趨前，「克萊兒，你還好嗎？」

「約書亞？」她劈頭就問兒子，「約書亞在哪裡？」此時她已坐起身，四處張望找兒子，卻立刻頭痛欲裂。

「他沒事。」強納森要讓克萊兒安心，但低頭看著她的時候，自己的淚水卻泉湧而出，「有位警官馬上就會把他帶到這裡來，」他伸出手，輕撫著妻子的頭，「你還好嗎？到底出了什麼事？」

醫護人員在走廊上繼續將克萊兒向前推，她想告訴他書店發生搶案的經過，強納森也一直握著她的手，但克萊兒的眼皮越來越重，已經幾度闔上眼睛，她好想睡，但她努力抗拒睡魔，「你真應該看看約書亞有多勇敢。」她的聲音裡充滿著敬佩與驕傲。克萊兒低頭瞄手腕，想要再看看當初母子兩人等待救援時、兒子緊抓她不放的跡痕，但她發現指印已經消褪了，心中不禁湧起一陣驚慌，她以為約書亞就此消失，母子兩人再也無法相見，但她隨即聽到熟悉的腳步聲，約書亞過來了，立刻挨在她的旁邊。

「我勇敢的兒子啊。」克萊兒輕聲呼喊，伸手摸了摸兒子，隨後，終於沉沉睡去。

艾莉森

到了團體聚會的時間，我很猶豫，不知道該不該說出來。現在，我們每個人都有機會可以說出當年往事，是否曾經因為某種人際關係、影響了我們，導致我們走上錯誤的那一步？我仔細回想，但不覺得有誰對我造成如此深遠的影響。那時候，我是完美父母的完美女兒，不過現在回頭看，我不太確定，爸爸媽媽讓我們衣食無虞，而且也供給我們一切所需，無論是課業、運動，甚或是社交，我們每個週日都會去教堂，但，總是少了什麼。我們忙於游泳隊比賽、排球隊錦標賽、學術能力測驗準備課程、青年團契活動，其實幾乎已經沒有什麼時間，家人之間不太聊天談笑，而且，我記得廚房牆上掛的日曆行程表總是密密麻麻，連一個小時的空檔都沒有。所以我可以告訴大家，我和父母缺乏溝通，我也不知道該怎麼跟他們說自己懷孕的事，這樣說一定沒問題。

不過，其實我墮落深淵的真正關鍵，是克里斯多夫。

我認識克里斯多夫，完全是巧合，我們邂逅的地點在聖安娜大學。當時我參加第二次的學術能力測驗考試，希望可以拿到更好的成績，我的目標是滿分，兩千四百分。全美國每年只有三百名左右的高中生能夠拿到這種滿分，我將會是其中一個。

那天是星期六下午，考完之後，已經暈頭轉向，我從教室裡走出來，迎面而來的是燦爛的陽光，但我滿腦子依然想著考試的問題與答案，我覺得又累又餓，很不舒服，非常擔心自己的表現，接下來，就是最困難的部分了，等待，我得要等上一個月，才能知道考試成績，一想到這件事，我就開始胃痛，我整個人站在原地，動也不動，我想，我一定看起來很茫然或是憔悴，因為我旁邊的男孩十分擔心、凝神望著我的臉，他比我還高，這是我注意到的第一件事，再來，他比我年紀大，應該是二十二或二十三歲左右，他的耳邊盡是銅褐色的鬈髮，臉部線條有稜有角，只有那雙眼睛收斂了剛烈之氣，深棕色，美麗至極，直視著這雙眼睛，簡直令人心折。他那天穿了件小熊隊的球衫，我後來才知道，他是這支隊伍的忠實球迷。

男人喜歡注意我，我已經很習慣了，學校裡那些男孩總愛講一些愚蠢的性幻想閒話，我根本不會浪費時間在他們身上，成年男子也會駐足看我，包括我爸爸的朋友，食品雜貨店的經理都一樣，不過他們的動作比較小心，我覺得滿開心的，千萬別誤會，知道有人認為你長得漂亮，總是好事，但我只是沒有時間約會而已。

清醒時的每一分鐘，我都拿來念書，盡可能把所有的知識都塞入我的腦袋裡，我有點像是那種暴食者，帶著許多的甜甜圈和洋芋片、偷偷躲起來，嘴裡塞滿了食物，不知道原因為何，但就是覺得有其必要，我的感覺也是如此，我需要資訊，越多越好，但我也不知道為什麼。好吧，當然有些理由不用想也知道——獲得好成績，就可以進入一流大學，讓我可以找到好工作、賺大錢，但，其實我的理由不止於此，有一次，我為了準備美國獨立戰爭的歷史測驗，連續念書念了十個小時之久，我已經很清楚教材內容，但是我必須要不斷複習，強記沒有意義的姓名、日期，以及戰役。最後，我那總是躡手躡腳走路、彷彿擔心驚擾到我的爸爸，進入我的房內，拿走我手上的書，堅持我一定要出去吃點東西。我也努力追求平衡——只要是我拿手的項目，任何運動團隊我都不會放過——但這同樣也是無止境的循環，我必須跑得更遠，跑得更快——卻根本不是為了要打敗某個競爭對手。不，一定有別的原因，我不確定究竟是什麼，但我知道自己真是無可救藥。

「你沒事吧？」那個棕眼男孩問我，「你看起來狀況不太好。」

我馬上臉紅了，只是呆呆看著他，不知該說什麼才好。

「看起來你好像是受到驚嚇，還是發生了什麼事，」他解釋道，「你不會昏過去吧？」

「不，不會，」我口氣很堅定，「我沒事。」

「哦，那就好，你千萬別死在我面前，或是出了什麼可怕的事。」

我沒死，但事後歷經懷胎九月，我真希望自己當初還是死了好。我們一起到了附近的咖啡店喝咖啡，暢懷聊天大笑，他是唯一能讓我分神、不再只注意自己的男人，我也從來沒有這麼開心過。他告訴我，他是聖安娜大學商學院的大三學生。接下來的三個禮拜，只要有空檔，我們一定黏在一起，我真的愛上了克里斯多夫，但愛太濃烈也來得太快，我想過要對他謊報年紀，但我雖然有多項專長，說謊卻不是我的強項，至少，那次是失敗了。克里斯多夫一聽到我謊報的年紀，立刻挑眉，但是他還是在餐廳裡牽起我的手。其實我不是故意祕而不宣，但這的確從頭到尾就是地下戀情，我沒有把他介紹給爸爸媽媽或是布琳，甚至根本也不曾提過克里斯多夫這個人，我也不知道為什麼，他二十二歲，對一個剛滿十六歲的女孩來說，年紀太大了一點，我也知道爸爸媽媽一定會反對我繼續和他見面，或許，我心底也知道這段關係不會長久——雖然十六歲的女孩和二十二歲的男孩墜入情網沒什麼不對，但是，青少女和成年男子相戀，絕對會有問題，所以我寧可守住這個祕密。

與他在一起的那三個禮拜，除了在學校之外，我根本沒打開過書，回家作業都是在上學前或是在自習教室草草寫完，成績也一落千丈，我還是會去參加排球隊的練習，但我也沒注意教練說些什麼話。媽媽問我是不是怎麼了，布琳看我的眼神也充滿猜疑，但是她什麼都沒說，師長們也一樣。我知道他們在想什麼，沒有人是完美的，就算是艾莉森．葛蘭也一樣，我覺得他們看到我變成這樣，應該是在暗自竊喜吧，至於我，開心得不得了。

第一個禮拜，我們還在一般場所見面，電影院、餐廳、公園等等，但接下來的那個週六，他帶我去了他住的地方。我們先在市立公園見面，然後我上了他的車，他開車帶我離開林登佛斯、越過朱伊德河，最後到了郊區。「你沒有住在市中心裡面啊？」我心覺詫異，不禁開口問他。

「不，但就住在林登佛斯邊郊而已。」他解釋道。

一間可愛的小房子，簡單，但很乾淨。

他打開冰箱，拿出一瓶蘇打。

「來，我帶你看我的房間。」我揚眉，露出促狹的表情看著他，「你不想看嗎？」他反問我，又把自己的雙臂環繞在我的腰上、把我拉入他的懷中。

「想啊。」我一邊回答，一邊不忘吻他。

他帶我進去臥室，一間又小又暗的房間，只有一件格紋被，牆上空蕩蕩的。

「沒什麼裝潢啊？是吧？」我故意逗他。

「男人遠行，一切從簡。」他給了我答案，同時也把雙手伸進我牛仔褲的腰頭。

「你是不是準備要去哪裡？」我順勢拉起他的襯衫。

「對，沒錯，」他笑著看我，「如果你讓我進去的話。」

「好，我給你。」

我在他耳邊低語，而且，我真的依了他，當他滑進我身體的時候，我不害怕，也不擔心，我不痛，感覺好像回家一樣，我只是一直喃喃唸著他的名字，「克里斯多夫，克里斯多夫……」

查爾姆

報紙上沒有透露太多書店搶案的細節，只提到克萊兒．凱比和她的五歲兒子當時正在書店裡，而克萊兒是由救護車送往醫院急救。查爾姆剛看到報導，立刻就衝到書擋書店、探望克萊兒與約書亞。

在這五年當中，蓋斯從消防隊的好友那裡聽來不少八卦，當初被遺棄在消防隊的那個小男孩的消息，他們會隨時分享，然後蓋斯會回家告訴查爾姆這些小故事，她也會聽得津津有味，意猶未盡。小男孩很健康，被一對善心夫婦所收養，媽媽開了一家書店，爸爸是木匠。他們把小孩取名為雅各或傑佛瑞，也可能是約書亞。

鎮上只有四間書店，查爾姆想找到符合相關條件的書店，絕非難事，書擋，她喜歡這個名字，聽起來堅實有力、讓人有安心的感覺。

當查爾姆第一次鼓起勇氣，走進這家書店的時候，她才十八歲。她知道書店總有一天會關門，甚至也許就此消失不見，那天她低調溜進去，躲在心靈成長的書籍區，看一眼就好，她告訴自己，只需要看看他的小臉，凝望他的眼睛，她就可以離開了。幾分鐘之後，有名女子帶著一疊書走過來，後頭緊跟著一個小男孩，個子小小的，有一頭玉米色的金髮。她迅速蹲低身子，要是有人想要在這些如何找尋愛人、留住愛人的心、如何過沒有愛人相伴的生活的一疊疊書籍中，看到查爾姆的蹤影，想必是更加困難了。要是有人注意到她的話，看起來也像是她想在浩瀚書海裡、找尋自我救贖之道。那頭在書店裡晃來晃去的短胖小鬥牛犬，此時正步履蹣跚向她走來，查爾姆拍拍牠的頭，希望這隻狗不要洩漏她的行蹤。那女子經過她的身邊，沒有多看一眼，但是查爾姆卻看到了小男孩的臉，漂亮的臉蛋，簡直就是與他爸爸是一個模子刻出來的，同樣有點朝天鼻，耳朵也一樣有些外翻，眼睛是深棕色的，巧克力的顏色，她找到他了。

他們的眼眸，宛如鏡中映像，彼此緊密相繫，有沒有可能在瞬間彼此相認？

查爾姆心底很期待，希望他們相隔的這些天、這幾十個月、這幾年，不會對他造成阻礙，讓他能夠回想起對她的記憶，但是，那些時刻畢竟太短暫了。

查爾姆原以為看過那一次之後，可以就此一走了之，看過他的臉，知道有個會照顧他、愛他的家庭，她就可以優雅旋身離開，她錯了，她沒辦法就這麼走了，他最後是和什麼樣的人在一起？凱比夫婦是怎樣的人？不行，她就是不能這樣離開，也許，永遠沒辦法了。

在書店第一次看到約書亞與克萊兒在一起之後，查爾姆花了三個禮拜的時間，才能再度鼓起勇氣、回到書店。她一直待在心靈成長書區，因為那裡位於書店的偏遠角落，而且在收銀機的後方，等於是她偷偷觀察人來人去的最佳視角。她假裝在看一本搬走某人乳酪的書，但後來發現內容實在有趣，最後她也買下了那本書。

查爾姆希望能夠近距離觀察，確定他真的被照顧得很好，沒有問題，她希望看一眼就好，能夠道盡千言萬語，你是大家深愛的小男孩，你在涼夏夜晚出生，當我第一次把你抱在臂彎裡的時候，我再也不是個孩子了，而是個媽媽——當你的媽媽，雖然，時間短暫，你喜歡讓我們撫摸你光禿禿的頭，喜歡讓一個生病的男人唱歌給你聽，還喜歡讓一個年輕女孩搖你入睡，你會大哭特哭，直到榨出體內最後一滴淚才甘心，但隨後你抬頭看著我，卻彷彿把我當成全世界唯一的人，前一夜我只睡了兩個小時，也不重要了，你的祕密太沉重，我希望你的童年平淡無奇，只有爸媽相伴。就這麼一眼，要說的就是這些。

而這個男孩的表情也會告訴她，我認識你，雖然我不知道為什麼，但我以前在某個地方看過你，那是個溫暖又舒適的地方。

查爾姆用書擋臉，現在這本書是在講某個男人把自己的太太當成帽子，她繼續等待，她的眼角餘光掃到有個穿白色T恤的小男孩、正衝進童書區，她慢慢移動，想要找到更理想的觀察角度，是他，她很確定，他在微笑；看起來很幸福快樂，這個小男孩過得很好。

她知道克萊兒與強納森是他的完美父母，她急切想找到他，不是為了要看著他悲悼過往，或想要確定自己當初的決定是正確的，她來到書店，思考，觀察，學習，凝視她童年時從所未有的體驗，她母親從來沒有給過她的東西。當查爾姆看著克萊兒彎身擁抱約書亞、為他拭淚，或是在他耳邊輕語的時候，她忍不住心想，這才是為母之道，查爾姆告訴自己，他很好。

現在，查爾姆準備要進入書擋書店的大門，她卻發現在櫃檯工作的是維珍妮亞，「嗨，」她幾乎快無法呼吸了，「聽說昨天晚上發生搶案——大家，大家都還好嗎？」

「克萊兒和約書亞受到很大的驚嚇，但幸好兩個人都沒事，所以他們今天決定要在家裡休養，克萊兒有輕微腦震盪，肩膀痠痛，約書亞沒有受傷，這小傢伙居然自己打九一一求救。」維珍妮亞一想到那個畫面，忍不住輕輕搖頭。

「真的？」查爾姆問道，「約書亞自己打電話？」

「是啊，他打的電話，」維珍妮亞點頭，彷彿連自己也不敢相信似的，「歹徒叫他掛電話，但是他不依，他告訴九一一接線人員，『書店裡有壞人』。」

「約書亞真了不起！克萊兒什麼時候會回來工作？」

「這個嘛，我想可能明天吧。她要找個兼職店員，因為她希望以後不要只有一個人顧店，你知道有誰想找工作的嗎？」

「我會問其他護校的同學看看。歹徒是不是搶走很多錢？警察抓到人沒有？」

「幾百塊美金。我聽說是還沒有人落網，沒有。克萊兒和約書亞今天會去警察局做筆錄。」

就在維珍妮亞和她講話的時候，剛好有客人把書放到櫃檯準備結帳。

「麻煩你跟克萊兒說一聲我有過來，也請轉告她，有任何需要，告訴我一聲就是了。」

「好，親愛的，沒問題。」維珍妮亞突然又靈光一閃，「我看你來接這個兼職店員吧？克萊兒一定會很高興，約書亞也是。」

「我也希望自己有時間，但恐怕不行。但我還是會把消息告訴大家，謝謝你，維珍妮亞。」

查爾姆道別之後，走出書店，迎向外頭的薄霧晴日，她的心中正在揣想和克萊兒一起在書店工作的情景，然後，每天都可以看到這對母子，她知道這想法很不實際，太危險了，不該如此。

她心想，要是我此生一事無成，至少我曾經扮演過一個重要的角色、給了小男孩一個沒有殘缺而完整的家。她現在很安心，因為她知道，幸好約書亞永遠不會有機會知道，一位母親會對小孩造成何等傷害。

布琳

醒來的時候，聽到電話聲響起，我猜八成又是艾莉森打來的，我坐直身子，現在喉底還殘留昨晚的水果酒酒味，衣服上也還聞得到香菸的氣味。今天凌晨我不該開車回家的——我的狀況根本不適合開車。現在我想要努力看清楚鬧鐘上的時間，九點半，我八點的課鐵定來不及，太好了，我走進浴室，整個人覺得像是走在爛泥上一樣，我還是頭昏腦脹。我本來以為奶奶會叫我去接艾莉森的電話，但沒有，也許她告訴艾莉森我還在睡，也許，來電者根本不是她，但我知道，一定就是艾莉森。對於她何時會打電話過來，我總有第六感，所以我也很不舒服，也許我該找奶奶好好談一談，應該要換電話號碼才是。其實我們以前有過類似的討論，但她總說她不可能拒艾莉森於千里之外，畢竟艾莉森也是她的孫女。我開始乾嘔，趕緊彎身蹲在馬桶前，喉嚨裡迸出渾濁的嚎叫聲，但卻沒有吐出任何東西，只有混雜著草莓水果酒的苦膽汁味。

在我六歲的時候，爸爸媽媽帶艾莉森和我去明尼蘇達動物園，我爸爸想要盡快繞完所有的展區，才能早點回去飯店看他工作的電子郵件，但我依然拖拖拉拉，決心要好好看完每一隻動物。這個動物園裡有令人驚嘆的雨林生態系統，我們前一分鐘還在美國中西部的中心，但穿過某一道門之後，卻立刻進入雨林世界的正中央，空氣潮溼炎熱，四周全是高大的樹木與植被，薄霧緊貼著肌膚，我們走過吊橋，耳朵裡全是瀑布的激水巨響。

對我的感官來說，這一切實在太豐富了——氣味、溽熱、在樹頭與森林地表不停急跑的各種動物，起初我不知道自己看到的究竟是什麼，我們上方有一株厚葉假樹，樹裡藏著一隻蜘蛛猴，牠的臉頰有白色細鬚，雙手又細又長，我覺得牠好像披了一條毛毯、圍在脖子周邊，好像是超人斗篷。我指著牠哈哈大笑，「看嘛！」我告訴媽媽，她正以手掩鼻，似乎想要阻絕雨林的霉氣，「看那隻猴子嘛。」

她仔細看，摀著臉的那隻手卻放下來、擱在我身上，「不要看，布琳，」她的語調很溫柔，「你不會想看的。」

「什麼？」我反問，而且我更想要看個仔細，「什麼事？」

然後，我看到了，我以為猴子身上披著的那條毯子，其實是另外一隻幼猴的身體，軟趴趴的，大隻的是母猴，我猜，她將自己已無生命跡象的小孩、輕輕從肩上放下來、枕在樹枝上，然後她又以長長的食指戳著小猴，但是牠卻一動也不動。

面對眼前這幅景象，我嚇得說不出話，母猴用一隻細瘦的手臂抓起幼猴，把牠甩到自己的背後，但卻讓她傾斜的身子顯得可憐無助，母猴依然很堅持，不斷在戳弄和舉搖，我當時年紀雖小，但也知道母猴不肯接受小孩已死的事實，「啊！」我的眼淚撲簌簌掉下來了。

「不看了，」媽媽說道，她一手想遮住我的雙眼，另一手則想要趕快把我拉離現場，「真讓人傷心。」艾莉森沒有多看一眼，她只是嫌惡地皺起眉頭，急忙衝到前面，和爸爸一起走吊橋。

九年之後，艾莉森十六歲，同樣的事件再度上演，我是目擊者，看到那寶寶的嘴唇與四肢發紫，頭軟垂到一邊，我親眼目睹，也必須承受這一切，因為我的姊姊不肯面對自己產下嬰兒的事實，直到現在我依然得要付出代價，直到現在，我還會看到那個小女嬰，每晚出現的午夜驚夢，

艾莉森

那個時候，我真的很愛克里斯多夫，勝過一切，直到現在，我的心裡還是有一點愛戀著他，他可愛英俊，讓我覺得自己是全世界最漂亮的女孩，他很聰明，太聰明，不但可以搞定商學院的課，而且還是當沖高手，他看起來的確有錢，都是他在買單，亮出大把鈔票，為我買東買西。我們在一起才一個禮拜，他就送我一條看起來很貴的金手鍊，就在他幫我固定手鍊的時候，他的手指也趁機輕挑撫著我手腕內側的細薄肌膚，我在發抖。

「只要這條手鍊就好，」他在我耳邊喃喃低語，「我想看你全身只有這條手鍊的樣子。」他脫光我的衣服，「讓我看你，我只要看著你就好。」

我一點都不覺得有什麼好難為情的，他眼中的狂野讓我好害怕，卻也讓我覺得興奮莫名，我有生以來第一次不須擔心學業和運動，或是爸爸媽媽，我覺得自己解脫了，自由了，而且有人這麼愛我，我覺得這才正常。

直到有一天，我的指導老師把我拉過去，告訴我班上第一名的位置已經不保，而且要是不趕快振作起來的話，連獎學金也會岌岌可危，我的現實感才又慢慢回來。

「家裡是不是有什麼狀況？」她開始問我，我向她保證家中一切如常，「那就是男孩子了？」

我不肯回答，惹得她挑眉看著我，「男孩子不值得，」她的態度很嚴厲，「難道你真想要放棄辛苦努力的所有成果？只因為一個男孩子？難道你真的只想要待在林登佛斯一輩子？」

我不想。

「賀瑞克教練也很擔心你。好，你去告訴那男孩子，你現在要專心課業與運動，怎麼說都可以，但就是要把自己的優先考量說出來，接下來的兩年，你還有好一段路要走，艾莉森，你要做出明智決定。」

和克里斯多夫分手的那一個晚上，我騙爸媽我去蕭娜家溫書。克里斯多夫載我到郊外，我們隔著車窗、欣賞星空。

「你今天晚上好安靜。」克里斯多夫先開口，一邊把玩著我腕上的手鐲。

我深吸一口氣，「爸爸媽媽在懷疑了，要是他們發現我們兩個人的事，絕對不會讓我們再繼續見面，他們會說，你年紀太大了，不適合我。」在重重黑影之中，我抬頭看他，想要猜測他的反應，他坐著不發一語，手指已經從我手中移開，我繼續說下去，「我的成績一落千丈，學校顧問告訴我，再這樣下去，我的獎學金很可能會沒了，要是我不——」

「艾莉森，你到底要說什麼？」克里斯多夫直接問我，他的語氣好冷酷。

「我覺得我們……」我停頓了一會兒，大部分的事情我都可以處理得很好，但這實在太難了，「我想我們應該放慢腳步，見面次數不要那麼多。」

「你想要這樣？」他的雙手擱在方向盤上面，肩膀塌垂，頭也低低的。

「抱歉。」我的眼眶裡都是淚。

「滾。」克里斯多夫低聲說道。

「什麼？」我又問了一次，我以為自己聽錯了。

「給我滾下車。」他態度堅決。

「什麼？你要把我留在這裡？」我發出緊張不安的笑聲。

他的手越過我的大腿，把車門推開，「滾。」他再次下令。

「克里斯多夫……」

「下去！」他推我，不是很用力，但依然算是推了我一把，我狼狽走出車外，十一月的夜晚好冷，他用力關上車門，開走了。

我哭了整整一個禮拜，逼自己絕對不能打電話給他，但是我的成績很快就爬升到原來的水準，我更用功，運動量越來越重，想要領畢業書卷獎的企圖也越來越明顯，師長們不再煩憂，爸爸媽媽也不擔心了，一切都不會有問題。

有時候，我得好好集中精神，才能想起克里斯多夫的長相，其實我只能想起一部分而已，褐色的眼睛，朝天鼻。纖長的手指，還有他的腳總是緊張不安在打拍，動個不停，但我想不起他整個人的模樣，有時候我甚至不確定他是不是真的？我們之間曾經有過這一段故事？

要是我能夠對自己百分百誠實的話，我早該知道自己懷孕了，在生下小孩之前，我的心裡也的確多次出現過這個念頭，但我不想懷孕，所以，對我來說，最好的、也是唯一的方法，就是完全置之不理，否則我和其他女孩也沒什麼兩樣了。但我也是個又傻又笨的女孩，最後還毀了整個人生，如果我早知道自己會註定變得跟她們一樣，柔弱可憐又一無是處，那我當初可能會自殺，而且早就該自我了斷才是。我看過同校的那些女生經過走廊，穿得美美的，妝容無懈可擊，這些女孩大部分的時間都在挑衣服和化妝，也不會去算代數，其實，這些女孩根本不會算代數，她們只能應付簡單的數學習題，還有對著數學老師唐寧傻笑，因為，她們覺得這老師很帥。

哦拜託，這根本無藥可救了，真的。但我花了七個月的時間，才搞清楚這一切，反胃、浮腫、永無止境的疲憊感，我和一個男孩談戀愛，最後的下場又是什麼——在克雷文維爾坐牢，如今住在中途之家。

我沒有辦法改變過去，無法一切從頭再來，更不可能讓小女嬰起死回生，但我可以重新做個好女兒、好姊姊。

克萊兒

他們一家三口，正要前往約書亞新學校的操場，克萊兒的手指頭按壓著頭側，找到了先前從梯子摔落地面的那個痛點。搶案發生至今已有一個禮拜的時間，但約書亞每個晚上都會醒來、叫喊著媽媽，雖然強納森會過去安撫他，但顯然不夠，他一定要親眼看到媽媽，所以爸爸必須陪他走到媽媽睡覺的臥房，然後約書亞會爬到床上，把臉湊過去，「你在這裡哦。」她的鼻間溢滿著兒子的香甜氣息，他說話的口吻彷如這是個驚喜，彷彿以為那天晚上的兩個盜匪早已把媽媽帶走了。自從那天之後，他很怕看不到媽媽，總是與媽媽形影不離。

「不要擔心我。」克萊兒雖然這麼告訴兒子，但自己卻充滿焦慮，自從搶案發生之後，她到現在還不敢回去書店，多虧有維珍妮亞幫她在白天看店。

強納森推開老式紅磚建築的大門，一陣炙悶的熱氣立刻迎面而來，讓克萊兒想起自己的學生歲月，也是在幾乎跟這一樣的建築物裡，而那所母校，不過距離這裡幾哩之遠而已。

「以後誰來保護你呢？」約書亞憂心忡忡，仰望著自己的媽媽，他的雙眼疲倦出現血絲，因為前一晚沒有睡覺。克萊兒和強納森交換眼色，甚是擔心，他們已經在討論該要帶約書亞去看醫生了，幫助兒子解決自己的恐懼問題。

「約書亞，我要找新的員工來書店上班。」克萊兒安慰兒子，聲調刻意保持輕鬆，「不會只有我一個人工作了。」

「但我在那裡的時候，你還是受傷了啊。」約書亞提醒父母。

「約書亞，我們現在裝了警報系統，」強納森告訴他，「要是有壞人來的話，警報系統一定會讓他們嚇破膽，然後警察也會立刻趕過去。」

約書亞點點頭，表情看來很嚴肅，他得要好好想一會兒。「這個地方叫什麼名字？」這個早上，他們帶他走過伍卓．威爾森小學空蕩蕩的安靜走廊，這個問題他足足問了三次。

「威爾森小學。」強納森告訴兒子，並且想要牽起他的手，不過約書亞卻縮了回去，手指頭塞進克萊兒汗溼的手心裡。

「好大啊。」他張望四周環境，棕色的眼眸露出悲傷神色。

「不要難過嘛，」強納森安慰他，「你一定會很喜歡。」

「我不要去上學。」他的態度很決絕，克萊兒很清楚他的牛脾氣。

三天前是學校排定的註冊日，不過凱比一家人當天卻缺席了，其實他們本來已經準備好要過去報到，一起上車，開了五條街之後，最後停在學校的前面，但這一切對約書亞來說，衝擊太大，學校門口川流不息，一群群興奮喧鬧的小孩，各個年齡層都有，還有他們的家人。約書亞哭個不停，緊抓著安全座椅不肯下車，他們只好離開，直接回家，等到他們進門之後，約書亞還在他們後頭、逐一檢查大門是否上鎖。

當他們停在教室門口的時候，克萊兒不禁心想，門有沒有上鎖，不是一個小男孩該注意的事，媽媽是否安全，也不是小孩應該擔心的問題。

「你一定就是約書亞！」門口出現了一名女子，嗓門很大，但是聲調非常友善，克萊兒知道兒子縮到了她旁邊。「我是羅佛雷斯老師。」她伸出手，想與約書亞握手，但他害羞躲開了，反而是強納森把手伸出去。

「幸會！」強納森與克萊兒相繼與羅佛雷斯老師打招呼，她看起來五十多歲，所以克萊兒判斷她應該是位經驗豐富的老師。她的鐵灰色短髮看來嚴肅，藍色雙眼目光銳利，想必是明察秋毫。克萊兒仔細看著老師的臉，想知道她會不會對約書亞這樣的孩子特別關愛，他膽小焦慮，需要旁人多一點的協助、才敢去探索學校這個危險世界。「要開學了，約書亞很緊張。」克萊兒解釋道，同時還把手放在約書亞的肩膀上。

「我們一起來上課好不好？約書亞？」羅佛雷斯老師彎下腰和他說話，但約書亞卻趕忙躲到克萊兒的後頭，把臉埋在她瘦小的背上。

「約書亞，」克萊兒的聲音刻意保持溫柔，很有耐心，「羅佛雷斯老師在和你說話。」他慢慢從父母身邊走出去，進入教室，裡面有一大堆厚紙板積木，特意做成磚塊的模樣。

「約書亞，快過去蓋房子，」羅佛雷斯老師告訴他，「我先和你的爸爸媽媽講幾分鐘的話。」約書亞看起來很遲疑，但是老師點點頭，鼓勵他，他果真開始有條不紊地開始堆磚，邊貼著邊，一層又一層，在自己身邊築起了一道鏽紅色的牆。

「對了，約書亞，你有沒有帶小時候的照片？讓我們可以貼在公佈欄？」羅佛雷斯老師問他。

但約書亞整個人全神貫注在蓋房子，似乎沒有聽到老師的話，克萊兒咬著下唇，依然很擔心，「照片在這裡。」克萊兒拿出一張約書亞的嬰兒照，是當初他們把他從醫院帶回家時、所拍的第一張照片，強納森抱著他，笑得開懷，而這個孩子眼睛瞪得大大的，剛哭完還水汪汪的，肥嘟嘟的下唇好可愛。

「哇，好棒的照片，約書亞！」羅佛雷斯老師驚呼，隨即走向約書亞的磚牆，「你長得像誰呢？媽媽還是爸爸？」

「我是被領養的。」約書亞從紅磚牆後面探頭出來。

羅佛雷斯老師也接得很順，「原來是你的爸爸媽媽把你帶回家！他們好幸運啊！」她又趨前靠近那堵紙磚城堡，說話的聲音讓人聽了好舒服，宛如牛奶倒入玻璃杯裡的聲音，「約書亞，我可不可以和你一起玩？」

約書亞正在思考，克萊兒知道有機會，因為他的深邃眼眸裡閃過一道短暫的微光，但隨即熄滅，取而代之的是懷疑。

「不用了，謝謝你。」他的回答很有禮貌，隨即又拿起一塊紙磚放在最上頭，完全遮擋住他自己的臉。

老師又試了一次，「我看到你在蓋東西，約書亞，我真的很想幫你。」她順手拿起最上頭的紙磚，想要再看到約書亞的臉。

約書亞嚇到了，而且還不小心碰落了好幾塊紙磚，蓋得好好的磚牆轟然傾落，「啊！不要！」他看著散落的那堆紙磚，不禁發出哀號。

「哦，約書亞，」羅佛雷斯老師的語氣依然舒緩平和，「沒關係，我們一起蓋回去，你看！」她開始重新整理紙磚，一個一個疊上去，約書亞還在吸鼻涕，不過也開始幫忙造牆，過了一會兒之後，約書亞又有了自己的安全屏障。

羅佛雷斯老師請強納森與克萊兒入座，不過這些椅子都小得不得了，她開口了，「我們來聊聊約書亞吧。」

「約書亞是個很可愛、很體貼的小男孩，但有時候會極其不安，尤其是大家叫他嘗試新事物的時候，」克萊兒越說越多，「有時候他看起來很沉浸在自己的小世界，我們真的很難把他拉回來。」

「凱比太太，就一個幼稚園小朋友來說，這倒不算罕見，」羅佛雷斯老師說道，「我會特別注意他，要是出現任何狀況，我一定會馬上讓你知道。」

「約書亞最近發生了事情，心靈嚴重受創，」克萊兒向老師解釋，同時盡量讓自己的聲音不要發抖，強納森也緊握著妻子的手，「上個禮拜，我們開的書店發生搶案，約書亞那時候也剛好在店裡，目睹一切，我們兩個人都受到嚴重驚嚇。」克萊兒一想到那兩個搶匪，還有高個男孩手中亮晃晃的刀，不禁猛搖頭。

「警方還沒有抓到人，」強納森補充道，「約書亞現在非常擔心媽媽，時時刻刻都要和克萊兒在一起，他覺得自己應該要盡力保護媽媽。」

羅佛雷斯老師皺起眉頭，面露關切之情，「謝謝兩位告訴我這件事，我們先看看他剛入學這幾天的表現，然後我會將他的狀況告訴兩位。要是有需要的話，學校輔導老師隨時都可以來看他。所有的幼稚園小朋友在開學時都有一段適應期，有些人需要比較久的時間。」老師起身，走向約書亞的磚牆城堡，「很高興認識你，約書亞。」

「我也是。」約書亞回道，但聲音幾乎讓人聽不見。

羅佛雷斯老師又回頭繼續和克萊兒及強納森講話，「幸會，凱比先生，凱比太太，如果兩位想要陪小孩一起參加我們的校外教學活動，請不要客氣，一定要讓我知道，」她刻意提高聲量，繼續說道，「這個秋天，我們要先去消防隊、蘋果園、南瓜田參觀，冬天我們要去學校後面的山上玩雪橇，還要做薑餅屋，接下來呢，最棒的一次郊遊，就是在春天！」

「哦？去哪裡？要做什麼？」克萊兒的聲音也變得高亢，她刻意這麼做，希望能讓約書亞也覺得興奮開心。

「我們還不能說，得要等到開學的第一天才能公佈，因為，真的是太特別了。」他們三個人偷偷看著約書亞，他還躲在牆後面，但是，穿著涼鞋的腳趾頭卻露出來，他已經在慢慢向前移動。

「嗯，我看我們也只能等到那個時候，才會知道答案。來吧，約書亞，」強納森在喊兒子，「羅佛雷斯老師讓你玩這些好好玩的紙磚，你該對她說什麼呢？」

「謝謝你。」約書亞的聲音尖細而怯懦。

「不客氣，約書亞，」羅佛雷斯老師態度和藹，「開學的那一天，你還是隨時可以回來玩紙磚。」

強納森伸出手，想拉兒子一把，不過約書亞卻沒理會爸爸，自己爬了起來，比父母搶先一步、衝到了房外，腳步聲在簇新的打蠟地板上發出了回音，他走得很慢，頭低低的，肩膀緊挨著繽紛的水泥牆。

「哎，約書亞，」克萊兒輕聲嘆道，她知道兒子聽不見她的聲音，「一切都會好好的。」

艾莉森

馬上就要去面試書店的工作了，我坐立難安，我根本沒有真正的工作經驗——念高中的時候，我沒有時間打工，哦，但是我們在克雷文維爾監獄裡有做過面試練習，而歐莉娜昨晚也為我做了一次模擬面試，但我還是因為焦慮而全身不舒服，我不知道書店老闆是否真願意請更生人去上班，但她至少還是給了我面試的機會。歐莉娜告訴我，政府提供了許多優惠的稅賦政策，鼓勵企業雇用像我這樣的人。

「她知道我為什麼坐牢嗎？」我在出門前問了歐莉娜。書擋書店距離葛楚特之家只有幾條街而已，所以如果我能在那裡工作的話，上下班只需靠步行即可。

「知道基本案情，」歐莉娜解釋，「但是她有心幫忙，而且政府也會支付你的薪水。」

「我看起來怎樣？」我伸出雙手，轉了一圈，我已經為面試做了打扮，全身上下的行頭都是向碧亞借的，裙身有點太短了，袖口在手腕上方，而且鞋子也咬腳，但看起來總也還有幾分專業，希望能讓對方留下好印象。我得回去爸爸媽媽家一趟，拿一點自己的衣服回來，不過，我還沒有和他們聯絡上，爸爸經常出差，媽媽總有自己的計畫，他們兩個是大忙人。

「看起來很好，」歐莉娜告訴我，「真的不需要我載你過去？」

「謝謝，不用了，走點路沒關係。」我最近才發現，能夠隨時走出戶外，也是令人值得珍惜的一件事，讓我能夠感受臉上的溫暖陽光，肌膚的冰涼夜氣。

我到達的時候，書店正好剛開門，我從窗戶看到裡面有位女子，想必就是凱比太太，有位顧客和她聊天，她露出微笑，一邊還將對方買的書放入印有書店名稱的紙袋。我仔細看著自己的窗中倒影，深呼一口氣之後，推開書店大門。

「嗨！」我走向她，知道自己的內心並不如外表那麼有自信。凱比太太長得很高，但是沒像我這麼高，她的個子結實苗條，一身橄欖色的肌膚，金棕色的長髮披在肩膀上，臉上戴著粗框玳瑁眼鏡，「我是艾莉森．葛蘭，」同時我也伸出自己的手，一如先前的面試演練，「今天我是來參加面試，想要應徵兼職工作。」接下來就尷尬了，我該不該提醒她這一切都是假釋官的好意安排？我是否應該將自己的過去和盤托出？如果是我自己主動提起先前犯行，可能會有什麼好處或壞處？歐莉娜已經事先與我討論過了，但是我依然拿不定主意。

凱比太太對我微笑，真正發自內心的微笑，不是那種看起來用抹泥刀修塗出的笑容，好兆頭。「艾莉森，」她向我打招呼，「麻煩你過來一趟，真是謝謝。很高興認識你，來，我們這邊坐，可以好好聊一下，如果我們被迫暫時中斷，也請你包涵，現在店裡人手有點吃緊。」

我交叉雙腿，雙手置於膝上，等待第一個問題。

「要不要先說一說你自己？」

「哦，我今年二十一歲，」我一開始就好緊張，「我念高中的時候，每一科的成績都是優等，也是全國榮譽學生會的一員……」我停住了，我的聲音這麼高亢，想必一定很荒唐可笑，不過凱比太太依然滿懷期待看著我，我深吸一口氣，「凱比太太，我真的很希望能夠爭取到這份工作，我在過去犯下許多嚴重錯誤，我絕對不會再犯錯了，」我身體前傾，看著她的眼睛，「我想要重新開始，我一定會很謝謝你，只要……」我的下巴開始顫抖，眼裡已經盈滿淚水，「只要你願意給我一個機會就好。」

凱比太太沒說話，只是看著我，我完全無法判斷她的心思。

「艾莉森，我這樣說吧，我想，這應該算是互相幫忙，歐莉娜對你讚譽有加，我也真的需要人手。」凱比太太對我微笑，眼光極其和善，我已經好久沒看過這樣的親切目光了。

我清了清喉嚨，趕緊擦去眼淚，「謝謝。」我頓時鬆了一口氣。

「太好了，」她語氣很開心，同時也站起身來，「那後天開始過來好嗎？九點鐘上班，下班時間大約是四點鐘左右？」

我點點頭，「太好了，謝謝，真是謝謝你！」我又再次與她握手致意，她完全沒有任何遲疑、握住我的手。

「不客氣，這裡工作很舒服。後天你也會看到我的小兒子，他叫作約書亞。」

「我很期待，還有，凱比太太，」我的激動之情幾乎快藏不住了，「我一定會好好表現，不會讓你失望的。」

我可說是一路蹦蹦跳跳回到了葛楚特之家，好想和別人分享今天的面試過程，希望有人能和我一樣開心，但是，我想到可以打電話的人，只有布琳。

這幾年來，甚至在我入獄之前，這個夢就一直徘徊不去，惡夢，真的，同樣的夢境不斷出現，你絕對想不到我這樣的人居然會作這種夢……你一定以為是嬰兒和河流，錯了，我說出來，你會嚇一大跳，在我的夢中，我待在家裡，正準備學術能力測驗，我伏首苦讀，在筆記本上振筆疾書，然後鬧鐘響了，就這樣，時間到了，我得去考試。我仔細把書本與筆記收好，削了七支HB鉛筆，為了要讓電腦能夠判讀答案紙，一定得是HB鉛筆才行。我神色自若，準備要走出臥房，我準備好了，很有信心會拿下第一名，當我握住門把，卻發現居然轉不動。

我想要用力扭開，但門把依然動也不動，我被鎖住了，整個人陷入驚慌，我衝去窗邊，想要打開窗戶，但它也卡死了，我胸口覺得好悶——沒辦法呼吸了，我一定得要離開房間，因為我要去參加考試，我一直捶門，叫著媽媽、爸爸，也呼喊著妹妹，誰放我出去都好，我又回到窗邊猛敲窗戶，希望引起下面的人的注意，但沒有人看到我，我敲得更用力了，手指好痛，而且因為缺氧而開始感覺冰冷；手指已經變成青藍色，我快死了，我得要打開窗戶才行，我已經什麼都管不了，開始以頭猛撞玻璃，它也隨之震搖、出現裂痕，我的額頭溫溫溼溼的，我知道是血，我繼續以頭猛撞玻璃，它的裂痕更深，我不覺得痛，因為逃離的渴望已經凌駕一切，我撞，我一撞再撞，我的雙眼已經因為鮮血而睜不開，我也知道許多細小的玻璃碎片插進了皮膚裡。

然後，我醒來了，在自己的臥室裡，或是囚室裡，全身是汗，但卻因為發冷而不停顫抖。

我不放棄，從不。無論如何，我一定要讓布琳和我說話。

克萊兒

約書亞的開學第一天相當令人期待，由於約書亞事先去過了教室，也見過羅佛雷斯老師，所以他對於去幼稚園也不再畏怯，其實，他看起來似乎還滿興奮的。

他很煩惱不知道該穿什麼好，最後決定要穿普通的紅色T恤，加上他最愛的卡其短褲。「約書亞，你看起來真的好帥。」克萊兒稱讚兒子，他笑了，穿著新球鞋跳來跳去，好驕傲。

克萊兒並沒有心理準備會看到這個場景，數百名孩童在教室外頭徘徊、等著鐘響，「亂中有序。」她是這麼說的，然後她又回頭看著約書亞，他看著這一大群孩子，目瞪口呆，整個人看起來像是被催眠了一樣。

「哇，」強納森低聲嚷嚷，「現在怎麼辦？我們就把他丟在這，把他送進……那個？」

「不。我們可以陪他進去，」克萊兒說道，「但我們可以等一下，等到鐘聲響起，大部分的小孩都進去了再說。」

「我不要去！」約書亞在後座恐懼大叫，「我們回家。」

「沒事的，」強納森口氣溫和，「來，我們檢查一下書包。」

「我不想去。」約書亞又說了一次，他的聲音裡開始出現焦慮。

「來啦，小朋友，我們先看你的裝備，確定蠟筆是不是夠了。」強納森和約書亞一起檢查，一項接著一項，確認開學用品已經準備妥當，克萊兒含笑看著這對父子彎身檢查文具，等到他們好不容易大功告成之後，鈴聲也響了，不過還有好些小孩依然徘徊在外頭。

「好，約書亞，你看，」克萊兒開口，「其他小朋友都進去了，對不對？開學的第一天，你怎麼可能會遲到呢？看起來你都已經準備好了呀。」他們一家三口走向學校的大門，約書亞拖拖拉拉，慢吞吞的，等到他們到達羅佛雷斯老師教室門口、站定之後，約書亞開始偷瞄教室裡面，二十個幼稚園新生大多開心得不得了，他也心癢難耐，最後，他抬頭看著爸爸媽媽，雙唇在抽動，十分緊張。

「那，我進去了。」約書亞緩緩說道，宛如這五歲的小男孩身體裡、住了一個四十二歲的老靈魂，「放學之後，再見了。」他的聲音裡有著憂傷的氣息，克萊兒覺得自己的心都要碎了，她趕緊把兒子擁入懷中，抱得好緊好緊。約書亞從爸爸手中接過那鼓脹又沉甸甸的書包，小心翼翼，準備要走進教室，宛如得過早面對死亡一樣凜然。克萊兒咬著雙頰，努力不要讓淚水潰堤，為什麼約書亞的生命是如此困難重重？

克萊兒伸手勾住強納森，兩人一起看著約書亞走進教室，羅佛雷斯老師向他打招呼，還幫他找了個舒服的位置，「他就這樣走了。」克萊兒低聲輕語。

「對，他就這樣走了。」強納森也回應妻子。

這兩個人一直站在教室門口，一直到羅佛雷斯老師向他們比出了大拇指向上的手勢、並且客氣作勢請他們離開為止。當他們往車子方向走去的時候，克萊兒還數度回頭張望，似乎也有幾分期待，希望看到約書亞衝出來，求媽媽不要留他一個人，她知道自己不該這麼想，但是她的確有些傷感，約書亞不會再那麼需要媽媽了，其他的人，老師，朋友，將會逐漸佔滿他的人生，但這是好事，她這麼告訴自己，這個早晨很順利，兒子自己走進教室，沒怎麼大哭大鬧，克萊兒要高興才是，但其實她開心不起來，或許，鬆了一口氣吧，但絕對稱不上是開心，「他會適應得很好。」強納森告訴妻子，同時也握住她的手。

「我知道，」克萊兒回答得很勉強，她的人已經坐在車子的副座位置，「只是不能相信他真的去念幼稚園了，首先，我從來不覺得這一天真的會來，而且，也沒想到會這麼順利。我想，自己一直這麼煩心，也累了吧。」

「一起去吃早餐吧。」強納森突然靈機一動。

「啊，我沒辦法，」克萊兒很抗拒，「我得去開書店的門，已經很晚了。」她看著儀表板上的時鐘，八點五十分，距離開店還有十分鐘。

「那，回家搞一下吧。」他挑逗低語，還把手伸到了她的大腿間。

「強納森！」他惹得克萊兒哈哈大笑，她一把推開他的手，「我沒時間啦。」

「別這樣，我們多久才能好好過一次兩人世界？」他又再次將手放回她的膝上。

「真要回去？」克萊兒問道，強納森心血來潮讓她好驚訝。

「是，真的。」他的手現在已經向上滑入她的裙底了。

克萊兒輕吻著他下巴的柔軟肌膚，又把他的臉轉過來，對著自己，然後又是一陣親吻，她的舌在他的下唇周邊不斷遊走，一股渴望竄入她的體內，甜美又無以名狀。

「求你，」她附在他耳邊低喊，「快帶我回家。」

布琳

我終於趕到學校，看到米西和一群女孩站在咖啡區裡，她的眼睛直勾勾看著我，我走過去找她，她只打了一聲招呼，隨即轉頭和其他女孩聊天，宛如我根本不存在一樣。

那個派對裡的男孩一定對她說了我的過往，艾莉森的事。

事情演變至此，也和林登佛斯一樣。

一開始的時候，我覺得最淒慘的事情，莫過於艾莉森不在家，整個屋子空蕩蕩的，好安靜。就在艾莉森被逮捕後的那幾天，我犯了一個大錯，我溜進她的臥房，躺在她的棉被裡，以枕頭貼著自己的臉，讓我可以嗅聞到她留下來的氣息。艾莉森的獎盃與獎章已經開始染塵，但依然閃耀著昔日榮光。

爸爸發現我待在艾莉森的房間裡，還坐在姊姊的床上、玩著她的藍緞帶獎章，我以為他會進來，和我坐在一起，我多麼希望他可以靠近我，告訴我一切都會安然無恙，我希望他可以握著我的手，問我艾莉森那晚生小孩的情形，我想要告訴他我待在那裡，拭去姊姊前額的汗珠，鼓勵她使力猛推，而且，我還抱著她的小女嬰。不過，艾莉森卻逼我這麼告訴爸媽和警方，我在自己的房間、戴著耳機聽音樂，所以我根本沒有聽到任何動靜。我好想和爸爸訴說這些事，但他卻只是站在門口看著我，臉上的表情失望至極，我知道我永遠不可能變成爸媽心目中的理想典範。第二天，我想要再進去艾莉森的房間，但是卻發現房門被鎖住了，原來，爸媽覺得我連碰姊姊東西的資格都沒有。

爸媽在家裡走動，失魂落魄，媽媽一直在哭；爸爸的工作時間拉得更長，有時候甚至到午夜才回家，晚餐是一場沉靜無聲的惡夢，沒有了艾莉森，家中的話題也隨之消失，沒有人會提到排球賽或是上大學的計畫，我只有少數幾個朋友，他們也幾乎很少再打電話來，我不怪他們，真的，要叫他們說什麼好？潔西打過電話，而且還來我家找我，她故作開心，想要帶我去參加足球賽和看電影，但我只覺得麻痹了，茫然不知所措，我是林登佛斯高中二年級的學生，艾莉森要是沒出事，也應該念三年級了，如今別人在走廊上對我投以注目禮，還有竊竊私語，我都一概不予理會。

等到第一次的學校成績單寄來家裡，爸媽才驚覺狀況有異，決定立刻採取行動，我的各科成績幾乎都不及格，體育課也一樣慘兮兮。我們家的信箱裡才剛剛收到信，爸媽就把我帶到校長室，巴克利校長是那種可怕又精力充沛的校長，她會在走廊上來回走動，確定學生要品行端正，她嫁給了自己的工作，一大早就到校，等到天色變黑才會離校。她個性嚴格，幾乎可說是尖刻又粗魯，但她也真的認識林登佛斯高中的每一個學生。

「為什麼沒人告訴我們布琳成績不及格？」媽媽的態度憤怒強硬，「真叫人無法接受。」

「葛蘭太太，」巴克利校長回道，「我們有寄通知，也打過電話，但是都找不到人。」

媽媽瞪著我，眼光凌厲，「我什麼通知都沒看到。還有，我也沒接到電話，你有接到嗎？」她問我爸爸，但他只是面露疲色搖頭。

「我們大家都很擔心你，布琳，」巴克利校長終於對我開口講話了，「對你和你的家人來說，這段時間真的很難熬，我們了解，所以大家很想要幫你。」我的頭低低的，一句話都沒吭聲，「如果你想找人談一談，我們絕對可以幫你安排。」

「不需要，」媽媽不耐，「她只需要專心念書。」

「我們會幫她找家教，」爸爸接著補充，「我們一定會好好補救，這段日子的確不好受，但沒有什麼狀況是我們處理不了的。」

「我們不需要外部資源，」媽媽態度很激烈，人已經站起來了，「從現在開始，我們要收到布琳各科成績的每週報告，我們會為她請個家教，今天很謝謝您。」她的話一說完，旋即轉身離開巴克利校長的辦公室，爸爸和我也只能緊跟在她的後頭。

他們說到做到，真的為我找了家教，每天放學之後，有位就讀聖安娜大學的大學生會到家裡來，為我補習一個半小時，我們坐在廚房的餐桌上，複習代數等式與西班牙文單字。我的家教是個哲學系學生，個性無趣，毫無特色可言，很冷酷，她的確很會分析解說，幫助我順利吸收，但她缺乏耐心，當我心不在焉的時候，她會用舌頭發出怪聲，劈劈啪啪扳折手指。

最後，我的成績終於進步到全部都是乙等，體育成績也低飛過關，我剛好是以中段的成績畢業。我才高中剛畢業，媽媽立刻為我註冊了聖安娜大學的暑期課程。

我試過，真的努力過了，但只要我一踏進教室裡頭，恐懼感就會立刻排山倒海而來，我的胸口開始抽緊，耳裡也聽得到心臟的劇烈跳動聲，我很難在教室裡待五分鐘以上，通常是立即逃之夭夭。

我好期待自己變成十八歲的那一天，我都計畫好了，準備告訴爸爸媽媽我要輟學，在本地的獸醫院找份工作，雖然薪水不高，但好歹是個開始。我們剛從外頭餐廳慶生回家，正準備吃蛋糕與冰淇淋，我發現了廚房流理台上的那一封信，先前與父母共度夜晚的愉悅，消失了。艾莉森被捕已經超過兩年，雖然爸爸媽媽鮮少提到她，但到處都有她的痕跡，屋裡重要位置的照片裡，她那美麗面容的光芒依然照耀著我，現在，她的信又直瞪著我看，我先前的決心也沒了，艾莉森在坐牢，不重要；她還會被關八年，也不重要，因為，她無所不在。

我沒有動蛋糕與冰淇淋的甜點盤，而且把它推到那封信的旁邊，隨即上樓回到自己的臥室。我看著媽媽的安眠藥藥罐，看了好幾個小時，最後終於鼓起勇氣，扭開瓶蓋，把那些膠囊倒入手中，它們比我想像中的還小，一想到這麼微不足道的小東西，居然可以終結苦痛，我是應該要開心微笑才是。我沒有寫遺書，有什麼好說的？很抱歉我不是姊姊？我總是在自己世界的邊緣小心翼翼，但是卻取悅不了任何人？尤其是我自己？還是因為那小女嬰青紫色的幼嫩皮膚、小手小腳的畫面，依然在我心頭盤據，成為揮之不去的沉重惡夢？

我開始吞藥，一顆接著一顆，我把它放在舌尖，宛如是在領聖餐禮，讓我體悟自己的罪錯。不夠聰明，不夠漂亮，運動神經不夠好，一直不夠，不夠。我整個人鑽進被窩裡，等死，我很快就進入夢鄉，我不知道爸爸媽媽會不會懷念我，我想是不會。失去艾莉森的傷痛，已經讓他們被掏得一乾二淨了。

自殺成功的機會本來很高，但我沒料到媽媽在找自己的安眠藥，她發現我躺在床上不省人事，旁邊留了藥罐。等到我醒來的時候，已經在醫院的急診室，他們正在為我洗胃。幾天之後，我已經準備前往紐艾莫利、與奶奶住在一起。

事隔一年之後，我本來以為一切都會變得更好，我只需要讓艾莉森、爸爸媽媽離我遠遠的就好，忘卻過去，專注未來。我錯了。

中午還有一堂課，不過我溜進車裡，蹺課回家了，奶奶不在家裡，米洛滿懷期待看著我，希望我可以帶牠去散步。不過，我的目標卻是冰箱上頭的櫃子，那裡是奶奶貯放酒品的地方，我知道做這種事又傻又笨，我不應該，但我還是抓了一瓶酒，又拿了高腳杯，斟滿了甜香的紅酒。前晚的酒精依然讓我覺得反胃，但我不管了，我想要回到那先前的美妙短暫時光，我以為自己只是個和朋友一起玩樂的女大學生，有個可愛的男生似乎對我有意思，沒有人知道我的過往。

我拿起酒瓶，回到自己的臥房，喝了一大口紅酒，靜靜等待，等待酒精順暢溫熱的效果傳遍雙腿與指尖，等待它麻醉我的心智，好蠢，真的，我居然以為自己會有全新的人生。

克萊兒

克萊兒望著艾莉森在面試後離開書店，她的腳步輕盈暢快，讓克萊兒印象深刻。這女孩剛進到書店裡的時候，垂頭喪氣，背負著過往而異常沉重，不過，她還是努力站得直挺挺的，盡可能展現自信。艾莉森．葛蘭雖然有她的過去，但看起來是個好女孩，每一個人都應該要有第二次機會，這是克萊兒堅持的信念。如果當初老天爺只給她和強納森一次為人父母的機會，那麼，他們的生命裡也不可能出現約書亞。

七年之前，某個酷寒難耐的一月夜晚，他們才剛剛拿到了養父母執照一個禮拜，達娜的電話就來了，有個三歲小女孩，半夜正在德拉克斯街頭流浪，她沒有戴帽子，也沒有穿外套，一群大學男生發現她的時候，小女孩也說不出自己家在哪裡，爸爸媽媽是誰。他們打電話給警察，衛生服務部的人員開始介入，所以打電話給克萊兒和強納森。「我們馬上過去。」強納森告訴達娜，他沒有問克萊兒要不要領養小孩，因為他知道答案，妻子最深切的渴望莫甚於此，小孩是男是女不重要，多大年紀，出身，膚色，也都不重要。而克萊兒也明白，丈夫的心願就是讓自己緊貼著那小小的心跳聲，不斷告訴那孩子，一切都會平安無事。

他們的確過了一段平安和樂的日子，但最後的結果卻並非如此。艾拉的媽媽妮姬是個二十一歲的大學在職進修生，艾拉走失的那個晚上，她正和朋友在自家公寓裡喝酒吸毒，等到她清醒過來、發現女兒不在公寓裡的時候，艾拉失蹤的時間已經將近有十二個小時了。

那天早上，他們夫妻兩人趕去醫院，他們為艾拉做身體檢查，確認她沒有凍傷或是受虐。達娜向艾拉解釋，她得去凱比夫婦家住一陣子，艾拉抬頭看著他們，好生疑惑，「我媽媽呢？」她問了一遍又一遍，「我要媽媽。」他們把她帶到車上的時候，她也沒有抗拒，只是一直看著車窗外頭，只要有人從街上走過，她就會頻頻轉頭，宛如在找某一個人。當他們把車停在家門口的時候，艾拉似乎也立刻明白，自己在短時間之內是不可能回家了，疲倦的雙眼立刻盈滿淚水，她開始全身發抖，連牙齒也跟著打顫，看起來冷到不行。

「乖，艾拉，沒事了，」克萊兒幫她裹了一條厚厚的毛毯，又讓她坐在沙發上，「肚子是不是餓了？」

艾拉一開始沉默不語，只是盯著這對陌生人的小狗，牠正趴在小女孩的腳邊，鼻子發出唏哩呼嚕的聲響。

「牠叫楚門，」強納森告訴艾拉，「是隻鬥牛犬，牠上個禮拜才來我們家。」

「牠會不會咬我？」她緊張問道，聲音出奇沙啞。

「不會，」克萊兒向她保證，「牠是隻很乖的小狗，要不要摸摸牠？」

艾拉緊咬著雙唇，又閉上雙眼，彷彿陷入沉思。過了一會兒之後，她抬頭看著克萊兒，深呼吸，似乎是鼓起了天大的勇氣。

「牠真的不會咬人，」強納森把小狗抱上艾拉旁邊的坐墊，又強調了一次，「牠可能會舔你，但絕對不會咬你的。」

她怯生生伸出肥嘟嘟的小手，火速摸了一下楚門的頭，然後開始咯咯笑，她玩了一次又一次，快摸，大笑，最後強納森和克萊兒也跟著她一起笑，楚門輪流看著他們，露出我又能奈何的表情。二十分鐘之後，艾拉睡著了，整張臉埋在楚門的脖子裡，強納森和克萊兒坐在那，看著這小女孩，已經立刻愛上了她。

過沒多久，克萊兒已經把艾拉當成自己的女兒，她知道這太危險了，她很清楚，自己還沒有真正的權利叫艾拉女兒，但她真的很愛這小女孩，宛若是自己懷胎九月親生的一樣。艾拉是她見過最漂亮的小孩，棕色大眼可以瞬間變得很淘氣，但下一秒又淚眼汪汪。她馬上開口喊強納森爸爸，不過看得出來很想念自己的親生媽媽。

妮姬當然想把女兒帶回身邊，但顯然很不得法，她不肯和自己的社工人員好好合作，而且還會頂嘴爭吵，監督探視和個案輔導會議也總是遲到，她是很努力，但卻總是搞砸，克萊兒真的不懂，小孩是如此美妙的奇蹟，怎麼，怎麼，怎麼可能會有人無法排除萬難、好好爭取與小孩相處的機會？不過，在監督探視的時候，妮姬還是坐在地板上和艾拉玩耍，希望可以好好融入女兒的生活，克萊兒不好意思承認，但目睹她們兩個人在一起的時候，她的心裡充滿了忌妒，妮姬和艾拉彼此微笑撫觸，宛如她們已在一起生生世世，妮姬會以手掌溫柔輕托著艾拉鼓鼓的腮幫子，克萊兒也可以想像妮姬當初懷孕時、以同樣方式抱著大肚子的模樣，這是一種保護與佔有的姿態，好親暱，克萊兒不想看；太傷感了。

艾拉待在強納森和克萊兒的身邊，只不過就一年又多了那麼一點點。強納森萬萬沒有想到，生母要回艾拉的種種必要條件，妮姬都一一改善，真的做到了。克萊兒還記得那個二月，當他們裁定要將艾拉交還生母的那一刻，強納森完全無法置信的僵硬表情。那是個淒冷的下午，很像是艾拉來到他們家的那個晚上，不過，她現在卻有了更加保暖的衣裝，薰衣草色的毛皮外套，搭配相襯的帽子與手套，全都是強納森和克萊兒買給她的，她的棕色雙眼閃閃發亮，望著他們的模樣好興奮，「是不是要去找媽媽？」她問了一次又一次。

「對，小美女，」克萊兒呼喚她的小名，「不過這一次，你和媽媽會……」她說不出永遠這兩個字。誰知道呢，克萊兒心想，也許她還會犯錯，艾拉未來還有機會能夠回到他們夫妻身邊，不過，連她自己也知道不可能，因為妮姬真心希望可以把孩子帶回去，「會在一起，很長一段時間。」克萊兒說完了，艾拉仔細想了好一會兒之後才接腔。

「爸爸也會來。」她的這句話是陳述句，不是疑問句，強納森的喉間突然發出微弱的聲響，卻哽住了，克萊兒好不容易才忍住淚。

「不行，爸爸不會去。」克萊兒盡量讓自己的聲音聽起來開心，她心想，至少這點我還可以做得到，何須讓艾拉心懷憂傷上路？「艾拉，你以後要和媽媽住在一起了，」克萊兒可能已經說了上百次，「是不是很開心？」

「對啊，好開心，」艾拉很高興，「但是爸爸要來，克萊兒媽媽，你也是。」她好堅持。

「不，艾拉，這次不行。」克萊兒回道。她聽到駕駛座上的強納森在吸鼻子，她的手也放到先生的膝上安慰他。他們到了達娜的辦公室，強納森解開艾拉的兒童座椅，趕緊把她緊緊擁在懷中，深怕她受了風寒，克萊兒這時候才驚覺他們做錯了，她本來以為，他們夫妻倆能夠坦然面對這個狀況，這一年來，她和強納森盡心保護艾拉，讓她衣食無缺，也展現真正的感情，深愛著她，但現在他們居然得要把她送回去，送還給那個當初寧可和朋友喝酒玩樂、卻讓小女兒半夜在街頭遊蕩的媽媽。他們進入衛生服務部辦公室，冷風正吹著克萊兒的臉頰，這裡也正是他們每次帶艾拉與生母面會的地方。

「艾拉，我們要在這裡說再見了，給我親一個。」克萊兒的聲音故作輕快。

「再見，克萊兒媽媽。」艾拉在她嘴上猛力親了一下，克萊兒也回給艾拉一個緊緊的擁抱。

「我好愛好愛你，小美女。」克萊兒好不容易才說出口，淚已潰堤。

「再見，爸爸。」艾拉掙脫克萊兒的懷抱，奔向強納森，她緊抱著強納森的腿，他接下來不知道該怎麼辦，胸口劇烈起伏，而克萊兒也只能無助望著她。

「再見，爸爸。」艾拉又說了一次。

強納森蹲下去，露出了違背自己哀戚眼光的微笑，「再見。」她的雙手環抱著強納森，小臉蛋埋在他的頸間。

「我好愛你，艾拉，一定要永遠記得，好嗎？」強納森聲音沙啞，讓人極其不忍，逼得克萊兒必須閉上雙眼，她不敢看了。

「我也愛你。」艾拉放開了強納森，投向妮姬的懷抱，「我們走吧，媽咪。克萊兒媽媽，爸爸，再見。」

「來吧，艾拉，」達娜開口，「我們一起來把你的包包放進媽媽的車裡。」只不過一眨眼的時間，艾拉就不見了。

他們夫妻倆手牽著手，一起走到停車的地方，開車回家，沿路上兩個人都沒有講話，現在這間房子好空蕩，一片死寂，就連楚門也不知該如何自處，牠在每個角落東聞西聞，仔細巡查房間，一直在找艾拉的身影。

克萊兒記得，當天晚上他們想試著做愛，兩人脫去對方的衣服，褪去襯衫與褲子，赤裸裸站在漆黑一片的臥室中央，窗戶的霜氣，加上窗簾的陰影，讓下面街道的行人無法窺探屋內的動靜。強納森佈滿粗繭的手指，撫摸著她大腿的內側，克萊兒的唇吻著他的頸項，她特別依戀他下巴底下那一塊忘了刮的粗糙鬍碴。不過，最後他們兩人都停下來，因為悲傷，以及精疲力竭。克萊兒的頭枕在強納森的肩膀上，而他的臉頰也依著她的頭，整間房子好安靜，太安靜了。他們知道自己無須再傾耳聆聽外頭的動靜，也不需要擔心艾拉會從自己的床上爬下來，搖搖晃晃走到他們的臥房門口、踮起腳尖一把拉開那光潔的銅門把，突然把門打開，撞見裸露程度每次都不太一樣的克萊兒和強納森，艾拉如卡通般的童聲會從暗處傳來，「你們在幹嘛？我可以進來嗎？」他們兩人只好趕緊穿上衣服，而艾拉立刻爬上床，鑽到兩人中間。

克萊兒與強納森依然站著，濃重夜色壓在他們的肩頭，她感覺到丈夫滾燙的第一滴淚，從她的太陽穴，沿著臉頰流了下去。克萊兒忍住衝動，沒有拭去他的淚，任由它繼續滑落鎖骨、雙乳之間，最後掉落在腳趾上。克萊兒牽起強納森的手，帶他到床上，她為他穿上內褲，動作輕柔，而且還為他那冰冷的雙腳、套上厚厚的毛襪，隨後又拿了件舊T恤，將他的手臂套入袖子中。在這過程中，強納森只是靜靜流著淚，「我懂，」克萊兒說了一遍又一遍，「我懂。」她把棉被拉到他的下巴處，仔細蓋好，然後自己光溜溜地鑽進被窩裡，躺在他的旁邊。強納森輾轉難眠，克萊兒則是完全無法入睡。

有好長一段時間，克萊兒都沒有辦法開口提起艾拉，她還記得去年萬聖節的時候，那時艾拉還在他們身邊，她盛裝打扮，穿著銀光閃閃的禮服和小塑膠高跟鞋，不過她才走了一條街就放棄了，「這種東西是殺人蜂。」她一邊抱怨，一邊踢掉鞋子。又或者，他們會看到艾拉和楚門一起躺在小狗的羊毛圓床上，互貼著額頭沉沉睡去。有時候，她也會看到強納森的臉上突然出現一抹微笑，但隨即立刻消失，克萊兒知道，他也在想著艾拉。

他們決定要從頭開始，接受更多的助孕治療，也開始討論領養的程序，他們之前將所有的希望寄託在艾拉身上，如今又必須再來一次，子宮裡，手心裡，全都空蕩蕩的，他們依然膝下猶虛。

但是，不到一年的時間，約書亞來了，克萊兒心想，他是我們的，一輩子都是，她有了第二次當媽媽的機會。

她現在覺得回報別人的時候到了，她也想給艾莉森．葛蘭第二次機會，一個全新的開始，嶄新的人生。

查爾姆

查爾姆今天在醫院裡耽擱了一點時間，她打電話給蓋斯，想告訴繼父她會盡早趕回家，但是沒有人接電話。她一大早離開的時候，蓋斯看起來狀況還不錯，中午的時候，他們也通過電話，他倒是聽起來有些疲倦，他還說，希望晚餐吃馬鈴薯泥，查爾姆開車的時候，一直按著重撥鍵，可是依然沒有人應話。她把車停在房子前方，發出尖銳的煞車聲，她猛力打開車門，發現蓋斯的園藝工具堆放在花圃的旁邊。「蓋斯！」她打開後門，發出淒厲叫喊。

「蓋斯！你沒事吧？」查爾姆衝進小屋裡，打開蓋斯的房門，發現他正躺在床上熟睡，胸膛上下起伏，發出激烈呼吸聲。

查爾姆悄聲關了房門，回到客廳，跌坐在沙發上。她小時候剛搬進來的時候，沙發就已經在這裡，如今靠墊已經塌陷，藍綠色的格紋布面也磨損褪色，但這張沙發還是好舒服，聞起來有家的感覺，她好疲倦，長期擔心蓋斯的健康，還有自己的學業，讓她心力交瘁，她躺在沙發上，拿了毛毯蓋在身上，閉起雙眼。她才二十一歲，但卻覺得自己好蒼老，骨頭開始敏感痠痛，頭皮毛囊冒出白髮，電話響了，但她實在太累，無法起身接電話，她告訴自己，還是由電話答錄機代勞，省省力氣吧。

「只是想看看你在不在，」母親的聲音響徹整個客廳，她聽起來好單純可愛，充滿了母愛，但經過好些年之後，查爾姆很清楚，母親所有的言語行為，一點都不單純。芮妮先扯了一下自己的工作和賓克斯，顯然他們兩個人還是在一起，她又話鋒一轉，想要下週邀她共進晚餐，「下個禮拜我有四天晚上要上班，但是賓克斯和我在週一晚上都有空，我們想找你過來吃頓便飯，不是什麼大餐。」

在她母親掛電話之前，查爾姆一度想要接起電話，但最後決定還是不要。要是一切如常，至少，母親那裡沒什麼大事的話，她是不會再打電話來的，但如果她的動機不單純，二十四小時之內，她一定會再次來電。此時電話立刻又響了起來，查爾姆擔心鈴響會吵醒蓋斯，決定接起電話。

「小查爾姆？」她母親喊得親切。

「嗨，媽媽。」她的語氣也盡量迎合母親的熱情。

「我剛才有打電話，可是你沒接。」她聽起來有些受傷。

「抱歉，我才剛到家，還來不及聽留言。」查爾姆努力裝出誠懇的樣子。

「好，你週一晚上能不能過來吃晚餐？」芮妮問道。

「哦，這樣啊，」她支支吾吾，「我先看看醫院的班表，工作時數超多的。」查爾姆先擱下電話，走去冰箱那裡拿了罐汽水，她打開之後，喝一大口，又慢條斯理走回電話旁，「媽媽，真抱歉，那天我應該是要在醫院，開始要值精神科的班，我看，不然下次再說好了。」查爾姆以手背遮口，她打了一個大嗝。

「看一下你的班表，哪天有空？」她媽媽很堅持。

「接下來這幾個禮拜都很忙，我看感恩節之後好了。」查爾姆回她。

她母親倒是認真在想，「那就是要等兩個月了。我真的好想見你，兩個月實在太久了，而且，我還有好消息要和你分享。」

不要問，千萬不要問她，查爾姆在心裡吶喊，但她還是開口了，「什麼事？」

「不行，這當然要當面才能講，」母親態度不高興，「那你告訴我究竟哪一天可以，我和賓克斯會把時間空出來配合你。」你看我多好講話，再想想你自己有多硬？母親話中有話。

「哦，好啊，那今天晚上吧。」查爾姆立刻回嗆。

「今晚？也太匆促了吧？」

「媽媽，我今天晚上有空，」查爾姆耐心解釋，「但除了今天晚上之外，接下來三週的班表都滿滿的。」

「哦，好吧，也只能這樣了。」她有些惱火。

「要帶些什麼過去嗎？」查爾姆問道，心中十分訝異，原來母親是真的想見她。

「我看甜點吧？七點左右過來，我現在可有得忙了。」聽起來媽媽很興奮，好像是小女孩要準備生日派對一樣。

「媽，只不過是我過去吃個飯而已，不需要大費周章。」

「胡說，平常根本看不到你，今天晚上當然要很不一樣。」

查爾姆心想，這果然就是她媽媽，嘴巴裡總是會說著這些單純美好的話，你也知道她是真心的，查爾姆每次都被她所誤導，不過，她還是會記著媽媽的話，宛如收藏著光滑閃亮的小石頭，日後再取出來賞玩回味。

「啊，對了，差點忘了說，」媽媽告訴她，「你哥哥打電話來，蓋斯有告訴你嗎？」

「有提到一點。」查爾姆完全沒料到會出現這個話題。

「他怪怪的，他說要告訴我和你有關的事情，你知道他要說什麼嗎？」

「不知道。」她嚇得心臟都快停了，也只能擠出這幾個字。

「好，我們七點見，小乖。」

媽媽已經掛了電話，查爾姆還是站著，手裡依然拿著話筒，查爾姆忍住眼淚，因為蓋斯在這時候進入客廳，他看起來精神不錯，皮膚也幾乎是健康的粉紅色。

她告訴繼父自己要和母親共進晚餐的事，語氣充滿罪惡感。

「當然要去啊，查爾姆，」蓋斯告訴她，「她是你媽媽，應該要多花時間陪她。」

「陪你比較好玩，」查爾姆斬釘截鐵，「而且你人比較好。」

「可能吧，」他拿出手帕壓住嘴，開始咳嗽，「但我不可能永遠在你身邊。」

「蓋斯……」她溫柔地喊著繼父。

他只是微笑，輕拍查爾姆的頭，「快去找你媽媽吧。」繼父開始下令，她覺得自己彷彿又變成了十歲的小女孩。

克萊兒

面試過艾莉森之後，克萊兒覺得日子過得好緩慢，只要有人推書店的門，發出了鈴聲，她就開始緊張，現在，雖然有了保全系統，還多出額外的人手，但她也不確定待在自己的書店，是否能就此高枕無憂。每隔幾分鐘，她就會瞄一下時鐘，望著門口，看看強納森和約書亞是不是已經出現了。她現在很想重新調整維珍妮亞的工作時間，好讓她可以和強納森一起去接約書亞放學。

終於，三點半已到，這對父子如風一般從門口衝進來，強納森笑得很開心，而約書亞則看起來很疲倦，光順的頭髮變得一團亂，衣服也沒塞進去，短褲上出現污漬，而且鞋帶也鬆了。

「嗨！幼稚園小朋友！」克萊兒向他打招呼，「開學第一天怎麼樣？」

「約書亞今天好開心！」強納森大叫，克萊兒頓時也鬆了一口氣。

「看得出來你好高興。」克萊兒把兒子抱得緊緊的。

「是啊，」他的嘴角泛著微笑，「我有玩積木，而且下課的時候還有玩盪鞦韆。」

「好厲害！」克萊兒也跟兒子一樣樂，「那春天要去哪裡郊遊呢？」

「動物園！」他興奮大叫，「我們要去動物園看大象和猴子！」約書亞彎下身子，兩手扠腰，努力扮出猴子臉，開始吱吱叫，在書店裡跑來跑去，強納森和克萊兒看著彼此，兩人都開心大笑，約書亞繞完整個書店之後，又回到結帳櫃檯，彷彿要講什麼天大的祕密，他突然脫口而出，「不過，學校裡有香蕉。」

「約書亞，我們之前就講過了，」強納森提醒兒子，「我們告訴過你，學校裡會出現你不喜歡的東西，你記得我們怎麼教你的嗎？」

「要說『不用了，謝謝你』，」約書亞語氣好憂傷，「可是沒有用啊，那個發東西的小孩還是給了我一根，我沒有皺鼻子呦，可是我快吐出來了，」他很老實，「最後還是沒有——我吞下去了。」

「約書亞，你好乖。」克萊兒稱讚他，她伸出手，手掌向下，剛好是約書亞的身高，他也馬上鑽進媽媽的掌心下，克萊兒用力摸著他的頭，指尖下兒子的細髮宛如絲緞一般，她可以感覺約書亞頭骨的每一處起伏，而且她也自有想像，比方說，左耳上方的那塊區域，她幻想那正是他儲存音樂之愛的地方，這孩子對於音樂有獨特的感受力，而且也頗有堅持，他不喜歡太大聲或重節拍的聲音——他會生氣，還會摀住耳朵，如果不是躲進其他房間，就是躲進自己的世界裡，約書亞喜歡的是輕柔舒緩的音樂。

現在她摸的是兒子的頭頂，滿頭亂糟糟的髮旋，但這裡卻是一撮硬挺的髮尖，克萊兒覺得這是他構思建築藍圖的地方，他可以花好幾個小時的時間玩樂高或是林肯積木、蓋出違反地心引力的大型建築。他的臥室裡到處散落著這些被啃得亂七八糟的小積木，偶爾他們還會在後院裡發現楚門的大便裡夾雜著這些色彩明亮的塑膠片。

她的手指繼續往下，摸到右耳後方軟凹處上方的小突起，這是他進入凱比家族之前的記憶區，她覺得，在約書亞變成他們的兒子之前，應該充滿了哀懼和腐臭的回憶，約書亞害羞，而且經常會神遊他方，還會有各種恐懼症，都在在證明了這個假設。克萊兒不停搓揉，想要化開那小結塊，但約書亞總是扭著身子逃開，嚷著不要，彷彿討厭她企圖消抹生母留給他僅有的這麼一丁點東西。克萊兒心想，那名女子想必也有她展現母愛的獨特方法，而約書亞也希望能夠牢記，此生永不相忘。

「我們要好好來慶祝一下，」強納森宣佈，「約書亞，晚餐想吃什麼？」

「披薩，」約書亞立刻脫口而出，「卡薩諾瓦的披薩。」他已經下定決心了。

「披薩，好，就這麼決定了，你要不要先到後面去，等維珍妮亞和雪比過來書店之前，先吃些點心填肚子。」克萊兒伸出雙臂，約書亞跳過去給媽媽一個擁抱，她低身想把他壓在地板上，但他卻快跑溜走了，鬆脫的鞋帶在硬木地板上發出啪答啪答的響聲。

「呼。」等到約書亞離開之後，克萊兒忍不住鬆了一口氣。

「是啊，」強納森也有同感，「才搞定了一天，但來日方長呢。」

「也許一切都會很順利。」克萊兒滿懷信心，同時也以雙臂抱住老公的腰。

「他會好好的，別擔心。好，我得先走了，」強納森和妻子道別，吻了她的雙唇，「五點半的時候，我會再過來，再帶你們一起去卡薩諾瓦。」

克萊兒幫兒子弄了花生醬餅乾三明治，又從儲藏室裡的小冰箱裡取出牛奶，幫他倒了一杯，然後她回到書店前區等待顧客上門。自從發生搶案之後，她再也不允許店內只有一個人，她當然知道，多找人手就得花更多的錢，但是有了州政府鼓勵聘雇更生人的減稅措施，錢就不是問題了。她的確需要一名兼職員工，隨著林登佛斯市中心的都更計畫登場，無論是蘇利文街，以及與朱伊德河平行的其他歷史街道，都開始湧入大量人潮。店裡有個幫忙了三年的高中生，準備要去念大學了，另外一個叫雪比的女孩，個性體貼，但是學校活動太多，每週只能來幾個晚上而已，維珍妮亞早已退休，她工作時間多在週末，而她也即將在冬天啟程前往佛羅里達州過冬。

克萊兒真的很希望艾莉森．葛蘭能勝任這份工作。歐莉娜對於艾莉森的過往沒有說太多的細節，不過，克萊兒已經在市中心發展組織認識歐莉娜多年，她們都積極參與募款與社區活動，歐莉娜不時會推薦自己中途之家的人，克萊兒一直沒答應，只有這一次除外。

強納森五點回到書擋書店門口，約書亞和克萊兒也和維珍妮亞與雪比道別。卡薩諾瓦距離書店只隔了幾條街而已，所以這一家人大手拉小手，一路散步過去。九月的陽光變得舒爽宜人，典型夏秋交接之際的天氣。

克萊兒與強納森找了沙發座位區入座，但約書亞卻跑去和一堆小孩擠在一起，他們隔著塑膠玻璃、看裡面的披薩師父在滾做和拋擲麵粉團。「如果是為了安全理由找人，怎麼會請一個坐過牢的人呢，不合理嘛。」克萊兒告訴先生，她已經要找艾莉森．葛蘭來上班，但強納森顯然不以為然。

「我知道，我知道，」克萊兒也同意，「但是歐莉娜大力保薦這女孩，說她很聰明，是個有前途的人。」

「她以前幹了什麼事？我的意思是，你難道希望約書亞和一個坐過牢的女孩子混在一起？」強納森繼續問她。

「我不知道細節，」她坦承，「是重罪，但因為表現良好而提前假釋，假釋條件之一是要確保她擺脫過去、展開新生活。歐莉娜向我保證，這女孩過去沒有暴力紀錄，當然州政府也不會把她當成危險人物。」克萊兒看到強納森臉上仍有疑慮，「我懂，」她又再次強調，「說起來是不合理，但我有很好的預感。而且只有我在書店的時候，約書亞才能過來。拜託，至少見她一面吧。」

強納森嘆了一口長氣，「好啦，就看看她吧。」

「謝謝。」克萊兒靠過去，隔著桌子親老公的嘴，「一定會很順利，而且對我們的財務也不無小補，等著看。」

「媽媽，爸爸，」約書亞朝他們的座位衝過來，「我們在看那個披薩叔叔做披薩，他把青椒朝我們的玻璃窗丟過來，而且青椒就黏在上面了！我們可以吃青椒披薩嗎？」

「當然可以呀，」強納森附和兒子，「而且一定要請他們用那幾塊黏在玻璃上的青椒。」

開學第一天的興奮感讓約書亞累壞了，等到克萊兒和強納森到家的時候，兒子的雙眼已經快睜不開來，而且還一直打哈欠。強納森把約書亞扛在身上進入屋內，上樓，讓兒子洗臉刷牙。

克萊兒把約書亞帶到床上，為他平整好床被，柔和的夜光在他頭部附近投射出微淡光暈，他的雙眼下方也出現一抹紫影，「約書亞，喜不喜歡去學校？」克萊兒問兒子，而這小孩正忙著摸玩具鬥牛犬的頭，就是這個習慣性動作，讓這隻原本毛茸茸的填充玩具現在幾乎變成了禿頭，「喜歡羅佛雷斯老師嗎？」

「喜歡，」他說出答案，但是他的聲音裡有另外一種節奏，暗示著「是，不過呢……」，所以克萊兒等著兒子說出真正的答案，「好吵，那些小孩真的好吵。」他還是說出口了。

「你的班上有好多小孩，我猜一定好吵好吵，」克萊兒一邊說道，一邊撫摸著兒子前額的髮，但是他不耐地撥開母親的手。

「媽媽我好想你，」約書亞抬頭看著克萊兒，猜測母親的反應，而且玩弄填充玩具的動作也更加劇烈，「我不想待在學校裡。」

克萊兒深吸一口氣之後，才緩緩開口，「約書亞，我也很想你，不過我有書店的工作，而你的工作就是去上學，」兒子沒有回話，「你說對不對？約書亞？」

他一句話也沒說，只是猛點頭，嘛著下唇，下巴在發抖。

「約書亞，」強納森語氣溫和，「不可以說走就走，你已經在念幼稚園了，很棒的地方是不是？」

「我知道。」約書亞發出低泣，眼裡已經冒出圓滾滾的淚珠。

「現在又是怎麼回事？約書亞？」強納森不解，但是克萊兒已經知道答案。

「我好害怕，我想跟你們一起睡。」

「約書亞，你得睡在自己的床上，這樣才能睡得比較好。」克萊兒雖然口中這麼說，但她也知道兒子會在凌晨時分爬上他們的床。

「那些壞人現在到哪裡去了？」約書亞開口問道。

「很遠很遠的地方。」克萊兒語氣堅定，但也望著強納森，希望他可以幫忙。

「他們不敢再回來了，」強納森接口，「因為他們自己也知道警察在找他們，而且，他們也知道這裡有個英勇的小男孩，逼得他們落荒而逃。」

「我就是那個勇敢的小孩。」約書亞提醒他們，彷彿爸爸媽媽好像不知道這件事一樣。

「對，就是你，約書亞，你真的好勇敢好勇敢，」克萊兒鼓勵兒子，「但你也不需要再擔心了，記得嗎？我們已經在書店裡裝了保全系統。」

「而且書店還會有新店員，」他的聲音也興奮起來，「她叫什麼名字？」

「艾莉森，對，我們也多了艾莉森，明天你就可以看到她了，所以，不要再擔心了好嗎？」

「而且我們還有楚門。」他的聲音聽起來已經昏昏欲睡，整個人依偎在被窩裡。

「我們一定會好好保護你，約書亞，」強納森喃喃低語，「不要擔心，真的。」

布琳

我醒來的時候，奶奶正靠在我的身旁，她輕搖著我的肩膀。

「布琳，醒一醒，」她聲聲呼喚我，「已經八點半了，你睡了好久，沒事吧？」

我慌慌張張從床上跳起來，不知道我是不是睡了一天一夜，又來不及上課，整個房間都在晃，我必須抓著奶奶，不然馬上會摔倒。

「感冒了，」我勉強說出這幾個字，隨即搖搖晃晃走出臥室，趴在浴室的馬桶前大吐特吐。最後，我打開浴室門，腳步蹣跚回到走廊，奶奶正在那裡等我，表情看起來很擔憂。

「我實在放心不下，」她扶著我的手肘，帶著我回到床上休息，「喊你起床喊了十分鐘，你全身發冷。」

「感冒。」我又低聲說了一次，現在我沒辦法看著她的眼睛。我鑽回被窩裡，看著床邊桌上的杯子，杯底還殘留著一點酒液，就算奶奶注意到的話，她也不會講出來。

「要不要幫你弄點吐司或熱湯？」她坐在我床邊問我。

「不要。」我整個人埋進被窩裡，所以我也不需要再看著她了，「我只想睡覺。」

她坐著不說話，靜默了好長一段時間，我只希望她趕快走，離我越遠越好，但她最後還是開口問我，「布琳，你真的沒事嗎？是不是出了什麼狀況？」

「沒有。」我的聲音從被子下面傳出來，我聞得到自己的鼻息，又臭又酸，「我只是生病了。」

「你有沒有服藥？」她問得小心翼翼，似乎是怕這個問題刺傷了我。

「有啦，」我很不耐煩，「拜託，我只是想睡覺啦，我不舒服。」

「今天的藥吃了沒？」她繼續問道。

我掀開被子站起來，找到藥罐，打開蓋子，故意做出誇張動作，好讓奶奶看到我手中的膠囊，我把它丟入嘴裡，又故意嚥了一大口，然後又把嘴巴張得大大的，讓她親眼看到藥已經不見了。我也知道自己這麼做實在很壞，奶奶只是關心我而已。我跳回床上，用枕頭蓋住自己的臉，覺得自己很不舒服，也好可悲。

又過了幾分鐘之後，奶奶的手拍了拍我的大腿。她起身，動作輕柔，離開我的臥房，知道她不在了，我也立刻吐出藏在舌下的藥。

艾莉森

真是想不到，我居然能夠得到書擋書店的工作，每當我想起自己在凱比太太面前淚眼婆娑的樣子，就覺得自己好無能，這些日子以來所流的淚水，已經超過了我過去二十一年的總和。明天我就要開始上班了，但卻完全沒有適合工作的衣服可穿。凱比太太對於工作服裝是有些要求的——不可以穿牛仔褲、T恤，或是運動衫，但我手邊的衣服也只有這些。整個下午我都在撥爸媽的電話，終於，爸爸接了。

「嗨，」他說話的聲音依然有我熟悉的自信，在我心底迴盪不已，我把話筒抓得更緊了一些。

「嗨，爸，」我的話幾乎哽在喉嚨裡，「我是艾莉森。」

電話另一頭默不作聲，我知道他在思索該如何因應才好，要和我講話？還是掛上電話？「我找到工作了，爸，」我趕緊開口，「書店的工作。不知道我可不可以回家拿一點舊衣服？現在我手邊有的衣服都不適合工作場合，所以我想也可以看看自己的衣櫃，也許可以穿去上班，我身材和以前差不多，也許可以穿舊的卡其褲，而且還有一些很好的……」我發現自己根本在胡言亂語，所以閉嘴不說了，此時我聽到父親沉重的呼吸聲，「爸，請問我可以過去一趟嗎？」我的手心在冒汗，而且手指緊纏著電話線不放，已經缺氧成了青紫色。

「爸？」我聽到自己的聲音充滿哀求。

他清了清喉嚨，說話了，「當然沒問題，艾莉森，今天晚上六點左右過來怎麼樣？看看可以找到什麼樣的衣服。」他的語氣聽來有些疏遠，不算冷酷，但也沒什麼溫度，與許久不見的女兒說話，不會是這種態度。

「謝謝，」我回他，「六點見了，爸，再見。」我等他道別，不過話筒中卻只傳來喀嚓一聲。他們只是需要時間，習慣我已經出獄、回到林登佛斯的事實，只需要再多那麼一點時間。

歐莉娜開車載著我，一路上都充滿著我的兒時過往，這五年來的街景幾乎都沒有什麼變化，倒是讓我吃了一驚，景物依舊如常，仔細修整的小塊草坪，配有兩個車庫與窗台花盆箱的紅磚大屋。歐莉娜把車停在我家的前方，回憶排山倒海而來，媽媽坐在餐桌上研究食譜，爸爸躲在自己的書桌一隅，而我待在自己的房間裡看書，布琳則是躡手躡腳在屋裡走動，希望不要有人注意到她的行跡。

「艾莉森，要不要我留下來等你？」歐莉娜好心問我。

「不，不用了，真的謝謝，」我回她，「爸爸會送我回去。」不過，我依然坐在車裡，沒有要動的意思，歐莉娜望著我，她的臉上充滿期待。

「艾莉森？」她拍了拍我的膝蓋，「快去見你的父母吧，絕對不會像你想的那麼可怕。」

我笑得勉強，「歐莉娜，謝謝你，那是因為你不認識他們這兩個人。」

「他們以前是不是對你很嚴厲？打過你？」歐莉娜問我，「但你現在是大人了，他們傷害不了你。」

「他們沒有出手打人，」我笑著回答歐莉娜，「至少，沒有用拳頭。」

「那不然是什麼？」她又追問。

「好難解釋，」我的手已經擱在車門把上，「我以前很完美。」

「然後……？」

「然後，我再也不是了。」我推開車門，下車道別，然後我慢慢走過去，覺得自己彷彿是十歲的小女孩。

我站在門口，很猶豫不決，不知道該按電鈴？還是直接走進去？這五年的時間，我都不住在這裡；我已經不太記得自己的房間了，如果，現在還有的話。最後，我還是按下電鈴，過了一會兒之後，我聽到腳步聲，是爸爸來應門，「嗨，爸。」我怯生生上前擁抱他，但爸爸身體很僵硬，我趕緊放開，他看我的時候，很不自在。不過，他還是我印象當中那個高挺帥氣的男人，只是他發福的程度讓我嚇了一跳，他的大肚子緊貼著襯衫。棕髮逐漸花白，臉上也出現眼袋，我張望著他的後方，找尋母親的蹤影，「媽媽在家嗎？」

「現在剛好不在。」爸爸回道，他的雙腳正不安分地來回移動，我看到他背後散落了好幾個紙箱。

「哦。」我小聲回應，一切也逐漸明朗，我不會和爸爸媽媽共進晚餐，也不會和媽媽一起翻衣櫃找衣服。我想念自己的臥房，裡面有柔美的薰衣草小花牆面，還有圓點床被，我好愛那個地方，那是我的避難所，一個可以讓我安心自在的地方。

「要不要我幫你把箱子搬到你車上？」爸爸問我，他勉強擠出微笑。

「爸，我沒車，」我不耐了，「我剛出獄，沒有車，沒有衣服，什麼都沒有。」

「哦，好，」他出現煩惱的表情，「那我載你吧？」

「不用麻煩了。」我咕噥一聲，隨即把臉別過去，覺得自己的心在揪痛，但我隨即又轉頭回去，望著爸爸，「我要看，」他搞不清楚我在說什麼，我乾脆直接講清楚，「我要看自己的房間。」

「艾莉森，」爸爸發出彆扭的笑聲，但我推開他，自顧自走進裡面，四處張望。我進入主客廳，一切看起來和五年前都一樣，牆上的花紋壁紙沒變，沙發也是，平台鋼琴也還在那裡，甚至連氣味也一樣，玫瑰花瓣與肉桂的混合香味。不過，還是有某些東西消失了，變了——只是我還沒看出端倪，「艾莉森，」爸爸又喊著我，但這次的聲調更加強硬冷酷，「你要幹什麼？」

我不理他，繼續上樓去找我的臥室，腳下的地毯好柔軟，桃花心木的欄杆摸起來又舒服又涼快。我突然停下來，我知道了——知道哪裡看起來不一樣，照片，所有的照片都不見了，我的照片全部消失。我往上走，步履緩慢，我的雙腿好沉重，心臟撲通撲通跳得好激烈。

「艾莉森，」爸爸從後面喊著我，「你不可以進來這裡……」不過，當我已經爬上樓梯，看著通往各間臥室的走廊之際，已經聽不到他的聲音了。這裡有濁腐的氣味，讓我覺得很不舒服，它簡直比監獄裡還要更來得陰沉，我勉力忍住回到樓下、呼吸新鮮空氣的衝動。他們早已關起我的臥室門，我伸手去扭門，喀一聲，開了。黃昏的柔和微光，也無法緩解我所受到的衝擊，薰衣草牆沒了，取而代之的是死白的牆面，圓點床被沒了，書桌不見了，我的足球獎盃，藍緞帶獎章也消失了，團體照，書架，填充玩具都不見了。我噙住淚，衝向衣櫃打開櫃門，空的，沒有衣服，沒有鞋子，也沒有置放紀念品的箱子，我消失了。

我踉蹌走出房門，在走廊上看到父母臥室的門，開著一道小縫，我瞄到媽媽，陰暗的光線幾乎蓋住她整個臉龐。

我衝到街上。心裡依然期待他們會呼喊我的名字，或是伸手抓住我的臂膀，但什麼都沒有，他們就這麼讓我走了。我好氣我自己，居然如此痛心難過，但我真的忍不住。我走了好幾條街，葛楚特之家距離爸媽家有五英里之遠，不知道我能不能在晚上八點前回去，我已經答應歐莉娜了。這時候，我聽到後面有台車鬼鬼祟祟跟著我，我轉頭過去，是我爸，我的內心又湧起希望，但我這麼在乎他們，實在讓我又氣又惱。

「艾莉森，」他搖下車窗叫我，「我送你過去吧。」我是很想打開車門坐進去，但我不想讓他覺得我這麼好講話。

「顯然你和媽媽都不想和我有任何瓜葛。所以，不麻煩你們了。」我繼續向葛楚特之家的方向前進。

爸爸依然緩速跟著我，「艾莉森，」他又叫我一次，「我只講最後一次，拜託你上車。」我冷冷看著他好一會兒，最後還是上了汽車副座，他熄火，看著我，搓揉著自己的臉，「艾莉森，請你站在我們的立場想一想，我們真的很痛苦。」

「可是我——」我才剛開口，他立刻就打斷我。

「讓我講完，我和你媽都很不好受，最後，我們終於找到了……」父親看我的眼神，充滿企求，「安寧。」

他希望我從此放了他們，希望我說出我懂，我完全了解你們為什麼要抹消我的一切。我照做了，但卻完全無法減輕我的傷痛，他們做了就是做了，一切到此為止。

「好，爸，我知道了，」我的笑容好哀傷，「請你轉告媽媽，我完全理解。」爸爸深呼一口氣之後，重新上路，我們到了葛楚特之家，爸爸也隨即打開後車廂。

「要不要我幫你拿箱子？」他問我。

「不了，我可以自己來。」我的話才剛說完，立刻就看到他露出如釋重負的表情，我一一取出衣箱，疊放在旁邊的人行道上。「爸，謝了，」我告訴他，「幫我向媽媽問好。」

「一定。」他向我保證，同時又從他的皮夾中取出幾張鈔票，「這點錢，收著。」

「不必這樣。」

「不，拜託，我們希望你務必要收下。」他把那疊鈔票硬塞進我手裡，「祝你新工作一切順利。」

「謝謝。」我好不容易才說出口。當我看著爸爸開車離去之際，喉頭已經因為激動而緊痛不已，我站在那裡，久久不能自已。後來，終於發現有隻手握住我的手臂，我轉身過去，本猜想是歐莉娜，卻沒想到是碧亞，她旁邊還站著塔巴夏，全身都是刺環的塔巴夏。

「你還好吧？」碧亞問道。

「很好啊。」我擦去眼淚，希望她們沒有看到我哭泣的臉。碧亞彎身，伸出她結實細瘦的手臂幫我搬箱，塔巴夏也是。其實我很難過，嘴巴逞強說很好，但，根本是謊言。

查爾姆

查爾姆到雜貨食品店裡，從糕點櫃裡拿出蘋果派，開始找香草冰淇淋，其實，她最想找的是最便宜的雜牌冰淇淋，因為她覺得自己在芮妮家也不會待太久，恐怕在吃甜點之前就離開了。但她知道自己的媽媽會覺得奇怪，蓋斯和查爾姆的經濟狀況居然這麼困窘，還會感嘆離婚之後蓋斯既然已經拿了房子，怎麼還會搞到這種田地。但查爾姆也知道自己不能買太貴的冰淇淋；她媽媽會知道女兒在裝闊，所以今晚不能買哈根達斯。最後，查爾姆選定的是半加侖的中價位法國香草冰淇淋。

芮妮在門口給了查爾姆一個熱情的擁抱，賓克斯接過她手中的蘋果派和冰淇淋，拍了拍查爾姆的肩頭，狀甚彆扭。

「查爾姆，能看到你真的好開心。」芮妮胖了，原來的玲瓏曲線變成圓身，曾經層次分明的金髮，看起來也已經枯脆，整燙過度。她的眼下已經出現細紋，妝粉深陷在皺紋裡，查爾姆真想沾溼自己的手指頭、幫她好好擦一擦。她媽媽顯然是下了一番工夫，小小的餐桌上已經鋪上桌巾，也點上蠟燭。

「哇！」查爾姆仔細打量，「今天是什麼大日子？」

「就找你過來一起用餐而已，晚餐已經準備好了，我們趁熱吃吧。」芮妮趕緊把女兒推向桌邊。

「哦，好啦，」查爾姆入座時笑得謹慎，「聞起來好香啊。」她刻意討好奉承。

「你要謝的是賓克斯，雞肉是他弄的，不過我幫你做了馬鈴薯泥，你最喜歡的菜！」

查爾姆突然覺得好後悔，蓋斯現在孤零零在家，只有一個義工照顧他。「那也是蓋斯愛吃的菜。」

芮妮趕緊瞄了一下賓克斯，不知道他有沒有聽到女兒這句話，不過他正忙著將雞肉盛盤。她等著他坐下之後，大家開始輪流傳盤。查爾姆吃了幾口，雞肉很乾，她好不容易才嚥下去。賓克斯對芮妮微笑，又點頭示意，她則是在座位上扭扭捏捏，似乎是欲言又止。

「怎麼啦？」查爾姆發問，但卻很擔心自己等一下不知道會聽到什麼回應。

「賓克斯和我要結婚了！」芮妮開心尖叫，但查爾姆卻連笑都擠不出來，她很想要開口，但一句話也沒說，賓克斯和芮妮依然滿心期待望著她。

「哇。」查爾姆淡淡嘆了一聲，這間小屋裡充滿了油氣與菸味，還有過多的可怕小擺飾，她好想要立刻衝出去。

「然後呢？」母親靠近查爾姆，她想要聽到更多的話，賓克斯則低頭看著盤子，馬鈴薯泥已經沾滿了他的鬍鬚。

「還有……我很為你開心。」查爾姆補了一句，不過她的聲音一直在發抖，顯見是違心之論。她心裡只想到蓋斯是多麼渴望與她媽媽在一起，那個超級仁慈又負責任的英俊男子，如此深愛著她的母親，但是這女人卻選擇一走了之。「恭喜了。」查爾姆的結語軟弱無力。

「你根本不是真心的，」芮妮火大了，「你不高興，你就是不想看到我過得幸福快樂。」

「媽，」查爾姆的聲音好疲累，「不是這樣，我當然為你高興，我只是，很意外罷了。」

「意外？你意外什麼？查爾姆？」她現在真的生氣了，「因為我談戀愛，要結婚，所以讓你大感意外？我這些年如此辛苦，我想至少你也應該諒解吧！」

「這些年你辛苦什麼？」查爾姆雖然知道生氣無益，但她依然覺得不可置信，她媽媽居然敢扭曲事實，讓查爾姆看起來像是個忘恩負義、心腸歹毒的人，「這些年你辛苦什麼？」她又繼續逼問，不過這次的語氣緩和許多，「你真的了不起，媽媽，也請你原諒我這麼說，我還真想不到你可以和一個男人就這樣定下來，大家都知道你不是這種人。」

「聽好，查爾姆，」她母親的態度很理性，「你不需要這樣羞辱人。」

「你知道什麼叫羞辱人？」查爾姆的聲音低沉，危險可怖，「羞辱，就是把一個又一個男人帶回家，你的小孩也不知道第二天是哪一個會出現在餐桌上吃早餐；羞辱，就是你放任男人進入你的家門，任他們對你九歲的女兒上下其手！」芮妮困惑了好一會兒，彷彿在回想過去交往過的每一個男友，想搞清楚究竟是哪個男人想要的是查爾姆、而不是她自己。「羞辱，就是你以身教告訴小孩，男人是愚蠢的禽獸，可以像垃圾一樣丟掉。羞辱，就是你和那個深愛著你、深愛著你的子女的那個男人離婚，徹底讓他心碎，那，才叫作羞辱。」查爾姆推開椅子，已經站起來了。

「你要走了？」芮妮不敢相信，「我們根本還沒吃完，而且，也還沒談到你哥哥。」

「我說完了。」查爾姆瞪著母親，隨即走向門口，但她又改變了心意，她知道這樣做很幼稚，但她就是忍不住。她走去冰箱前，態度沉著冷靜，打開冷凍室的門，取回那半加侖的冰淇淋，今晚她和蓋斯可以好好享用這點心，母親將要成婚的事，她絕對不會透露半個字，而且，她還要告訴蓋斯，母親看起來孤單悲慘，而且還向她打探蓋斯的近況。「祝你幸福。」查爾姆希望能夠盡量表達善意，但這番話聽起來就是尖酸刻薄。她走了，她的母親和賓克斯瞠目結舌，嘴巴張得大大的，完全說不出話。

查爾姆到家的時候，依然因為氣憤而全身發抖，她不知道是否因為媽媽的喜訊而讓她大動肝火，也不知道這會對蓋斯產生什麼影響。她偷偷瞄了一下蓋斯的動靜，他正在熟睡，所以她決定出去走一走，在朱伊德河河畔散步。她好愛這個地方，入秋時分，她會坐在洋槐木下，看著黃色的樹葉宛如金絲雀的羽毛，輕輕掉落在她的四周。到了冬日，她也會一次走個好幾英里，冷冽的空氣讓她眼睛泛淚，而每一次的步履也留下了大大的靴印。

幾年之前，查爾姆十二歲的時候，她在雪地上畫了許多人印，每一個代表的是她媽媽帶回來過的男人——反正，只要她記得的就畫下來。查爾姆還在那些雪印人旁邊、用手指寫下那些男人姓名的縮寫，要是她不記得那個人的名字，她就改以自己記得的細節代替，比方說，CB代表的是穿牛仔靴（cowboy boots）的男人，她那時候才六歲，也不記得是否真的看過那個人，只記得放在媽媽臥房地板上的那雙靴子，灰暗斑駁，在一片漆黑之中，宛若在守護著房間，隨時要準備作戰。等到她完成全部的雪人之後，她站起身，看著雪地中那一排又一排的人印，不知怎麼的有股滿足感。不過，這些人印還少了一個東西，中央應該要有個小紅點，象徵破碎的心。主動提出分手的人永遠是查爾姆的媽媽，而不是那些男人，母親總是有辦法讓他們對她難捨難離。

查爾姆在河邊又走了一會兒，怒氣已消，她回到屋內，再次察看蓋斯的動靜。他還是沒有起床，於是她放輕腳步，慢慢回到自己的臥房裡，取出衣櫃中珍藏多年的鞋盒。

在這個鞋盒裡，她仔細保存了他們與小嬰孩之間的幾個紀念品，不到三個禮拜的時間，卻已有一生一世那麼久。她偶爾會坐在床邊，撫摸這每一個小東西，首先，是一雙藍色長春花的小嬰兒襪，這雙襪子對他來說太大了點，所以穿在他腳上的時候狀甚滑稽。當他在蹬腿的時候，襪子也會跟著滑落下來，他會動動小腳趾，彷彿在說，啊呀，這樣舒服多了。不過，他們還是一直讓他穿著這雙小襪，所以也別具意義。此外，裡面還有個大黃蜂形狀的波浪鼓腕鈴，還有頂藍色的芝加哥小熊隊兒童球帽，最後，是兩個小小的相框，其中一張是青少女年紀的查爾姆，抱著嚎啕大哭、臉漲得紅紅的小嬰兒，她看起來極為青澀，也疲憊不堪，另外一張照片是蓋斯，嬰兒在他懷中安靜熟睡。她知道，此生她絕無機會告訴這個小嬰孩，當年他出生才兩天的種種情景，有個十五歲的女孩，還有個生病的男人都深深愛著他，但他們卻不知道該怎麼辦，他們一再努力，最終，也只能放棄。

艾莉森

我好緊張，緊張的程度更甚於當年我考學術能力測驗的時候、等考試成績揭曉的時候。我真的很希望在工作上好好表現，我的人生有了新開始，而這只是才剛剛起跑而已。

雖然只是九月初，但空氣已泛有涼意，街上行道樹的樹葉葉緣也已經開始轉黃發紅，參差有致。我到書店的時間太早了，只能在外頭焦急等待，凱比太太準備停車的時候，向我揮揮手。

「早安，艾莉森，」她走出車門外，向我高聲打招呼，「美麗的一天正要開始，你準備好了嗎？」

「準備好了，但也有點緊張。」我很老實。

「你一定會做得很好，」凱比太太很有信心，「要是有任何不知道的地方，問，就對了。」她打開書店的門，入店之後隨即開燈，這裡很漂亮，溫暖又舒適，我繞了一圈，仔細看著這一排又一排的書，層板從地上一直架到天花板。監獄裡的圖書館藏書很有限，但我求知若渴，只要能看的東西，我一定來者不拒，就算是翻爛的，髒污的，缺頁的，我都不在乎。不過，這裡的每一本書都有光亮的封皮，我好想拿一本書，打開之後，用鼻子奮力嗅聞紙頁的清新氣味。凱比太太一直看著我，臉上顯露出開心的表情。

「我懂，」她開口告訴我，「我每天都要捏自己一下，確定自己不是在作夢，買這些書總是讓我好開心，來吧，我帶你來好好參觀一下。」她帶我看整間書店，還向我介紹童書區，裡面有豆袋椅，還有小桌小椅可以扮家家酒。

我和布琳小時候也經常玩扮家家酒，我們會穿著媽媽的舊衣服、戴她的珠寶，找來我們最愛的填充玩具和洋娃娃，讓它們坐在遊戲房小桌旁的小椅上，我的角色一直都是宴會女主人，而布琳與其他娃娃是我的客人。

「請坐。」我會以傲慢的口氣下令客人入座，其實，我平常講話也差不多是這種模樣，布琳會乖乖坐下，小小單薄的身子裹著的是媽媽丟棄的英國印花洋裝，而她頭上戴了頂爛兮兮的草帽，褐色的雙眼從帽簷下偷瞄我。

有一次，我還偷偷把飲料和小餅乾帶進遊戲房，這可是違反了媽媽的明文規定。

「需要茶嗎？」我問布琳。

「是，麻煩您。」布琳刻意模仿我的腔調。

我把飲料倒進茶杯裡，然後我們開始吃起餅乾，品茶，偶爾會停下來聊一聊天氣，或是街坊鄰居的八卦，這都是我們從媽媽和她朋友身上學來的花招。布琳伸手去拿盤子裡的另一塊餅乾，她的手肘不小心碰到茶壺，紅色的果汁立刻噴濺在白色地毯上，她驚慌失措，哇哇大哭，想也知道媽媽會有多麼生氣。

「噓，布琳，」我叮囑妹妹，「她會聽到。」

「對不起。」但布琳哭得更大聲了。

「不要再哭啦！」我的口氣越來越硬，還抓了一把她的頭髮。

「啊！」她痛得大叫，但是哭聲卻停住了，我這麼猛力一拉，她倒是沒有生氣，看起來只是更覺得不好意思而已。

媽媽進來了，逼近我們兩姊妹。她個子很高，就像我現在這麼高，還有一頭永遠保持後梳的柔順金髮。她緊盯著自小桌上滴落的果汁，以及地毯上的大片污漬，在我旁邊的布琳，已經開始抽抽答答吸著鼻子。

「是我做的，」我自告奮勇，「都是我的錯。」

媽媽一句話都沒說，抓著我的手臂，打了我兩下屁股，雖然不痛，但我覺得難堪，自尊心受損，布琳閉上眼睛，根本不敢看。接著媽媽又轉身抓起布琳，也打了她兩下屁股，這突如其來的動作讓妹妹全身發顫，她小小的身體禁不住媽媽的打人力道，根本就站不穩了。

「可是，明明是我做的，」我向媽媽憤怒抗議，「是我的錯。」

「你被打，是因為你說謊，」媽媽的語氣冰冷無情，「還有，你，」她隨即看著布琳，妹妹還趴在地上，「居然讓姊姊揹黑鍋。好，現在給我清理乾淨。」她怒氣沖沖說完之後，立刻離開遊戲房。

「艾莉森？」我聽到有人叫我，我眨眨眼，凱比太太看著我，流露好奇神色，「來，我帶你看儲藏區。」

我花了一個早上的時間熟悉這整間書店、裡頭的各式書籍，還有收銀機。到了中午的時候，凱比太太到對街的小餐廳、點了兩人份的三明治，我們兩人也聊了半小時，講的都是在林登佛斯的成長過往。我喜歡她自信的模樣，很優雅，真希望我也還能保有那樣的自信，但我似乎已經不知道把它丟到哪裡去了。我真的很喜歡和凱比太太一起工作，可以學到很多東西，她還教我如何用電腦訂顧客需要的書，就在這個時候，一個金髮小男孩鑽進店裡來。

「嗨，約書亞，快過來這裡，我要介紹一個人給你認識。」凱比太太叫住他。

「嗨，媽，現在不行。」他又像風一樣、火速衝進浴室。

「他不喜歡在學校裡上廁所，」他媽媽向我解釋道，「馬桶沖水聲會嚇到他，所以他總是憋尿。」

「他幾歲了？」我問道，表示好奇是基本禮貌。

「七月就滿五歲了，現在在念幼稚園。」她全身散發著驕傲，我們又回到電腦前，她開始鍵入書名。

一名高大的男子也開門進來，他馬上到了收銀台前，彎身親了一下凱比太太的臉頰，「艾莉森，這位是我先生，強納森。」

「幸會，凱比先生，」我和他握手，是做粗活的手，佈滿了繭。

「幸會，還有，以後叫我強納森就好。」他的態度很和善。

「對了，以後叫我克萊兒，一直聽你喊凱比太太，太見外啦。」

「媽媽，」那小男孩在我們背後發聲，「我好渴喲。」

「有沒有洗手？」克萊兒問道。

「有，那我可以喝果汁嗎？」

「你先過來，我要介紹艾莉森給你認識，」我從電腦螢幕前抬起頭，準備向克萊兒的兒子打招呼，「約書亞，這是艾莉森，」克萊兒笑得開心，「好，艾莉森，這是我兒子，約書亞。」

站在我面前的這個小男孩，臉龐線條分明，還有褐色的雙眼與朝天鼻，不過，只有等到他笑的時候，才看得出這些特徵。我聽到克萊兒在和約書亞聊天，我嚥了嚥口水，希望可以壓抑自己的神色，我在天旋地轉。

「對不起，」我向克萊兒和約書亞道歉，「現在我得去一下洗手間。」我盡量讓步伐看起來輕鬆悠緩，但是我的臉卻一陣熱燙，而且還呼吸急促。我鎖上洗手間的門，放下馬桶蓋，讓自己坐下來，我閉上雙眼，克里斯多夫的面孔，浮現在我眼前。

約書亞．凱比，正是我當年所深愛的那個男孩的縮影。

布琳

對我來說，如果想要忘記艾莉森生小孩那晚的情景，酒精比任何抗憂鬱藥都來得有效，我還記得自己跑回家的情景，艾莉森在後頭呼喚我，那個時候，正是大雨滂沱，河畔所沾染的所有泥漬都被沖刷得乾乾淨淨。我覺得好奇怪，雙腿沉重顫抖，但我還是一直向家中的方向跑過去，趕快，到家就好，我一直這麼告訴我自己，我不確定自己剛才看到了什麼，我也不想知道，理應要結束了，沒了，但我心裡很清楚，這才是剛開始而已。

等到我到家的時候，衣服都已經溼透，忍不住全身發抖。我看著後院的門，艾莉森在大雨中向我跑來，每隔幾秒鐘，她就會停下腳步，緊抓著自己的肚子跪下去，我知道自己應該去幫她，攙扶她回到家裡，但那個時候我真的好恨姊姊，我恨她的一切，我恨她如此完美，聰明美麗，恨她懷孕卻希望我保守祕密，除了我和艾莉森之外，沒有人會發現這個小女嬰，知道她曾經存活在這個世界上，我最最恨她的原因是，我知道她終將擺脫一切、回到她的完美生活軌道，對過往不屑一顧。我沒有理她，脫去自己溼答答的球鞋，打開櫃子取出毛巾。

我聽到紗門發出吱嘎聲，雨滴敲打著窗戶，我依稀聽到艾莉森向我發出微弱的呼求，「布琳，拜託你。」

不要走過去，我告訴自己，那是她鑄下的大錯，讓她自己去收拾。

「布琳……」她又叫我，我聽出來她聲音裡的驚恐，「我有麻煩，拜託，幫我。」

我繼續逼自己，別理她，回去房間，關上門，假裝這一切從來沒有發生過，正當我爬樓梯爬到一半的時候，我聽到有人摔倒的聲音，錯不了，就讓她自生自滅吧，反正她也會對你做一樣的事。

她的呻吟聲從廚房傳到樓梯井，我坐在階梯上，緊摀著耳朵，身體來回搖晃，不要下去，不管它，我一遍又一遍告訴自己，就讓她去吧，她不是你姊姊，她是禽獸。

呻吟聲突然消失了，現在只有屋頂上轟然不歇的雨落聲，我豎起耳朵聆聽廚房裡的動靜，一片死寂。事實揭曉，宛若敲打在窗戶上的雨滴，聲聲刺耳，一次又一次，誰是禽獸？誰是禽獸？我迅速站起身，敲到某張牆上的照片，那是艾莉森與爸爸媽媽站在一起領獎，我眼睜睜看著那照片一路跌摔到階梯的最底層。

「艾莉森？」我大叫，「艾莉森！」我三步併作兩步跳下階梯，趕緊進去廚房，發現她躺在瓷磚地板上，正想要把褲子脫下來，她的臉色慘白，頭幾乎根本沒辦法抬起來，求求你，她用眼睛在乞求我，她已經快沒有聲音了，連喊痛的力氣都沒有，我心想，她快死了，最後爸媽一定會發現我們兩個人在廚房裡，艾莉森，斷氣了，臉色發青，半裸，而且都是血。而我，只是坐在她旁邊，什麼也沒做。

「胎盤。」艾莉森勉強開口，我突然覺得鬆了一大口氣，沒事，她不會死。

艾莉森發出微弱悶哼，我看到她的雙腿間有東西滑出來，我用自己的溼毛巾接住它，「沒事，艾莉森，」我邊哭邊告訴她，「這裡有我。」

艾莉森

我生下小女嬰，布琳收拾沾血的床單、拿到樓下丟棄，經過那一場來回河岸的波折，我的腹部又開始出現劇烈收縮，我本來以為，胯下應該會出現一團青紫色的髒東西，但胎盤卻沒有出來，我眼睛眨了兩下，很想要擠掉眼中的汗滴。我瞄著微波爐上的時鐘，已經快九點十五分了。不，我心中吶喊，怎麼可能，太奇怪了，如果我不相信自己親眼所見，難道胎衣會發出那一聲激烈的哭叫？嬰兒，一個小小的男嬰，有線條明顯的下巴，小朝天鼻，就和克里斯多夫一模一樣。布琳跪在我面前，剛好在嬰兒從我身體滑出時接住了他，她大叫，完全不敢相信自己的眼睛。

我的手在顫抖，拚命伸向那男嬰，那娃娃似乎也想摸我，我們終於碰到了彼此的指尖。歷經如此漫長的一段時間之後，我的臉上，終於第一次出現了微笑。

布琳

我瞪著艾莉森，不敢置信，她居然會有這麼詭異的微笑，不是什麼幸福的笑容，而是因為驚奇，不過，她的笑意也很快就消失了。

「不要，求求你，」她在低泣，我的手抱著臉紅通通的嬰兒，抖個不停，但她卻別過臉，「拜託，我們得把他弄走。」

「我不懂。」我低頭看著那哭個不停的小嬰兒。

「它是個嬰兒，」艾莉森語氣尖酸，但她眼見我眼中滿是淚水，又立刻道歉，「對不起，布琳，但再過幾個小時，爸爸媽媽就要到家了，我們動作要快。」

「他們看起來都一樣。」我輕聲說道，我想到了那個小女嬰，死了，不見了。

「它是男的，」艾莉森的聲音低啞，表情痛苦不堪，「快，趕快把它弄走。」

艾莉森

最後，我還是想辦法逼自己走出廁所，回到書店的前台。當克萊兒的先生和約書亞準備離開的時候，我也盡量裝出開心的樣子、和他們道別。雖然沒有確切證據，但我知道那小孩就是我的親生兒子。

只要光看我的臉，克萊兒也會發現我不對勁，沒錯。我們兩人又一起工作了將近兩個小時，但我幾乎都沒有開口說話，克萊兒轉頭看著我，露出很關切的表情。

「艾莉森，」她開口問我，「你是不是很擔心自己今天的工作表現？」

「是有一點。」能找到合理藉口，我何其感恩。

「哦，別擔心，你做得很好，」她給我信心，「所以你自己覺得呢？明天要不要再給我們這家書店一次機會？」

我幾乎要脫口而出，不要，但我還是忍住了，要是我現在就離職的話，永遠也不會有機會知道約書亞究竟是不是我兒子。「只要您願意，我當然沒問題。」回答克萊兒的時候，我根本不敢看她的眼睛。

「當然！好，現在你趕快回去，好好休息，明天早上九點見。」克萊兒送我到門口，她看到外頭烏雲密佈，好心問我，「要不要我送你回去？」

「不用了，這樣的空氣很清新，我喜歡。」我趕忙解釋，「再次謝謝你，克萊兒，明天見。」

在返回葛楚特之家的途中，烏雲蔽日，我的心裡茫茫然，克萊兒的小孩可能是我五年前生下的男嬰，可能是克里斯多夫的小孩，可能是被我謀殺的那個小女嬰的弟弟。

我得要找人談一談，我可以打電話給黛文，問她該如何是好，不過，我知道自己該怎麼做，告訴克萊兒我不適合書店的工作，然後趕快想辦法離開林登佛斯。

我根本不想再看到那被我拋棄的男嬰，當初我把小孩丟給爸爸，讓他有機會把小孩撫養長大，我覺得已經完成自己的責任，但顯然並不是這麼一回事，我很清楚，自己應該要遠離凱比這一家人，但我心中有太多的疑問，我想知道究竟是什麼樣的人收養了約書亞，也很好奇當初生下的這孩子是什麼個性，還有，約書亞怎麼會在這裡？克里斯多夫呢？

回到了葛楚特之家，我打開大門，看見歐莉娜，「第一天上工感覺如何？」

「很好啊。」我雖然有回答，但根本不敢看著她，我怕多說會露出馬腳。我轉身離開，知道歐莉娜看著我的背影，內心充滿狐疑。我趕緊衝上樓梯，躲進房間裡，碧亞正坐在上鋪。

「嗨，」她跟我打招呼，她的眼睛一直沒有離開手中的雜誌，「新工作怎麼樣？」

我脫掉鞋子，整個人立刻癱在下鋪，「很好，」但是我又立刻補上一句，「很奇怪的感覺。」

「我懂，」她的聲音從上頭飄下來，「就好像是你在這時候突然恍然大悟，這叫正常生活，這才是一般人在做的事啊。」

「對，真的就是這樣，」我說謊，「我不知道是不是要繼續上班。」這才是我的真心話。

碧亞安靜了好一會兒，然後，我看到她正在上鋪搖晃著雙腳，她沒穿鞋，腳底都是疤痕與厚繭，她跳下來，蹲身看著我。我現在才發現她也沒我想像中的那麼老，大概三十吧，但是她的額頭上已經出現了深溝，而且眼睛四周也有如蛛網般的細紋，「這是歐莉娜特別為你安排的工作。」

「我知道。」

「她煞費苦心，替我們找工作，而且還拿自己的名聲信譽當賭注。」碧亞語氣平靜，沒有指責之意，她只是在陳述事實。

「我會繼續去上班。」我的回答氣若游絲。

碧亞笑了，伸手握著我，這時我才發現她的前臂內側有刺青，那是隻美麗的鳥兒，鳥喙上吊掛著O.V兩個英文字母，宛如橄欖枝，我心裡雖然好奇，但也不敢多問，怕她覺得我多管閒事。

「來吧，」她抓住我的手，把我整個人從床上拉起，「今天是美容之夜。」

「美容之夜？」我不解。

「對，佛蘿拉去念美容學校，有時候就找我們當練習對象。」

「啊，不要，」我趕忙掙脫她的手，「佛蘿拉現在還是對我恨之入骨，她看我的樣子明明就是想殺死我，她才不會伸手碰我。」

「來啦，」碧亞這次的口氣比較像是發號施令，「你站在旁邊看就好了，佛蘿拉人沒那麼壞，只是對新人會比較緊張，她先前吃了很多苦頭。」

我發出悶哼，「誰不是呢？」

「我也這麼覺得，」她表示認同，「但是你應該要給她一個機會，你不知道她以前出了什麼事。」

「可你知道嗎？」我怒氣上來了，「如果她願意給我機會，我也會給她機會，我知道她是洋娃娃事件的主謀者，她根本還不知道我是個什麼樣的人，但是卻已經對我有了成見，」我又坐回床上，「你自己去吧，我想打電話給我妹妹。」

「隨便你囉，」碧亞回我，「今天我們要做足部美容，」她低著頭，腳趾頭動個不停，「我這輩子還沒做過足部美容。」

我好想告訴布琳自己發現了約書亞，也許，這個消息可以讓她多少紓解一點壓力，那個可怖的生產之夜，總算還是出現了好消息。不過我依然聯絡不上布琳，奶奶說她出去了，我突然覺得好忌妒她，我應該享受大學的住校生活，和自己的朋友在一起，不過，我的罪惡感隨即油然而生，這是布琳應得的不是嗎，在我被逮捕之後，她必須承受事件的後續效應，她被欺負，被嘲弄，都是因為我，她的人生，也差點因為這起事件而毀了。

「奶奶，你會告訴布琳我打電話找她嗎？」

「當然，」她很關心我，「你自己好不好呢？見過爸爸媽媽沒有？」

「都好，」我回話，「爸媽不是很歡迎我回家，不過，我今天開始工作了，在書店上班。」

「好替你高興，」奶奶一片真誠，「你看，你已經慢慢重新站起來了。」

「奶奶，布琳有沒有提過那天晚上的事？她有沒有跟你說？」

電話另一頭沒聲音，我怕我們斷線了，或者，更可怕的是，奶奶掛我電話。

「奶奶？」我又喊著她。

「沒有，從來沒提過，」奶奶語氣哀傷，「不過，我當然希望她可以說出來，至少，也要告訴她的心理醫生才是。憋在心底不肯說，大家都不好受。艾莉森，我會轉告她你打過電話找她，要好好照顧自己，知道嗎？」

「奶奶，謝謝你，再見。」我掛上電話，看來死守祕密的人，不是只有我一個人而已。

我的頭髮變長了，脖子刺刺的，我不知道自己有沒有勇氣請佛蘿拉幫忙，不需要修腳趾甲，只要剪頭髮就好。我突然想起歐莉娜曾經告訴我，要永遠懷抱著希望，我走下旋梯，朝歡鬧嬉笑的方向走去。

查爾姆

查爾姆已經看過許多抱著新生兒的母親，在醫院裡更是不計其數，但她依然無法忘懷五年前的那個夜晚。

那時蓋斯正坐在自己的椅子上打呼，家中窗戶大開，此時出現一陣涼風，從紗門裡吹透進來，在七月這種時候，實在很不尋常。傍晚時曾下過雨，到處充滿了清新潔淨的氣味。查爾姆坐在暗處看電視，但音量開得極低，不會吵醒蓋斯。他最近睡得不太好，呼吸越來越困難，半夜會因為氣喘吁吁而醒來好幾次。他們那時候並不知道，這只是健康逐漸惡化、走入肺癌的前兆而已。

查爾姆聽到碎石車道上發出嘎吱聲響，有車子進來了，她立刻起身，到窗邊看個究竟，那是一台小車，沒有打開車前燈，車子停在他們的屋前，有個人從車裡出來，查爾姆看不清那人是男是女，但從那動作遲緩、拖著腳步曳行的狀況看來，對方如果不是年紀很大，就是身體痛苦難耐。那高個子抱著某個東西，每走幾步路就停下來，看起來是得要一直休息、才有力氣走下去。

「蓋斯，醒醒。」查爾姆輕輕喚著繼父，她突然覺得好害怕，蓋斯還在睡，她打開了外頭的燈源。

是艾莉森．葛蘭，她同所高中裡的高材生，人漂亮，聰明，是運動健將，連個性也很好，查爾姆不知道為什麼艾莉森會出現在這裡，而且，她恐怕連查爾姆是誰都不知道。艾莉森穿著運動服，盤起整頭金髮，雖然她滿是病容，臉色慘白，宛若乍從雲後探頭的月，但她還是很美。查爾姆努力睜大眼睛，想要知道車裡的人是誰，也是個女孩，深色頭髮蓋住她的臉，查爾姆聽得到那女孩在哭。「蓋斯，醒醒。」她這次提高了聲量。

查爾姆還來不及開口，也來不及打開紗門，艾莉森已經先開口說話，聲音疲憊又恐懼，「克里斯多夫是不是住在這裡？」她緊張不安，四處張望。

「我去叫他，你先進來吧。」查爾姆看到她的雙手顫抖，裡面有包東西，艾莉森的手抖得實在厲害，查爾姆很擔心她手上的東西會掉到地上。

「不，我在這裡等就好。」她很堅持，牙齒不停打顫。

蓋斯跟在查爾姆後頭，她回頭告訴繼父，「她要找克里斯多夫。」

蓋斯發出不耐的聲音，現在查爾姆已經很習慣那一聲悶哼，因為只要有人提到克里斯多夫，蓋斯就會出現這種反應

「哼嗯，」他低聲嘀咕，「是誰要找他？」

車子裡傳出的哭泣越來越大聲，也更加淒厲，「她還好吧？」查爾姆擔心問道。

艾莉森疲倦回頭看了一眼，「她沒事。求你，快找克里斯多夫。」

查爾姆趕緊到後頭，去敲哥哥臥室的房門。

「幹嘛？」

「有人要見你，」她大叫，「趕快！」她急著猛拍門。

「我的天啊，馬上出來啦，到底是誰？」又高又帥的克里斯多夫終於開門，房內煙霧繚繞。

「克里斯多夫，」查爾姆大聲斥罵，「你怎麼可以在屋裡抽菸！」

「誰啦！」他沒理妹妹，自顧自撥弄著濃密的棕髮。

「艾莉森．葛蘭。」克里斯多夫的臉僵住不動，但她發現哥哥臉上飛掠而過某種前所未見的神情，眼裡出現了希望，「你怎麼會認識艾莉森？」她隨著哥哥走到前門，一路追問。

「克里斯多夫。」艾莉森想要讓聲音鎮定下來，卻一直在發抖，她整個人看起來簡直是慘不忍睹。

「你還好吧？」克里斯多夫關切問道，不過他隨即又恢復正常神色，整張面孔變得莫測高深，「你來這裡做什麼？」他的聲音極其冷酷。

查爾姆和蓋斯在一旁靜觀其變，克里斯多夫和艾莉森都想要裝出冷淡漠然的樣子。查爾姆是知道這女孩平日模樣的，她總是我行我素，但是現在看起來病懨懨，憔悴不堪，查爾姆心想，這樣子怎麼會跟克里斯多夫在一起？但她錯了。

「給你。」她把那包東西硬塞給克里斯多夫，「這是你的，你自己要想辦法。」他默默低頭看著手裡的包袱，聽到裡面微微傳出叫聲，他嚇得幾乎要把那東西摔到地上。

「天啊，」克里斯多夫臉色蒼白，「那是什麼？」

「小心點，」她的眼色冷若冰霜，死盯著克里斯多夫，「是嬰兒，」她面無表情，「是你的小孩，我沒有辦法……我沒辦法養。」

查爾姆慢慢湊過去，伸手去摸嬰兒。

毛巾滑落下來，露出一張紅通通又痛苦的小臉，寶寶開始大哭，剛好與車內女孩的嚎哭交織在一起，她的肩膀抽搐得好厲害。「為什麼？」查爾姆不解。

「就是不行。」艾莉森一跛一跛，慢慢走回車子那裡。

「喂！」克里斯多夫在她背後大吼，「聽好，我不要，媽的給我帶走！」但艾莉森沒有理他，逕自往前走。

蓋斯和查爾姆互看一眼，隨即又低頭看著那寶寶，他瘦巴巴又軟綿綿的雙手像是在抽筋一樣，揮舞個不停，「乖，安靜。」查爾姆想讓嬰兒安靜下來，她已經愛上這小孩了。

蓋斯出聲喊住艾莉森，「難道你真以為他會照顧這小孩？」

她停下腳步，回頭看著他們，表情哀傷至極，「一定要。」

克里斯多夫衝進屋內，火速拿起背包，衝入雨夜，砰一聲關上紗門，根本不回頭，蓋斯和查爾姆驚嚇得一句話都說不出來。蓋斯隨即在他背後破口大罵，而查爾姆則俯看那畏怯的小娃娃，她的心裡湧起既恐懼又奇妙的感覺，她要如何以一顆真摯的心，全力照顧這個小娃娃？

布琳

我正在廚房裡訓練米洛，雖然現在是牠的晚餐時間，而且食物盆也是滿的，但現在牠必須要學著乖乖不動。這聽起來很殘酷，逼牠苦等，不給牠吃東西，但這是很重要的服從性訓練。一開始的時候，我只讓牠等個幾分鐘，現在，牠等待的時間可以長達二十分鐘。他現在乖乖坐著，每一塊肌肉都在緊繃，他看著我，眼光充滿期待，就等我一聲令下、宣佈解禁。

有些人認為狗兒是靈媒，對於周遭世界充滿了超自然的感知能力，就算狗兒沒有待在家中，也能知道主人的安危。事實上，這種第六感不只與狗兒的靈敏嗅覺有關，牠們對於癲癇或是心臟病發作時的感應能力，也是眾所周知，還有的人深信狗兒能夠感知人類的某些癌症，甚至比醫生還早知道。

這讓我想到了艾莉森，當初如果我們家有養狗的話，搞不好會有不一樣的結果。擁有敏銳直覺的黃金獵犬，是否會察覺到艾莉森已經有孕在身？牠會不會知道艾莉森懷孕多時、但卻幾乎沒怎麼隆起的腹部有玄機？能夠讓爸爸媽媽或是我提前知道？或者，也許，只是也許，在警察把艾莉森帶走之前，牠能夠警告爸媽其實艾莉森生病了，那麼，我也就不需要做出那些事了，誰知道呢。

警察把姊姊帶走，已經夠讓人難過了，更可怕的是，這一切都是因為我的錯，我驚慌，所以打電話給警察，我不是故意找艾莉森麻煩。但自從她生小孩的那一夜之後，我再也無法安心入眠，我一心想的都是那個嬰兒，她在河裡全身溼冷，就是不對，我忍不住全身發抖，連呼吸都很困難。艾莉森全身燒燙，血流不止，她流了好多好多血，我也告訴過爸爸媽媽，艾莉森生病了，但是他們如同往常一樣，依然活在自己的世界裡，媽媽只是朝艾莉森的房間裡隨便看了一眼，「你還好吧？艾莉森？」姊姊說她沒事，媽媽一走，我只能自己收拾殘局。

我不知道自己為什麼會拿起電話，但我的確撥了九一一。接線人員聽到我上氣不接下氣，一直問我發生了什麼事，是否需要救護車，最後，我說話了。

「姊姊，嬰兒在河裡，拜託，」我大叫，「求你們一定要幫幫她……」隨即我開始大哭，完全停不下來。五分鐘之後，警察到了我們家門口，雖然我爸爸告訴他們沒有人報警，沒有嬰兒，一切都是大烏龍，但他們還是進來了。

自從警察把姊姊帶走之後，我每次睡著的時間至多不過兩三個小時。只要我一閉上眼睛，就會看到那全身藍紫色的寶寶，而只要我一睜開眼睛，又會看到爸爸媽媽不滿的表情。其實他們也不能講什麼，醫生說，我們要是沒有把艾莉森送到醫院的話，她很可能早就沒命了。不過，我打電話叫警察，還是讓爸媽很生氣，這等於是昭告全世界，他們的完美女兒其實也沒那麼純潔無瑕。

我下達指令給米洛，讓牠可以去吃東西了，牠狼吞虎嚥，吃完狗食之後，又向我跑來，用鼻子拱著我的腿，彷彿是在謝謝我。此時，牠聽到電話鈴聲，也豎起耳朵，隨即從胸底發出一聲輕吼，我沒多想，噓牠安靜，等到我去接電話的時候，我示意牠要乖乖坐下，牠只是輕聲哀叫幾下。

「喂？」我接起電話。

「布琳，求你，不要掛我電話。」她說得很急，「讓我過去找你，我一定要和你講話，拜託。」我一開始認不出對方的聲音，但是答案很快就浮上心頭，我幾乎不敢相信是她，艾莉森從小到大的聲音都充滿自信，但電話另一頭的女孩卻絕望恐懼，不過，真的是艾莉森，我姊姊。她的聲音刺穿了我的心，「找到他了，」她很急切，「我找到那個小男嬰——」

我沒回她，只是重摔電話。

我已經很久沒有出現嚴重的恐慌感，但現在胸口卻開始抽緊，為什麼艾莉森不能放我一馬？我不管她是不是出獄了，我也不管她是不是想要有所彌補，沒有她，我的日子會比較好過；忘了那一晚所發生的事，我的日子會比較好過。「不，不！不要！」我大叫，米洛也大聲狂吠回應我，「不要！」我對著電話大吼大叫。

電話再度響起，鈴聲尖銳刺耳，我無力癱坐在冰涼的地板上，拚命摀住耳朵。

艾莉森

我走進書擋書店，假裝一切如常，克萊兒幫我準備了咖啡和甜甜圈，「你回來啦！」她故意逗我，「我還以為我把你給嚇跑了。對了，你這新髮型很好看。」

「啊，千萬別這麼說，」我趕緊澄清，「這裡很好，也要再次謝謝你能給我這個機會。」我以手指撫梳自己剛剪的頭髮，「謝謝。」

「來吧，昨天下午有一批新到的書，我來教你怎麼核貨。」

我們靜靜工作了好一會兒，我實在很難抵抗這些書的魅力，必須要不時克制自己想要打開書本、好好閱讀的衝動。

「待在這裡，不是件容易的事吧，」克萊兒終於打破沉默，我的胃好痛，她怎麼會知道，不可能。「一切從頭再來，鐵定很辛苦。」

我點頭，「是啊。」聲音低低的，「彷彿全世界都在前進，只有我被困住了。我今年二十一歲，本來應該要完成大學學業，準備進入職場……可是我卻在這裡。」

「不要鑽牛角尖，」她正色道，「沒有人會在自己二十一歲的時候，知道自己未來的生活要做什麼，我二十一歲的時候，也不知道。你知道我在你這年紀的時候，在做什麼工作嗎？」我搖搖頭，「那時候，我是圖書館員。」

「是哦？」其實我不該這麼驚訝，但我真的嚇一跳。

「對啊，」克萊兒繼續說道，「大部分的人不會大學剛畢業、就馬上開始自己做生意，我在圖書館裡有好多東西要學。是在遇到強納森之後，才意識到開書店是我真正想做的事業。」

「你怎麼認識強納森的？」我問道。

克萊兒笑了，「總而言之，都是一場水災。」

「真的？」我好驚訝，「出了什麼事？」

「來，我們到對面吃點東西，讓我把故事說給你聽。」

「可以這樣嗎？」我嚇一跳，「就這樣走開？」

「這是自己開店的好處，」克萊兒語露淘氣，隨即鎖上書店大門。我們到了對街的小餐廳，服務生送上菜單，我們都點了漢堡與薯條。

「這裡的東西最好吃了，」克萊兒解釋，「其實，當初會買下對面那房子，部分原因也是因為這間餐廳，想吃就可以跑過來吃，實在太誘人了。」

「所以你和你先生是在水災時認識的？」我把話題導回克萊兒和強納森身上。

「哦，應該算啦。」克萊兒開始說故事了。

克萊兒

「那一年，我二十五歲，春天有洪水要來，」克萊兒推了推盤子，「那年初春天氣很好，每天早上都是華氏五十度（約攝氏十度），涼爽宜人，到了十點鐘，氣溫卻遽升到華氏七十度（約攝氏二十一度），大家都知道洪汛將自北方來犯——明尼蘇達州與威斯康辛州的密西西比河沿岸的城鎮與農田都已經遭殃——但我們還是不免存疑，那年春天降雨量不足，所以很難想像會出現水災。」

「我記得爸媽提過那一年的春天，我們……他們住在朱伊德河畔……」艾莉森突然插嘴，但隨即因為不好意思而低下了頭。

克萊兒假裝沒有注意到，繼續說下去，「我們準備要使用沙包、放在圖書館外頭阻擋洪水，有許多人過來當我們的義工，圖書館協會之友、當地的長青俱樂部、青年商會，甚至連來圖書館看報避雨避寒、或是躲在巨型世界地圖後面打盹的遊民也不例外，大家都聚在圖書館的外頭，準備貢獻一己之力。」

克萊兒想到了第一次見到強納森的情景，臉上泛起微笑，他個子很高，臉龐充滿書卷氣，但卻有著勞動工作者的結實體格，金屬鏡框裡藏著一雙嚴肅好思考的藍色眼眸，他的額頭上已有皺紋，眉心之間已有化不去的刻痕，體型瘦長卻孔武有力、肌肉發達。當克萊兒面向群眾致謝時，強納森戴著工作手套，手裡還拿著鏟子，她說，館裡有成千上萬本書籍等待搶救，還有電腦與藝術藏品也岌岌可危，她看到他的眼光投射過來，不禁覺得全身發燙。而在圖書館內的職員正忙著把藏書搬到樓上，實在是相當艱鉅的任務。

「我的工作就是打開袋口，讓強納森把一鏟又一鏟的沙送入袋中，然後我再將袋口綁好，交給某位名叫布勞利的遊民，他再將沙袋迅速傳下去給整組人馬。工作了四小時之後，我的雙手已經出現水泡，而且因為強納森倒沙時所造成的摩擦，我的前臂內側也已經開始紅腫，『你應該要放慢速度。』強納森終於開口提醒我，」克萊兒記得他那時候一手倚著鏟子，一邊用手臂擦去臉上的汗珠，所以他的臉頰上還黏了細沙，「一切就是從那時候開始的。」克萊兒聳肩，「好玩的是，其實洪水沒有來，我們拚命做沙包，卻根本沒有派上用場，但強納森和我在幾個月之後結婚了，買了房子，開了書擋書店，接著，約書亞又來報到。」克萊兒看著艾莉森，露出親切的微笑，「萬物運作自有其道，真是有趣。」

克萊兒注意到艾莉森欲言又止的表情，艾莉森很想問她某件事，但她不好意思，羞於啟齒，就是，開不了這個口。

艾莉森

我知道，要開口提這個問題，一定要很小心，看起來像是閒話家常的一部分，「你們婚後多久生下約書亞？」我盡量讓自己的聲音聽來若無其事，但自己的內心卻在尖吼。

克萊兒面容微露苦痛，「約書亞是領養來的。想必是有別人做出了困難抉擇，但我們收養他卻充滿歡喜。」

「對了，你說他幾歲來著？」我的聲音有點太高亢了。

「上個月剛滿五歲，」克萊兒的語氣很驕傲，「我們不確定他的生日究竟是哪一天，不過，我們猜他被丟在消防隊的時候，應該還不滿一個月。」

「消防隊？他被丟在消防隊？」我的聲音聽起來依然怪怪的，我清了清喉嚨，喝了一口汽水，這不合理，事有蹊蹺。

「他的媽媽趁半夜的時候，把他放在橡樹街的消防隊那裡。有位消防隊員打電話給衛生服務部，他們的人趕緊把嬰兒帶到醫院，又在第二天打電話給我們，我們就把約書亞帶回家了。」

「他們有找到那女孩？那個生母？」我的心跳得好快，我告訴自己，她不可能知道的，在這個世界上，除了我之外，只有四個人知道約書亞是我的孩子。

克萊兒搖搖頭，「不，沒有人知道。我們猜可能是外地來的女孩，把寶寶扔在那裡就走人了。」

「那生父呢？」我繼續追問。

克萊兒聳肩，「不知道，約書亞和我緊張了好一段時間，我們一直以為有人會出現，把這小嬰兒領回去，但他的親生父母一直沒有出現。六個月之後，我們就正式領養了約書亞。」克萊兒推開盤子，「嗯，東西很好吃，但我已經飽了，現在也該回去囉。」

我突然發現自己沒辦法付錢；爸爸給我的那些錢，我放在葛楚特之家了，克萊兒一定發現我面露驚恐，因為她握住我的手。

「我請你，」她說，「下一次午餐再換你請。」

「好，謝謝。」我如釋重負。我們回到書店，整個下午客人絡繹不絕，約書亞突然從前門衝進來，我第二次看到他，心裡才有了確定的答案。他長得就像是克里斯多夫，臉部輪廓一樣分明，也都有同樣漂亮的褐色眼眸，唯一不同的是頭髮——約書亞的頭髮像我，淺金色的直髮。

「嗨，媽媽，嗨……」約書亞奮力瞇著眼睛，我知道他在想我的名字。

「艾莉森。」克萊兒幫他講出來了。

「嗨，艾莉森。」我仔細看著約書亞的臉，不知道這孩子是否多少記得我，也許他需要好好看著我，仔細聽我的聲音，我知道自己的幻想是不可能成真的，約書亞奔向我的懷抱，在我耳邊低語，你回來了，我就知道你會回來找我，但他若能想起一時半刻，該有多好，就像是溫暖夏日裡的螢火蟲微光，真希望我們之間能出現一次特殊的眼神交會。

不過，他幾乎沒看我就一溜煙跑掉了，「可以吃點心嗎？」他在書店後頭大喊。

他不認識我，對他來說，我什麼人都不是，我應該要鬆一口氣才是，不是嗎？但我居然覺得有些悲傷。

「他知道嗎？」等到確定約書亞聽不到我們說話，我才開口問克萊兒，「他知道自己是被領養的嗎？」

「知道，」克萊兒回答我，「我們從來沒有瞞過他，每年會為他慶生，也會慶祝領養日。」

「他有問過她嗎？他的生母？」我幾乎不敢聽答案。

「幾乎沒有。」克萊兒回答，「但我們是這麼告訴他的，他的生母做了一件好事，因為她希望兒子可以有更好的人生，她一定是因為非常愛他，所以才放棄了他。」

「哦，」我回她，「講得真好。」

「好，」克萊兒伸手指著月曆，「禮拜四、禮拜六，還有禮拜天，你覺得怎麼樣？」

我努力看著日期，但卻忍不住分神，那是家庭照月曆，那是一張約書亞的個人照，他手上拿著足球，穿的是亮綠色的足球運動服，正盯著我瞧，「艾莉森？」克萊兒問道，「這樣是不是佔用你太多時間了？」

我不敢再看著月曆，「不會，多多益善。」

「太好了，那麼禮拜六你和維珍妮亞一起上班，她只會繼續做到十月左右，之後就會和她先生到佛羅里達州去過冬，到那時候，你可能也得多接一點她的時數，當然，前提是你有意願。」

我聽得到克萊兒說話，但是我心裡想的全是那個穿著綠色小制服的約書亞，他踢足球，就和我一樣，我好想知道，我們還有哪些共同點？

查爾姆

再兩個小時，她就可以離開聖伊薩多爾醫院了。查爾姆現在的身分是實習護士，所以應該要花時間熟悉醫院的所有部門，下個禮拜的輪值表是精神科，她告訴自己，我一定會適應得很好。對她來說，與這樣的人共處也不是什麼新鮮事，查爾姆媽媽的那些男人，很可能有四分之三的人都心理不正常，當然，蓋斯除外。幾天前，查爾姆從媽媽的公寓奪門而出，她不禁有些歉疚，決定打電話向媽媽道歉，不過，最後查爾姆還是忍不住問了一個不該問的問題：難道你還是打算和賓克斯結婚嗎？媽媽沒回答，直接掛了她的電話。

查爾姆已經完成了老年醫學、內科、小兒科，以及產科的輪值實習，最困難的莫過於產科了，看到這些被包得緊緊的漂亮小娃娃，查爾姆想起當初自己根本不會包小孩，蓋斯也不會，他們只是把毯子蓋在他身上，希望他能自求多福，查爾姆常想，要是我早點知道的話，我一定可以做得更好。

艾莉森·葛蘭剛走，克里斯多夫也馬上離家出走，蓋斯和查爾姆站在一旁目瞪口呆，查爾姆把哇哇大哭的小嬰兒緊擁在懷中，左搖右晃，希望可以讓他安靜下來。

「你認識那女孩嗎？」蓋斯問查爾姆。

「她叫艾莉森·葛蘭，」查爾姆覺得好不可思議，艾莉森·葛蘭和自己的哥哥，克里斯多夫？她還是沒辦法把這兩個人聯想在一塊兒，而且，他們兩人還上過床。「她跟我念同一所中學，要升高三了，她妹妹是我同學。」查爾姆向蓋斯解釋。

「我們得趕快打電話才行，要把這娃娃送到醫院去。」蓋斯突然一陣猛咳，完全止不住。

「也許他們會回來。」查爾姆低聲說道。此時嬰兒已經不哭了，他的一雙濁眼，讓人分不清是什麼顏色，正瞇望著頭上的光源，嘴巴則嘟成一個粉紅色的小圓圈。

「我不知道，」蓋斯很煩惱，「但這嬰兒得要看醫生才行。」

「艾莉森．葛蘭是全校最聰明的女學生，我根本不知道她懷孕了，」查爾姆好訝異，「她會回來，不然克里斯多夫也會，他們不能這麼一走了之，一定得回來才是。」

蓋斯面露懷疑，但查爾姆實在無法想像把這娃娃帶去醫院、讓全世界都知道艾莉森．葛蘭的祕密之後，會出現什麼狀況，「蓋斯，你是消防隊員，你說你有一次送過寶寶——」

「我是『幫忙』送過寶寶，而且我們是直接把她送到醫院裡，」蓋斯突然停下來，發出氣喘聲，「那女孩恐怕得去醫院，我們也得把這小嬰兒送去醫院。」

「就再等一會兒好嗎？」查爾姆懇求，「他看起來還不錯。」

蓋斯嘆了一口大氣，重重跌坐在椅子上。「得去幫他買點東西，奶粉，尿布。我們只能給他們幾個小時，查爾姆，這可不是鬧好玩的。」蓋斯很認命，隨即消失在夜色中，過沒多久，他回來了，手上提著四大袋東西，新生兒的所需用品可說一應俱全。

「哇！這麼多東西，」查爾姆驚呼，先把熟睡的嬰兒交到蓋斯手上。「我不知道小娃娃需要這麼多東西。」她的手伸入袋中，拿出兩條小包巾、嬰兒溼紙巾、奶瓶、奶粉、正面繡有藍色小熊的睡褲，並將它們一一放在廚房流理台上面，最後她拿出一頂紅藍相間的小熊隊棒球帽，「蓋斯？」她看著繼父，不可置信，「棒球帽？」

他聳聳肩，露出疲憊微笑，「總是要從小時候開始訓練吧。」

第一個晚上，他們都沒有睡，輪流熬夜餵寶寶、抱著哄他，兩人都愛上了這個小嬰兒，但他們也知道，這不可能維持太久，如果克里斯多夫或艾莉森沒有回來，他們總是得採取某些行動。

「要勇敢呦，」查爾姆在嬰兒耳邊低喃，「一切都會好好的，不會有事。」

現在查爾姆準備要去書擋書店，她想看看那五歲的小孩和克萊兒。她坐在車子裡，透過書店的大面窗戶、看到了約書亞；他手裡拿著狗食、舞繞著圈子逗楚門，笑得好開心，查爾姆心想，你果然勇敢，真的好勇敢。克萊兒偷偷繞到兒子背後，拿走了他手上的狗食，彎下身去餵楚門，查爾姆笑了，他們過得很好。突然之間，有位留著金色齊耳短髮的高大女孩，擋住查爾姆的視線，她沒辦法看到那女孩的臉，但就是有股說不上來的熟悉感，很可能是那女孩自信的態度，微微傾頭的樣子。一直等到查爾姆開車回家的時候，她才想起來，是艾莉森．葛蘭。

查爾姆哈哈大笑，猛搖頭，怎麼可能？艾莉森．葛蘭還在坐牢，好幾年之後才會出獄。她瘋了，居然會有這種想法。

布琳

艾莉森被警察帶走之後的某個晚上，我希望多少還是睡一下，但此時電話卻響了，我忍住淚水，幻想那是艾莉森打來的電話，但不是。

「我打這通電話，是為了那寶寶的事。」一開始的時候，我並不知道對方是誰，但隨即恍然大悟，那天晚上我們過去、丟下小孩的地方，就是這男人的家。他說，克里斯多夫離家出走，永遠不會回來了，所以艾莉森得把嬰兒帶回去。

「她也沒辦法，」我開始邊哭邊講，「她走了，你們不能把小孩送回來。」我好著急，擔心爸媽發現艾莉森還有另外一個小孩，而且，我也得為自己著想，爸媽絕對不會相信艾莉森自己開著車、把小嬰兒帶去克里斯多夫家，他們馬上就會想到是我出手幫忙，他們萬一大發雷霆，我怎麼可能自己應付得來？「請你們好好照顧他，拜託，」我苦苦哀求，但那男人堅持要知道艾莉森去了哪裡，我情急之下脫口而出，「她現在人在牢裡，她被帶走了。」

「為什麼？」他顯然相當吃驚。

「你看電視就知道了，」我又開始哽咽，「但拜託你們，不要把寶寶送回來，我爸爸媽媽……沒有人會照顧他，最好還是送給別人，求你們把他送去哪個安全的地方都可以。」

我不希望再想到那小男嬰，但他卻不時偷偷潛入我的心底。不知道他最後去了哪裡。我只知道，查爾姆．圖里亞和她爸爸也沒把那小孩留下來。那年秋天一開學的時候，我曾經在走廊上見過查爾姆，但在接下來的兩年中，我們都在角落偷偷看著對方、從來不曾講過話，只有，那麼一次除外。

艾莉森被捕之後，大家總是在我背後竊竊私語，大家都把我當成怪胎。只要我的周邊沒有老師，就會有人到我身邊講些難聽不堪的話，我很受不了，但是已經有了自處之道，不要和他們有任何眼光接觸，頭低低的就好，而且一定要在人群中行動，平常沒事的時候就站在走廊旁邊，但閒言閒語總像是一記又一記的猛拳、朝我揮擊而來。殺人犯的監獄生活過得怎麼樣？你姊姊還是那麼屌嗎？不會吧？你也是殺嬰兇手嗎？他們的語調裡有變態的歡喜，艾莉森跌落谷底讓他們好爽快——從頭到尾都是同一群人，她足球隊和排球隊的女隊友，一起和她姊妹淘吃午餐的那些男生。

就在我高一生活接近尾聲、也就是艾莉森被捕九個月之後，我犯了一個大錯，我忙著和政府學老師講話，居然沒注意到已經鐘響，那些白癡早就開始趁空找尋可以欺凌的弱小對象、讓他們覺得自己很孬。當我走出教室的時候，走廊幾乎已經空無一人。

姊姊的好友雀兒喜．米拉德向我走來，我就知道大事不妙，她的兩名爪牙也隨她進入空蕩蕩的走廊。雖然當時正值春天，天氣暖和，但是我的手臂上已經冒出雞皮疙瘩，我一看到雀兒喜挺直腰桿，不禁全身開始發抖，她的臉上滿是憤慨不平。

我的第二個錯誤是遲疑。我應該繼續走下去就是了，只要讓頭低低的就好，但我沒有，我的腳步慌亂難堪，雀兒喜和她朋友看到我的蠢相，全都咯咯笑個不停，她們將我團團圍住，雙手扠腰，手肘像是烏鴉翅膀一樣、用力戳我，臉上的表情充滿不屑。

「你姊過得怎樣啊？」雀兒喜不懷好意，「我猜那裡的女人都愛死艾莉森了吧？」她的朋友在一旁哈哈大笑，我才發現女孩的面容居然能夠如此醜惡，雙眼瞇成一條線，嘴上的笑像是掐爛的蘋果，她們的笑尖酸刻薄，彷彿剛吃下什麼酸得不得了的東西，我死盯著她們如鬼怪的臉，不停發抖。

「討厭。」話已出口，來不及了，她們的笑立刻消失了，先是一陣困惑，隨後將雙眼瞇得更緊，濃黑色的憤怒細線，「閉嘴，給我住口。」我知道自己的行為很反常，但我忍不住這口氣。

「你剛才叫我閉嘴？」雀兒喜不可置信，而且又向前向我逼近一步，我的額頭開始冒汗，前胸後背都是，真好，我心想，我整個人都要蒸發消失了，我摀嘴忍笑，我沒想到自己居然會說得那麼大聲。

「你瘋啦！」雀兒喜大聲罵人，「你姊姊是殺嬰兇手，你跟她一模一樣！」我低頭看著自己的鞋子，心裡覺得很奇怪，我應該變得越來越小才是啊？我希望自己繼續汗流浹背，融化，完全消失在這個世界上。

「你那裡是不是藏了什麼東西？」雀兒喜的朋友突然發問，她要碰我的T恤，我為了避開她的手，趕緊退後，撞到牆邊那一排置物櫃。「你是不是跟你姊姊一樣？肚子裡也藏了小孩？」她又想抓我的T恤，這次被她拉到了，順勢掐住我柔軟肥胖的腹部，我驚恐大叫。

「放開她。」走廊上傳來另外一個人的堅定聲音，午後的明亮陽光從走廊旁的巨窗穿透進來，很難看清楚朝我們走來的人究竟是誰，那個人越走越近，原來是查爾姆．圖里亞。

「放開她。」她的聲音很平靜，看起來倒沒有被學姊嚇到的模樣，只是很生氣。

「你想怎樣?」那個女孩依然緊抓著我的衣服。

查爾姆沒有理她,只是逕自往前走,盯著雀兒喜的眼睛,她們兩人怒瞪彼此,好久好久,彷彿一輩子都沒完沒了,但最後雀兒喜讓步,眼光垂了下來,告訴她的黨羽,「算了,我們走吧,還要練球,你們是神經病。」她撞開查爾姆時還故意放話,那兩個跟屁蟲則緊跟在她後頭。

「你沒事吧?」查爾姆問我,還輕扶著我的手臂。我望著她那指甲被啃得亂七八糟的小手,心裡好生詫異,她的手怎麼沒有穿透我的皮膚?我還沒有蒸發消失?

「我還在。」我的回答好小聲。

我是要謝謝她的,我真的想要謝她,但我的心思卻不知漸漸飄遊到哪裡去了。

艾莉森

我打開電話簿，開始找姓氏為圖里亞的電話號碼，只有一個。住在希根斯街的芮妮．圖里亞，沒有克里斯多夫。

我想到了查爾姆．圖里亞，克里斯多夫的妹妹。除了我和布琳之外，查爾姆、她的繼父，還有克里斯多夫是唯一知道約書亞的三個人，她繼父姓什麼？我記得他們五年前所住的那個地方，但就算他們現在還住在那裡，我也沒有辦法過去，我得和他們好好談一談。難道我擔心打電話給芮妮．圖里亞？我想，應該沒事吧，只要打電話問克里斯多夫或查爾姆在不在就好了，有什麼做不到的呢？我深呼吸，雙手顫抖，撥了芮妮．圖里亞的電話，隨即又馬上掛了。

我還想再多知道一些事，之後我一定會打電話給黛文，我不斷向自己保證。我知道這種作法風險太高，根本就是蠢行，但我還是再次拿起電話，撥出那個我默記在心底的電話號碼，一直響，一直響，正當我要掛斷的時候，對方接了。

我在葛楚特之家學到的就是耐心。其他人終於放了我一馬，她們現在應該也很清楚，無論是把洋娃娃放在水槽還是馬桶，也不可能把我嚇得半死，她們也覺得無趣了吧。不過，除了歐莉娜、碧亞願意和我聊天，還有塔巴夏偶爾會和我講幾句之外，絕大多數的人對我依然是置之不理。

碧亞很健談，而且也願意聽別人抒發心情。她的話題總是圍繞在自己的四名子女身上，最大的十二歲，最小的才只有九個月大，他們和她的妹妹住在一起，距離這裡的車程約半個小時左右。她說自己的大兒子是模範生，還是學校棒球隊裡的明星投手，其他三個小妹妹，則是這世上最可愛、最聰明的女兒。

「最近有去看他們嗎？」我們一起準備晚餐，我順口問她，「他們也可以過來葛楚特之家吧？」

碧亞搖搖頭，抓了一把義大利麵丟進滾水裡，「沒有，我還不希望他們看到我，我還沒有準備好。」

「怎樣才算是準備好？」我反問，「你已經出獄，他們又住得這麼近，我知道他們一定想死你了。」

「可能吧，」碧亞繼續解釋，「但我想確定自己是最好的媽媽，我想要看起來健健康康，我希望他們以我為傲。」

「你是他們的媽媽，他們當然會以你為傲。」我向碧亞保證。

她又再次搖頭，「上次我出現在女兒小二家長會的時候，喝得醉醺醺的，整個人在教室裡搖搖晃晃，最後還吐在她老師的鞋子上。我一定要打起精神，找到好工作，然後才有臉見我的小孩。」

「我不知道耶，」我回她，「表面上看來，我的爸媽應該是小孩都會引以為傲的典範吧，但事實上，他們也不是很在乎我們小孩。」我打開冰箱，拿出沙拉淋醬。「碧亞，快去看你的小孩吧，他們只想和你在一起，你是真正關心他們、想了解他們一切的人，這就夠了。」

「時機還不夠成熟。」碧亞的語氣儼然就是我該結束話題了，但我怎麼能就這麼放棄？

「你覺得他們會記得你嗎？」我繼續追問，「我的意思是，最小的那個女兒？從她出生之後，你就沒有再見過她，你覺得她有可能記得你嗎？」

碧亞笑了，「天哪，不要記得才好，這可憐的小娃娃是在監獄裡出生的，」接下來她越來越嚴肅，「那麼可怕的地方，希望她可以忘得一乾二淨。我妹妹是個很稱職的母親，我當然也想要再當他們的媽媽，不過，就算是未盡如人意，我也要知足了。誰知道呢，也許最後他們根本不會有過去的陰影，也許會很高興這個媽媽又回來了，就等著看吧。」她用叉子撈起了鍋裡的義大利麵，又拉出兩三根麵條，隨即以手指用力扔向牆面，黏住了，「麵條應該要掉下來？還是應該黏在上面？我老是記不住，呵，算了，」她瀝乾鍋子裡的水，扯開了她尖銳的大嗓門，「快來吃東西啦！」

我也希望布琳別想太多，我們好好團聚就夠了，過去這幾年來發生的事，就讓它雲淡風輕吧。布琳過去一直以我為傲；她總是仰望著我這個姊姊，我希望回到從前，她依然以我為傲。

不，不是以我為傲，我只是希望她可以喜歡我。我想要好好告訴她自己找到約書亞的事，告訴她那孩子除了頭髮像我之外，簡直就是克里斯多夫的翻版，還有，不知怎的，約書亞喜歡小動物和其他事物的模樣，讓我想到了布琳。還有，我也想聽布琳講自己的生活，學校上的課怎麼樣，有沒有交男朋友，爸爸媽媽是否以當年對我的方式、繼續折磨她？我想要好好當布琳的姊姊，我從來就不是一個好姊姊，但大家都應該要有第二次的機會，對不對？

連我這種人，也不例外。

查爾姆

蓋斯一直打電話到艾莉森．葛蘭的家裡，希望可以找到人解決寶寶的事。終於，有人接起電話。蓋斯趕緊開口，「我打這通電話，是因為那個小嬰兒，」蓋斯聽著電話那頭的人講話，臉色也轉為可怕的灰白色，「知道了。」他隨即掛上電話。

「怎樣？」查爾姆問道，「他們怎麼說？」

蓋斯搓著臉的手在發抖，他跌坐在椅子裡，「開電視。」

「什麼？」查爾姆不解問道。

「打開電視。」蓋斯再次吩咐她，查爾姆先把寶寶交給他，然後打開電視機，一直轉頻道，等到蓋斯找到頻道才停手。畫面出現了，一名新聞記者站在朱伊德河的河岸旁，面色凝重。

「蓋斯……」查爾姆想講話，但是他的表情讓她不敢再開口。

「就是在這個地方，朱伊德河的岸邊，有名帶著孫子的釣魚男子，發現這具已無生命跡象的女嬰，」女記者大手一揮，「我們第七新聞頻道剛才接獲消息，某名涉案青少女已遭到收押，由於嫌犯未成年，所以無法對外公佈她的姓名。不過，我們可以告訴各位觀眾，該嫌住在林登佛斯，警方已將她帶離住家、送往醫院，原因無法透露。」

查爾姆轉向蓋斯，她滿臉茫然，「這個嬰兒又和艾莉森有什麼關係？」

小男嬰在不高興，細瘦的手臂拚命亂舞，蓋斯把他抱到肩頭，「乖，乖乖，」他低聲對寶寶輕語。「被收押的不知名嫌犯，」蓋斯朝電視的方向點了點頭，「就是艾莉森・葛蘭，他們在朱伊德河發現的女嬰，是這小孩的姊姊。」

艾莉森

每天當我走進書擋書店的時候，我都好擔心克萊兒甚至是約書亞看著我的臉、突然發現了我的真正身分。這會不會違反了我的假釋規定？他們會不會把我抓回去坐牢？我當初離開克雷文維爾監獄的時候，曾經心存猶豫，但現在已經享受到自由的滋味，雖然時間很短暫，但我知道自己絕對不想再回去了。我仔細研究克萊兒的臉，但卻察覺不出有任何異狀；她仍然開開心心向我打招呼，而且聊起一般話題也都暢快盡興。

我越來越喜歡克萊兒，她對我講話的態度，讓我覺得自己也是很有價值的一個人，她不會因為我的過去就看不起我，對我多所懷疑。我喜歡在這家書店工作，也很喜歡凱比這一家人，我也知道我應該要向她說實話，我猜約書亞很可能是我的小孩，但我就是說不出口，我不想。

下午三點三十分，約書亞衝進書店裡，蒼白的臉在這個時候卻髒兮兮又紅通通的，而且，他因為生氣而噘著小嘴。他的肌膚與衣服身上反射出怪異的點點微光，等到我再湊近一點細看，發現他全身都是橘色的小亮粉。約書亞想要把手臂弄乾淨，但卻只是讓亮粉沾到其他地方而已。強納森此時站到約書亞的背後，這孩子臉上的表情挫敗又迷茫，克萊兒從櫃檯後面出來，「究竟發生什麼事了？」克萊兒好焦急。

「約書亞今天在學校遇到大麻煩，」強納森解釋，「今天他們玩的是膠水和亮片。」

「怎麼了呢？」克萊兒問約書亞，但他只是皺著眉頭，雙手交疊在胸前，根本不想理人。

強納森現在才看到我站在那裡，「嗨，艾莉森，」他趕忙向我打招呼，「老師說，今天上美術課，他們先在美勞紙畫圖案、然後剪下來，再把亮粉撒在上面。大家應該都看得出來，約書亞的手指上沾了膠水，這簡直比去海灘玩沙還難清，然後，他手上又都是亮粉，說到這個，我真的是要謝謝學校，羅佛雷斯老師幫約書亞清理了手上的膠水，但當然不可能完全清乾淨，之後事情就越搞越糟。」

我看到克萊兒的臉在抽搐，她知道風暴即將來襲，約書亞猛摳自己的手臂，哇哇大哭，「住手！約書亞！」克萊兒尖叫，「你這樣要抓破皮了！」約書亞乾脆背對我們，繼續拚命摳抓，我不知道自己是不是應該要跳進去幫忙，還是回身去檢查保全系統，假裝沒看到他們的兒子在鬧脾氣。

「好，羅佛雷斯老師還告訴我，」強納森提高音量，蓋過約書亞的哭聲，「約書亞把自己的紙葉子揉得皺巴巴的，在自己手上擠出更多的膠水和亮粉，最後又抓起橘色的亮粉顏料管，在教室裡到處亂噴，其他的小朋友、他們的作品，還有老師，再加上約書亞他自己，全部都遭殃，約書亞——」強納森雙手一攤，很不高興，「——是被請出教室的。」

「哎呀，約書亞，」克萊兒很失望，雙手放在兒子細瘦的肩頭，他乾脆坐下來，哭得更大聲了。

我不假思索，立刻蹲跪下去，讓約書亞可以看到我，他的哭聲也立刻隨之趨緩，還用眼角餘光偷偷打量我，在他來不及哭鬧之前，我趕緊開口，「約書亞，今天一定很不好受吧，」他的頭別過去，又開始哭，但已經沒那麼傷心了，我立刻追問，「我想你一定現在就想弄掉這些亮粉吧。」他雖然還在抽抽答答，但已經平靜下來，我知道他在聽我講話，所以我更近一步，用低沉冷靜的聲音告訴他，「我猜，你一定不知道有一種神奇膠帶，對於去除亮粉特別有效。」我起身走回櫃檯，打開抽屜，取出一捲紙膠帶。

約書亞看著膠帶，眼神充滿懷疑，「那只是普通的膠帶啊。」

我無所謂，聳聳肩，「它『看起來』像是普通膠帶，如果你想試試看，我們馬上就可以動手，或者，不想試也沒關係，就讓亮粉繼續留在身上好了。」我把膠帶放在櫃檯上，這是我在監獄裡學到的經驗之一，只要行有餘力，總要留給對方面子。

他想了一會兒，突然站起身，讓我們大家都嚇了一跳，「好，我想試試看。」我撕下一小段膠帶，將它反摺，讓黏膠面朝上。

「要不要自己試試看？」我問約書亞，「還是要請你爸爸媽媽幫忙？」

「會不會痛？」他看起來很害怕。

「一點都不會。」我向他拍胸脯保證。

「那你先試給我看。」他開口了，但這是在下命令。

「約書亞。」克萊兒警告兒子。

「可以麻煩你幫忙嗎？」他又講了一次。

「沒問題，」我回他，「現在要仔細看好哦，真的很神奇。」我小心翼翼，動作輕柔，以膠面輕輕擦拭他T恤的袖子，然後又給約書亞看膠帶上的橘色亮粉，「很酷吧，你說是不是？」我對他微笑，他也對我笑了，對，這是我們的心神相會，只是剎那之間的靈光乍現，但它真的存在。我不敢說他記得我，但我們之間已經有了一種連結，微弱又纖細。我抬頭看著克萊兒，她也笑了，而且還多了一股尊敬，強納森也是，臉上流露感謝之意。

接下來的半個小時，約書亞和我都待在書店的童書區裡，我仔細為他除去T恤、褲子甚至鞋子上的亮粉，至於他手指、臉龐，還有頭髮的亮粉，又得花另一番工夫，他很怕我把膠帶直接黏在他的皮膚上，「一定會很痛。」他小小的臉蛋神色嚴肅，但同時看起來又充滿期待。

「好，就看你自己決定囉，」我告訴他，「看是要讓亮粉留在上面，還是要用神奇膠帶把它黏乾淨，如果你覺得痛，我隨時可以停手。」

「我可以自己先試試看嗎？」他滿心期待。

「當然！」我先教他怎麼反摺膠帶，然後他開始將膠帶輕輕按壓在自己的皮膚上，隨即又拿起來檢查膠面上的亮粉。

「不痛耶。」他鄭重宣佈，隨即繼續清理，他手上的亮粉終於全部消失。約書亞說，只要我拔起膠帶的時候不要太用力，他如果覺得痛的話可以隨時喊停，那麼他就願意讓我用膠帶黏他的頭髮和臉頰。他閉上眼睛，抬起頭，我一直全神貫注看著他的長臉和線條分明的下巴，我記得那眼瞼閉起時所浮現的藍色靜脈，還有如扇散開、貼服在肌膚上的眼睫毛，朝天鼻下方噘起的薄薄小嘴，多麼像克里斯多夫啊。當我心不甘情不願告訴他、清黏已經大功告成的時候，他問我，「現在可以看嗎？」他衝進浴室，那裡有鏡子可以讓他看個仔細。我回到書店前面，克萊兒正在招呼客人，幾分鐘之後，約書亞出現了，臉上笑得燦爛，「有用耶！」他告訴克萊兒，「也許我應該要帶一點膠帶去學校。」

「沒問題，」克萊兒回他，「不過，我想你可以先問一下老師，她可能早就有紙膠帶了。對了，你要向艾莉森說什麼？」

「謝謝。」約書亞的聲音好害羞。

「不客氣。」

「媽媽，我可不可以吃東西？」約書亞看著克萊兒，我的心有一股不知如何說起的揪痛。

「去後面拿點餅乾吃吧。」克萊兒對他說道，隨即又看著我，面露崇拜神色，「哇！你幫了他好大一個忙，」我一陣赧然，「你怎麼這麼厲害？」

我聳聳肩，彷彿這不算什麼，「總是要給人選擇的機會，讓他們有台階下。」

克萊兒搖頭，「每一本親子書都有這麼教，但我看剛才約書亞已經暴怒難抑，來不及了。不過，下一次我一定會試試看。」

我低頭看著自己的腳，模樣彆扭，「有沒有需要我幫忙的事情？把書上架或其他工作？」

「這就是真的幫我一個大忙了。」克萊兒看著坐在前門的那隻鬥牛犬，他的鼻息在玻璃窗上留下了霧狀跡痕。「可以麻煩你帶楚門出去外面上個廁所？現在我真的想好好待在約書亞身邊，」她的笑容充滿歉意，「我知道這不是一般書店會有的工作內容，但是楚門也算是這間書店的一部分了。」

「沒問題，」我答道，「楚門很可愛，而且我住的地方也不能養寵物。」我拿起放在書店後頭的外套，準備帶狗出門去，等到我回到前面的時候，強納森已經離開，我猜他是回去工作，而克萊兒和約書亞已經窩在一起專心看書，我扣上楚門的狗鏈，一起出門享受九月的涼爽空氣。我把他帶到書店人行道前的某塊草坪，靜靜等待他的暢快解放。

我覺得背後好像有東西，輕柔地宛若秋日的落葉，有人在看我，原來是克萊兒的先生，正坐在車子裡看我，但我無法辨別他臉上的表情。我沒多想，立刻向他猛揮手，他也對我微笑揮手。強納森開車緩緩上路，我一度以為他會停下來和我說話，但沒有，他沒有接近人行道，一路開走了，我看著他轉彎，消失在我的眼前，他會不會知道我的身分？不可能，絕對不可能的。

楚門硬是拖拉著狗鏈，我也只好趕快帶他回去書店，約書亞站在前門，怔怔看著父親開車離去的身影。

查爾姆

查爾姆坐在浴缸裡，裡面沒有水，她的衣服也穿得整整齊齊，這裡，似乎是她唯一能待的地方了，聽不到蓋斯胸腔發出的呼呼噪響。她知道自己應該要勇敢，坐在外頭陪著他，畢竟，她馬上就要當護士了，但是，她所受過的訓練，卻還不足以讓她面對這一切，蓋斯不應該受這種折磨，就算是全世界最齷齪下流的人，也不該承受此等痛苦，他呼吸極其困難，痛苦又沉緩，他仰頭看著查爾姆，何其絕望，但她面對眼前所發生的一切，卻完全無能為力。她知道他胸腔裡的黑色肺葉正在萎縮，急需空氣，而肺炎越來越嚴重，他的皮膚已經變成死灰色，整個身體只剩下皮包骨，蓋斯現在的模樣，讓查爾姆想到歷史課裡集中營生還者的照片。唯一沒有枯瘦的地方，只有臉龐和脖子，浮腫得厲害，有時候，在那一堆腫脹的肉裡，實在很難再看到他昔日的模樣，但只要他一微笑，查爾姆就又可以看到他了，那個精力充沛、愛開玩笑的蓋斯，只要查爾姆學校有活動就必定出席，那個教她如何在籃球場上罰球、教她做哥拉奇點心的蓋斯。但是，現在的他看起來卻像是個陌生人。

查爾姆想過要打電話給她媽媽，但不確定媽媽口中會說出什麼話。查爾姆如此渴望媽媽在身邊，一生中也不過只有另外兩次而已——媽媽的變態男友準備欺負查爾姆，但芮妮卻在上班，還有，艾莉森把小孩丟給了她。那兩次母親都不在身邊，查爾姆心想，這次，該是可以利用媽媽的時候了，有人可以幫她一起照顧蓋斯，告訴她一切都不會有問題，但很不幸，芮妮．圖里亞並不是這樣的人。

查爾姆從浴缸中起身，看著鏡中的自己，眼裡都是血絲，唇邊也出現了小細紋，她知道這是自己長期因擔憂抿嘴而出現的後遺症，她心想，我看起來好蒼老，我才二十一歲，但看起來卻已經老態龍鍾。

查爾姆告訴學校老師自己得要請假一段時間，才能好好照顧蓋斯，師長們都很諒解，她也知道，等到她重返校園的那一天，也就是蓋斯葬禮結束之後了。

她根本不想離開這間浴室避難所，但她還是回到蓋斯身邊，拉了張椅子陪他，現在，蓋斯的眼睛只能微張而已。查爾姆已經將他的老電視機移到臥室，父女兩人就一起看著無聊的情境喜劇和一再重播的警匪片，其實，節目內容不重要，音量能蓋過那如茶壺煮水一般的胸腔噪聲即可。只要蓋斯開始一陣猛咳，查爾姆就會小心扶他坐好，以畫小圓的方式搓揉他的背，她曾經看過蓋斯這麼照顧約書亞。她反覆輕拍他的背，低聲鼓勵他，彷彿他現在是當年那個小嬰孩，「沒事，沒事的，咳出來就好。」蓋斯骨瘦如柴的雙手緊捏著毯子，抓了又放，放了又抓，等到這一陣狂咳結束之後，查爾姆會餵他喝一口水，幫他整理好背後的枕頭，再輕輕為他戴上氧氣罩，等到他呼吸平順、再次入睡之後，她才能安心回座。

珍已經安排了安養院的人員過來協助，查爾姆內心充滿了感激，他們人都很好，也相當專業；但主要都還是查爾姆在負責照顧，他的湛藍色雙眼總是在找尋查爾姆，宛若在乞求她伸出援手，大部分的時候，蓋斯口中講的都是囈語，而且還會誤把查爾姆喊成她媽媽的名字，這讓查爾姆傷透了心。安養院的義工桃樂絲也只好努力向她解釋，蓋斯會出現這個狀況，完全是因為病情和止痛藥的影響。

這個秋天來得暴怒猛烈，狂雨下個不停，她覺得整天坐在這小房子裡，日復一日，真讓人抑鬱消沉，查爾姆好想回到學校，但是她卻沒有辦法留下蓋斯一個人在家，與陌生人在一起相處，她知道他的生命隨時可能會走到盡頭，她絕對不會像媽媽一樣、棄他而去，她要陪伴著他，直到他闔上雙眼，嚥下最後一口氣為止。

蓋斯原本睡的是雙人床，現在已經換成了醫院的病床，如此一來，安養院人員無論是照顧他、或是為他換床單，都方便得多了，查爾姆心想，當然，等到他斷氣之後、把他推出去，也比較方便。蓋斯整個人看起來像是一個空癟的繭，細薄佈滿皺紋的皮膚緊貼著骨頭。查爾姆偶爾沒聽到他繼續咳嗽，整個人躺在床上動也不動，在這種時候，若想知道繼父是否生息猶存，她也只能觀察他胸口的微弱起伏。

查爾姆不知母親是否聽說了蓋斯瀕死的消息，也不知道她是否在乎這件事。查爾姆不知自己將何去何從，雖然她一直很獨立，沒有真正的媽媽或爸爸，但她一直有蓋斯。

她覺得一旁出現了些微動靜，她打開床頭燈，才能看清楚蓋斯的臉，在微弱的燈光下，陰影層疊，蓋斯又幾乎像是以前的那個他了，年輕、英俊、快樂。

「還好嗎？蓋斯？」查爾姆在他耳邊輕聲低問，現在的他，似乎就連聆聽也顯得吃力痛苦，「要不要幫你準備什麼？」他睜開眼睛，目光清明，想要抬手取下氧氣罩，「我來就好。」她幫他取下面罩，以前她曾經笑過蓋斯，戴上這個讓他看起來像荷頓，也就是蘇斯博士故事書裡的那隻大象，蓋斯還因此哈哈大笑。他舔了舔自己乾燥龜裂的嘴唇，查爾姆將吸管放入他的嘴裡，他開始吸水，但這個動作卻已讓他精疲力竭，「還有沒有別的？」她問道，「我還可以做什麼呢？」查爾姆想要盡量壓抑自己的情感，她見過病人死亡，小孩死亡，但從來沒有她認識的人、她深愛的人在她面前死掉。

「不用，」蓋斯聲音沙啞，「坐在這裡就好。」他輕拍著床沿，但是查爾姆很猶豫，她必須放下防止病人摔下床的欄杆，而且蓋斯現在雖然瘦弱得宛如窗外的風傾草，床邊也沒有什麼多餘的空間。

「沒關係。」他又開口了。

查爾姆放下欄杆，慢慢移動蓋斯的身體，他沒有發出任何聲音，但是臉上充滿了痛苦的表情，「對不起，真是對不起，」查爾姆退縮不前，但是蓋斯依然拍著床，示意自己沒問題，她盡量讓自己不要佔太多位置，緊挨在蓋斯的身邊，「要不要看電視？」她已經伸手去拿遙控器，但他卻搖搖頭。「還是要把氧氣罩戴回去？」查爾姆知道蓋斯的氧氣罩不能拿下來太久，他很容易陷入驚慌，造成他的呼吸更加困難。

但他又搖搖頭，由於浮腫之故，他線條分明的臉部輪廓已經消失，黑髮與慘白的膚色形成強烈對比，雜亂的眉毛讓雙眼看起來更小更凹陷，像是蘆葦叢中的一泓藍色池水。

「講話。」他還是老樣子，雖然是在下令，但語氣卻不像在發號施令，也不會讓人覺得不舒服。

「哦，」查爾姆開口了，「下個禮拜要去整型外科實習，萬聖節左右會待在小兒腫瘤科，大家都會扮裝，就連醫生也不例外。」

蓋斯點點頭，兩人又陷入沉默，他們都知道他活不到萬聖節。

「那個小男孩。」他的聲音粗礪如砂紙。

查爾姆好緊張，她心裡有數，約書亞這個話題遲早會出現。

「我對不起他。」他上氣不接下氣，說話極其吃力。

「為什麼？」查爾姆不可置信，「為什麼你要覺得抱歉呢？那是克里斯多夫的錯，是艾莉森．葛蘭的錯，又不是你的錯。約書亞過得平安幸福，他的家人很愛他，」她的火氣全上來了，「艾莉森會去坐牢，是因為她淹死了約書亞的雙胞胎姊姊，你也知道克里斯多夫不會回來照顧他，連老天爺也都知道我媽媽一無是處！」

「乖，」蓋斯拚命喘氣，將手輕輕放在查爾姆的臉頰上，這個仁善病重的人，居然在安慰她，這叫她是要如何承受。當初央求要讓寶寶多待一會兒的是她，但從幾個小時變成了好幾天，然後，又變成了三個禮拜，查爾姆一直拜託蓋斯，再等一等，她立刻就愛上這小男孩了，她覺得哥哥一定會回心轉意。現在，她開始掉眼淚。

「是我要說對不起，我應該要告訴你的，」查爾姆在啜泣，「我把他送去消防隊，我應該要先說的，」她徬徨無助，看著繼父，「我沒辦法了，我很想把他留下來，但是我無能為力，我好累，我知道我拖太久了，也怕給你惹麻煩，所以我什麼都沒有告訴你。」

「你是好孩子，查爾姆，」蓋斯喃喃說道，「又聰明，又勇敢，比我還勇敢。」查爾姆望著他，這些年來，蓋斯總是會反覆提起當年救火的英勇事蹟，煙塵、火焰、高溫，「雖然你把那小男孩留在消防隊，但你依然一直在看顧著他，確定他平安無事。」

「你根本沒機會向他道別，」但蓋斯沒反應，這段談話已經讓他疲累不堪，「有時候，我真希望她沒有把小孩送到我們家，」長期以來壓抑的情感，在此刻終於徹底解放，「有時候，我真希望自己從來沒有抱過他，真希望自己不知道他的小姊姊被丟進河裡，我真希望，你可以恢復健康。」查爾姆努力噙住淚水，把臉埋在他尖細的肩頭裡。

蓋斯好不容易，才抬起另一隻手臂，抱著查爾姆。

「女兒啊。」蓋斯的聲音粗啞，此言足矣。他們一起躺了好久，蓋斯輕拍著查爾姆的背，她也就這麼安心依偎著他，宛如小貓，正在找尋最後一畝未褪逝的陽光。

艾莉森

自從約書亞發生亮粉事件、我以神奇膠帶解救了他之後，只要我當班，他都會守在我身邊，幫我拿書上架、或是算收銀機裡的零錢。過沒多久，約書亞喜歡的和討厭的事情，我也都一清二楚，他討厭手指頭黏黏的，不喜歡香蕉的味道、大雷雨，也不愛清理自己的房間。他愛楚門，愛玩樂高積木，還喜歡喝胡椒先生，就算他媽媽說這種飲料會讓牙齒爛光光，他也照喝不誤，他還喜歡和爸爸一起蓋東西。

我知道自己應該要和他保持安全距離，如果和他越來越親暱，最後只會發生災難。我應該要告訴他，走開，我要專心工作，但我就是沒有。「你踢足球呀？」我想到了他穿綠色運動服的照片，不禁開口問他。「很喜歡踢足球嗎？」

「還好，我不太會踢，」他的語氣有點難過，「總是有人會把我的球抄走。」

「我可以告訴你一些小技巧，」我答應要教他踢球，「以前我都在踢足球。」

「好啊，」約書亞彎身去摸楚門，「我明天把足球帶來。」

「我想你媽媽不會讓我們在書店裡踢球。」我馬上後悔了，約書亞看起來很洩氣。

「那你可以來我們家啊，」他又開始興高采烈，「你來教我踢足球，我可以給你看我的房間，還有我爸爸的工作室。」

「我不知道耶……」剛好有顧客進門，我沒多理約書亞，感謝此時有人分散了他的注意力，我和他太親近了，不該有這麼多的糾纏。

黛文慢慢向我走來，她往常的急快又充滿效率的步伐消失了，現在看起來簡直是猶豫不定，根本不是她的風格，她知道了，她知道約書亞的事，一定是布琳打電話給黛文，告訴她我正是約書亞的生母，她要來帶我回監獄，我才重獲自由三個禮拜，現在卻得要回去坐牢，還不如讓我現在死了吧。

「約書亞，要不要先過去寫功課？」我想支開約書亞，黛文已經站在我面前，出事了，極其嚴重。

「她是誰？」約書亞站在我旁邊問道。

「約書亞，你是不是在煩艾莉森？」克萊兒的聲音從我背後傳來。

「沒有，我在幫忙。」約書亞語氣很堅定。

「艾莉森？」黛文口氣溫和，「借一步說話？」

克萊兒看著我和黛文，面露焦急，我知道自己應該要介紹她們互相認識，但是我的話卡住了，說不出口，我只能點點頭，跟在黛文後頭出去。我閉上眼睛，等著黛文宣佈她要把我帶回警察局，空氣颯爽，吹著我紅燙的臉頰好舒服，我要好好記得這一刻。

「艾莉森？」黛文喊我，我也張開雙眼，她緊咬著雙頰，不知該如何啟齒，我不知道自己有沒有機會可以向克萊兒說再見，好好謝謝她給了我這個機會，我也不知道，自己還能不能再看到約書亞，「艾莉森，」黛文握住我的手，「是你爸爸。」

「今天他在自己的辦公室昏倒了，」黛文解釋，「現在他人在聖伊薩多爾醫院的加護病房，醫生還不確定狀況，但看起來是心臟病。」我滿臉狐疑地看著她，黛文一如往常，又展現了她的讀心術，「是你媽媽打電話給巴瑞・高登先生。」我點點頭，這就是了，巴瑞・高登是黛文律師事務所的資深合夥人，爸爸和他是多年好友。「要不要去醫院一趟？」黛文問我，「我可以開車載你過去。」

我回想起最後一次和爸爸會面的經過，還有，那整個家想把我的過往抹消得一乾二淨，「不確定他們是不是想看到我。」我小聲回答。

「艾莉森，所以呢？」黛文問我，「你覺得怎麼樣才好？」

突然之間，我得去見爸爸了，要是他死了怎麼辦？下次見到媽媽的時候，就會是爸爸的葬禮了，我不能這樣，所以我趕緊向克萊兒解釋狀況，她給了我一個擁抱，「不論發生什麼事，都要跟我說，別擔心工作，趕快去看你的家人吧。」

但我要怎麼告訴她呢，在我回到林登佛斯的這幾個禮拜當中，我覺得她還比較像是我的家人。我只能說出謝謝兩個字，「我會再打電話過來。」

黛文讓我在醫院門口下車。她說她可以陪我進去，我婉謝她的好意，我自己應付得來。不過，其實我不行，我只是不希望黛文看到我和媽媽第一次會面的情形，我不知道當我出現在爸爸的病床的那一刻，她會有什麼反應，我也不確定她會給我一個歡迎的擁抱，抑或是對我下逐客令。

上一次我來到這裡，是因為剛生完小孩而被緊急送院，而且我也是在這因謀殺親生小孩的罪名而遭到逮捕，離開的時候，我坐在輪椅上頭，旁邊還有一名矯正科的官員陪同，而且，我還被戴上了手銬。醫院的忙亂景象，與我記憶中的一模一樣，走廊上的醫護人員忙著工作，訪客則顯得躊躇猶疑。我問了服務台，隨即走上樓梯，前往爸爸所在的五樓病房，我不想搭電梯，密不通風又擁擠的空間，讓我想到了自己的牢獄生活。

我先看到她，她一個人坐在加護病房等待區的長沙發上，那頭耀眼閃亮的金髮依然沒變，只是剪成超短的鮑伯頭，剛過耳下而已。她穿著牛仔褲，上面還沾了泥巴塊，想必她接到電話的時候，一定是待在花園裡工作。她瞪著等候室裡的牆壁，那雙清澈的藍色眼睛，還沒發現我已經出現在這裡。不過，自從我們最後一次見面之後，她的臉部線條已經柔和多了，但她看起來更加瘦弱。她現在看起來毫無戒備之心，如果不趁現在鼓起勇氣，等一下我就更不敢開口了。

「媽媽。」我輕聲開口，隨即哽住說不出話。

她嚇一大跳，趕緊抬頭，我也看到她整個臉龐，媽媽還是很漂亮，但是歲月的確在她身上留下老化跡痕。「艾莉森。」她喊了我的名字，我想，她的聲音裡還是有一絲喜悅，這對我來說就夠了，我馬上坐在她旁邊，伸出手臂圍住她細瘦的肩，同時也聞到了她的氣味，除了她慣用的鈴蘭花香水之外，還有新鮮泥土的味道。

「爸爸現在怎樣？」我眼淚滾滾而下，「不會有事吧？」

媽媽搖搖頭。

「我不知道，」她徬徨無措，「他們什麼都沒說。」她低頭看著自己的手，昔日的纖長玉指，現在不但有了皺紋，指關節處也變得肥厚，「他還在動手術。」

「我馬上去問，」我告訴媽媽，「看看有沒有新消息，還有，布琳或奶奶知道消息了嗎？有沒有人打電話給她們？你自己還好嗎？要不要吃東西？」

她還是搖頭，低頭看著腳，「我忘了換鞋子。」她的下巴在顫抖，雙手摀住臉，開始低泣，「我只有他了。」

查爾姆

她自己心裡有數，她是沒有辦法照顧他的，必須做出這樣的決定，她自己也十分掙扎。雖然根據她在圖書館裡查到的資料，新生兒要六週之後才會有真正的微笑，但她很確定，這個小男嬰曾經對她笑過，就在他奮力揮舞著小拳頭的那個時候，他露出了短暫卻真實的笑容。打從一開始，他們就知道這是一場註定離別的相聚，查爾姆和蓋斯甚至也不敢為他取真正的名字，蓋斯總喊他小朋友或小弟弟，而查爾姆總是在小娃娃耳邊喊著西點甜品的名稱。他們拿了個洗衣籃鋪上軟綿綿的毯子、充作他的臨時小床，每當查爾姆把他從那小床上抱起的時候，她就是這麼喊的，嗨，杯子蛋糕。早安，汽水、花生醬、蘋果酥、起司條。然後，他會用那世故老成的眼睛看著查爾姆，彷彿在告訴她，「你夠了吧？反正我遲早都會走的。」查爾姆的心也會開始揪痛，然後哭個不停，讓小寶寶的連身衣胸前也都是淚水，害他也開始哇哇大哭，最後，查爾姆根本分不清楚那究竟是誰的淚水。

連續幾個禮拜，查爾姆都沒辦法好好睡覺，而且，他們也不能讓別人發現這個寶寶，她累壞了，而且，蓋斯的健康顯然也每況愈下。夜半時分，她會因為嬰兒想喝奶的哭聲、還有蓋斯的狂咳而猛然驚醒，查爾姆已經無能為力了，難以同時兼顧小嬰兒和病人。當年查爾姆無處容身，只有蓋斯接納她，從來沒有任何的質疑與批評，而他待這男嬰也是親如家人，彷彿他原本就是家中的一份子。這小娃娃在這世界上幾乎還沒有任何痕跡，但是蓋斯卻已經留下了無可磨滅的深刻印記。蓋斯來日無多，一個是人生旅程剛開始，一個即將走向終點，她必須要在兩者之間做出抉擇。

某個深夜，查爾姆終於下定決心。寶寶趴在她的肩頭上，她來回在客廳裡踱步，希望可以哄他好好入睡，她自己半睡半醒，最後絆到了邊桌，寶寶滾下去，她居然就這麼失手了。寶寶躺在地上看著她，眼睛睜得大大的，喘得厲害，小嘴一張一合，彷彿要跟查爾姆講話，而他想說的事，她早就已經知道了。

她躡手躡腳，不想吵醒蓋斯，趕緊把嬰兒的所有東西都收到籃子裡，然後開車過了朱伊德河，到了下一個城鎮，送到林登佛斯橡樹街的消防隊，蓋斯以前曾經在那裡工作過。她自己也不太清楚為什麼要選擇這個地點，但她告訴自己，如果這是蓋斯待過的地方，一定沒有問題，他們會善待這個寶寶的。

她彎向副座的汽車地板，抱起洗衣籃裡的寶寶，將他擁入懷裡。他先前一陣大哭，現在已沉沉睡去，蜷起可愛的手指頭，宛若是放在下巴的一朵粉紅小花。查爾姆現在要完成這艱難的拋棄任務，她輕輕將嬰孩放回洗衣籃，然後又小心翼翼將他帶到消防隊，一路上還要留心是否有人發現她的行蹤，那是一個溫暖無星的夜，街上沒有任何人，她吻了他柔軟的臉頰，輕聲道別，「再見了，可愛小南瓜。」她想起小時候和朋友玩的按電鈴惡作劇遊戲，但此時卻湧起沉重無比的傷感，她按下消防隊門口旁的電鈴，隨即跑離現場。

布琳

我打開奶奶家的大門，米洛跑來迎接我，牠東聞西聞，因為我的口袋裡總是會放狗食。而露西和萊斯兩隻貓咪也蜷在我的腿旁，喵喵狂叫討食物，就在這個時候，電話響了，「大家等一下呀，」我告訴他們，電話尖響不停，我開始大叫，「奶奶！奶奶！電話！」

我沒有理會電話，逕自到櫃子那裡拿出兩罐貓食，奶奶的聲音迴盪在整個房子裡，「我們現在無法接聽電話，請您留下大名與電話，我們會盡快回電。」嗶一聲之後，我聽到艾莉森在講話，我忿恨地把貓罐頭扔到流理台上，台面也因而留下了刮痕。我衝上階梯，我不需要聽那留言，為什麼她就不能讓我一個人好好生活？

她的聲音從我背後幽幽飄了上來，我定住不動。「布琳，接電話，拜託你接電話！」我猛搖頭，繼續往樓上衝。

「布琳，爸爸出事了！拜託你接電話！」她苦苦哀求，我又慢慢走下樓，「爸爸現在人在醫院，媽媽六神無主，我也不知道自己該怎麼辦，求你跟我講話，拜託！」艾莉森哭得聲嘶力竭，我已經站在電話旁了，「布琳，求你幫我……」她的哭聲已轉為低泣。

我盡量不去想那天晚上的細節，但在我一生當中，也只聽過姊姊求過我那麼一次而已，每當我半夜輾轉難眠，這件事又會浮上心頭，姊姊需要我。以往都是我向姊姊求助，求她保護我，不要讓鄰居小孩、父母和老師找我的麻煩，就算是我自己惹出的麻煩，也會幫忙解決。而艾莉森也從來不會、絕對不會讓我忘了她的恩情，長期以來，她一直都是樂於助人，不，才不是，她總是眼睛轉啊轉的翻白眼，大聲嘆氣，然後又猛搖頭，其實艾莉森出手幫我一點都不難，無論她想要什麼都輕而易舉，而隨著年紀逐漸增長，我們之間的差異也越來越明顯，她總是讓我看起來如此渺小又平凡。

艾莉森一直寫信給我，信中的內容說的都是同一件事，對不起，彷彿這句話可以彌補一切。你在抱歉什麼呢？我好想問她，是不是因為總把我當成討人厭的小麻煩，所以覺得不好意思？還是因為我幫忙你分娩？或者，是因為我一直為你保守祕密？後來，我再也沒有打開她的信；只是扔到衣櫃裡最下面的抽屜，很痛苦，你說是不是？我真想問她，需要找人幫忙，而且還必須開口乞求，抱歉，抱歉，真抱歉，我每次都這麼說，已經很習慣了，一切都得拜託，拜託，但這已經是過去式了。

現在是誰在說對不起？我想問她，是誰？

我走過去，拿起電話。

查爾姆

他過世的時候，查爾姆正在外面散步。難得的溫暖好天氣，她需要到外頭走一走。走出家門之前，她先向蓋斯道別——只要離開他的房間，她一定會記得要說再見，只是，為了以防萬一而已。查爾姆彎身，親吻他的臉頰，輕輕說了聲再見，這是他們兩人之間的標準道別流程。蓋斯已經昏睡了兩天，沒有睜開眼睛，也沒有開口說話，她多麼渴望再聽到他喊一聲「女兒啊」，她從來不曾聽過任何人這樣叫她，甚至連她親生媽媽也沒有，好棒的一個字，女兒，女……兒，好像是標點符號一樣重要，*來，這是我的女兒*，如許堅定而永恆。

她從河邊散步回來，他已經走了，緊閉著雙眼，胸口已無任何起伏，安然離世。

查爾姆沒辦法這樣一個人待在蓋斯家裡，珍過來幫忙，而且還把查爾姆帶回家裡住，她想待多久都可以。靈車已經來了，又走了，當她看到那台像金龜子一樣的長型黑車、緩緩停在家門前的時候，她不敢相信自己的眼睛，心中有股衝動，想把鞋子丟向那台車。葬儀社的人很和善；他的聲音溫和平穩，讓查爾姆覺得他一定會好好對待蓋斯。他向查爾姆解釋，蓋斯生前已經將葬禮的一切都安排妥當——挑選棺木、音樂，以及其他細節，禮儀師還問查爾姆，不知道她是否記得蓋斯提過葬禮時要穿什麼衣服。

最後，是蓋斯生前最喜歡的安養義工，桃樂絲，幫查爾姆一起做出決定，她們一起翻箱倒櫃，抓出卡其長褲和牛津襯衫，但對現在的他來說，都太過寬鬆了。桃樂絲在衣櫃最裡面的角落，找到一套掛得整整齊齊的西裝，外頭還有防塵塑膠袋。

「你覺得這套怎麼樣？」她拿著西裝問查爾姆。

「我不知道。」查爾姆很疑惑，她從來沒看過蓋斯穿西裝。

「他這麼妥善收藏，一定有原因，」桃樂絲拆開防塵塑膠袋，看了一下西裝的尺寸，「很適合啊。」

「那就這樣吧。」查爾姆聳肩，她突然覺得好疲倦，兩眼灼熱，她只希望可以趕快熬過這一天。

「去躺一下吧，查爾姆，」桃樂絲說道，「也該休息了。」

「還好啦，我只是想去外面等珍過來。」桃樂絲說她會把西裝送到葬儀社，隨即進入廚房。查爾姆則坐在前門階梯上，等珍來接她。幫蓋斯挑完衣服之後，查爾姆才想到自己也沒有適合葬禮的衣服，沒有裙子，甚至連正式一點的褲子也沒有，只有護士服和牛仔褲，她也沒有合適的鞋子，只有厚底護士鞋和一雙老舊的球鞋。查爾姆低頭，鞋面上沾滿了溪邊的泥土，而且大腳趾附近也已經出現了小洞。她去參加蓋斯的葬禮，怎麼能穿著一身護士服或是褪色的牛仔褲與T恤？

一陣新的恐慌感湧上心頭，失去蓋斯是一種化不開的綿綿愁緒，而現在卻宛如是被塑膠袋罩住了頭、完全無法呼吸的感覺。查爾姆趕緊起身，回到屋內，她發現桃樂斯正在拆蓋斯的床單。

「查爾姆，你怎麼了？」桃樂絲很擔憂，這女孩臉上都是淚水。

「我以後要怎麼辦？」查爾姆絕望無助，她雙手向上一攤，「我什麼都沒有。」

「哎呀，查爾姆，」桃樂絲立刻丟下手中的床單衝過去，她敞開柔軟的雙臂，抱住了這女孩，查爾姆的身高比桃樂絲高了三十公分，眼淚也撲簌簌落在她的鬈髮上，「沒事的，蓋斯愛你，很照顧你。」

查爾姆依然哭個不停，而且不懂桃樂絲的話，「他已經死了。」

「查爾姆，」桃樂絲放開她，向後退了一步，才有辦法抬頭看著查爾姆，「蓋斯告訴過我，他把全部的東西都留給你了，房子、存款，還有壽險。」桃樂絲再度緊抱著她，查爾姆一度以為那是來自母親的擁抱，現在，她覺得安慰多了。

她們聽到有人在敲門，查爾姆知道是珍來了，「我去開門，」桃樂絲說道，並且擦去查爾姆的眼淚，「去把臉洗一洗，順便拿你的包包。」查爾姆進到蓋斯臥房裡的浴室，打開冷水，看著鏡子裡的自己，對於桃樂絲剛才告訴她的事，她依然無法置信。她的臉髒兮兮的，而且眼睛也哭腫了，她把冷水潑在臉上，感覺好舒服，查爾姆隨即又打開藥櫃，她在拖時間，因為她不希望珍看到她現在這個模樣；珍總是稱讚她勇敢又堅強，查爾姆不希望破壞她的美好印象。

櫃子裡有刮鬍刀和刮鬍膏、牙膏、棉花棒、處方藥、急救繃帶，以及指甲剪，還有前年聖誕節她送給蓋斯的古龍水。她小心翼翼拿起瓶子，打開蓋口，這是蓋斯的味道——不是那病重、瀕死的氣味，這才是她記憶中的味道，古龍水，混合了他的洗髮精，記憶湧現，查爾姆笑了，這才是她希望永遠保存的記憶，她把蓋子蓋回去，把古龍水放在懷裡帶走。就在她準備要回到客廳的時候，她突然停下腳步，又折回浴室的淋浴間，拿走蓋斯的洗髮精，那是個便宜的雜牌貨，但聞起來有青蘋果的味道。查爾姆帶著這兩瓶禮物，準備去和珍見面了，日後是否還會回來這裡？她自己也沒有答案。

查爾姆

蓋斯的葬禮，既悲傷又美好。查爾姆穿著新買的洋裝與高跟鞋，覺得自己的模樣很愚蠢，不過，她這身打扮是為了蓋斯，感謝他這些年來為她所做的一切。這套洋裝不是很適合她，而且，這雙高跟鞋也害她走路一直搖搖晃晃。等到查爾姆坐在教堂長椅、沒有人看得到她的時候，她趕緊偷偷把鞋子脫掉，讓腳趾在長毛紅地毯上好好休息。珍與桃樂絲陪她一起坐在教堂的前頭，後頭有好多人，查爾姆不知道居然會有這麼多人出現、送蓋斯最後一程，大部分是他消防隊的朋友，好多人都在頻頻拭淚。

查爾姆看到她媽媽一個人過來，坐在教堂的後面，查爾姆很想生氣，媽媽居然有膽在蓋斯的葬禮現身，但她的怒氣很快就消失了。芮妮還是很漂亮，只是那一身打扮相當失禮，低胸黑色洋裝，再加上三吋高跟鞋。查爾姆發現賓克斯沒有陪同母親出席，算是對蓋斯的最後一點尊重，母親的決定讓她既驚訝又欣慰。這些年來，查爾姆已經習慣了總是有男人陪著母親，不知道為什麼，現在賓克斯不在她旁邊，反而讓母親看起來更為嬌小。查爾姆多麼希望母親能夠站起身走過來、坐在她的旁邊，她希望媽媽的手能夠擁住她的肩頭，她多麼渴求母親的安慰。

但是芮妮依然坐在後頭的座位，查爾姆也沒有動作。神父說了許多蓋斯的趣事，讓大家都笑中含淚，蓋斯曾經是個快樂的人，無拘無束，查爾姆心想，要是沒有遇到母親，他會更自在吧，笑容也會更暢然。彌撒進行到一半的時候，她聽到母親獨特的哭聲，低沉又帶著氣音，查爾姆轉頭，發現母親正拿著手帕掩面哭泣，她就是有辦法讓自己連哭起來都楚楚動人。彌撒結束之後，芮妮等在後頭，想要給查爾姆一個擁抱，但是她對於母愛的渴求在此刻已全然消逝，母親趨前，查爾姆卻只是躲開，芮妮其實想知道蓋斯的遺囑內容，搞不好他有留給她一些東西。

「我什麼都不知道。」查爾姆回答之後，隨即步出教堂，寒冷的陰天，查爾姆希望等到蓋斯下葬之後，就此能夠雨過天晴。

芮妮一路跟著她，走下教堂的陡階，「還有你哥哥……」芮妮開口，查爾姆猛抬頭，四處找尋克里斯多夫的蹤影。

「他有來嗎？」查爾姆問道，她努力保持平靜，希望母親不要發現她的焦慮不安，一想到克里斯多夫會回到林登佛斯，和約書亞待在同一個小鎮，查爾姆的胃已經開始劇烈絞痛。

「沒有，但是他有打電話。」芮妮回答她，但眼光非常鬼祟，珍與桃樂絲保持禮貌、站在遠處，刻意讓她們母女能夠好好說話，但此時查爾姆卻希望她們能靠近一點，趕快來解救她。「你哥哥又提到了你，你高中時候的事情，好奇怪。」

「他可能在嗑藥吧。」查爾姆冷道，芮妮面色僵硬。

「聽起來是沒有嗑藥，」她一心為兒子辯護，不過卻迅速轉移話題，「好，蓋斯有沒有提到要怎麼處理那間房子？」

「我剛才告訴過你了，我什麼都不知道。」查爾姆已經很不耐煩，傷心泣淚已經讓她的頭在犯疼，她只想要趕快擺脫媽媽的糾纏。

芮妮附耳過去，「蓋斯之所以把你留在身邊，只是想要讓我回心轉意罷了，他以為只要對你好，我就會回去找他。」她一邊低語，一邊還抿著微笑。

查爾姆很早之前就學會一件事，想要激怒她母親的最好方法，就是盡量維持語調平和冷靜。「他真的很照顧我，所以把房子和存款都留給我了，他又給你什麼呢？」查爾姆還刻意停頓，加強效果，「沒有，什麼都沒留給你。」

芮妮的雙唇在顫抖，「我畢竟還是你媽，你沒有權利這樣跟我說話。」

大家開始陸續從教堂裡出來，也開始擠到她們母女中間，他們擁抱查爾姆，告訴她蓋斯是多麼以她為傲，總說她何其聰明，而且將來會有偉大的成就，一定會是個好護士。查爾姆又開始哭了。芮妮此時又有驚人之舉，她奮力擠回去，把手搭在查爾姆的肩上，緊緊摟著她，「好了，查爾姆，別哭了。」芮妮柔情低語。查爾姆滿臉淚水，抬頭望著母親，發現她講這些安慰之詞的時候，眼光也根本沒看著她，只是在偷偷打量著周邊的人群。

查爾姆躲開媽媽，轉而找珍講話，「可不可以搭你的車去墓園？」

等到葬禮結束之後，芮妮又找機會擠到查爾姆旁邊，只不過這次身邊多了賓克斯。

「嗨，查爾姆小公主，」賓克斯故意開玩笑，他每次都是這樣。「很遺憾，你的……蓋斯……出了這樣的事。」

「謝謝關心。」查爾姆真希望這兩個人趕快滾。

「當初怎麼會取查爾姆（Charm，意同護身符）這個名字？」賓克斯開口問道。

「問我媽，那是她想的。」她沒好氣，但還是盡量努力不要失禮。

「因為你是我的幸運星。」芮妮拿出了香菸和打火機。

「媽，不要在這裡抽，」查爾姆怒斥，「這是葬禮耶，拜託你好不好。」

但是芮妮沒理她，嘴角依然叼著菸，「打從你出生之後，一切都很順，結了婚，有個小房子，至少這樣過了好一陣子。」芮妮聳聳肩。查爾姆看著媽媽，露出不可置信的神色，明明自己是她的女兒，但兩人的個性卻天差地遠。在查爾姆小時候，芮妮總是很容易就開懷大笑，似乎沒有任何事情會讓她憂煩，她從來不擔心錢或是帳單，也不管家裡的食物是否足夠，只有等到你偷偷近身觀察，才有機會看到她眼睛周邊的嚴厲冷峻。她是一個好玩的媽媽，但絕對不是個好媽媽。芮妮又笑了，但表情像是嘴裡含著藥丸，「然後就開始帶賽了。」

「喂，我哪裡像大便？」賓克斯很受傷。

「親愛的，不是啦，」芮妮趕緊解釋，「我的意思是，我就沒有自己的房子啦，當然，我還是會想念有自己家的感覺。」

「你可以和我爸住在一起，他有房子，胡安也有，那個叫雷斯的也有房子，還有，蓋斯也有房子。」查爾姆火大了，完全克制不住，現在他們身旁已經沒有人，只剩下珍在一邊等著查爾姆上車。

「查爾姆，你也知道我跟你爸爸相處不來，」芮妮的聲音裡充滿抱怨，「他在外頭亂搞，而且還打你哥哥。」查爾姆翻了翻白眼，很是氣餒；她的母親總是搞錯重點。

「你以前有個叫胡安的男朋友？」賓克斯不敢相信。

「他人很好。」查爾姆還簡單補上一句。

「他沒有辦法處理我們之間的文化差異。」芮妮揮揮手，她和胡安同居六個月的日子也彷彿一筆勾消。

「唯一的文化差異，就是你去睡了別的男人。」查爾姆大聲頂撞，隨即扭頭離去。

「喂，你嘴巴給我放乾淨點！」芮妮在她背後大吼。

「好啦，大家不要這樣，」賓克斯想要緩頰，「今天大家都不好受。」他順勢握著芮妮的手，似乎的確讓她平抑了怒火。

「媽，我不想和你吵架。」查爾姆揉著自己的眼睛。

「我也不想和你吵。」她的額頭因為擔憂而出現了皺紋，「你看起來好累，你今天要睡在蓋斯家嗎？」

「不了，今晚我要住在珍那裡，然後再看看吧。」查爾姆回答，「媽，我們改天再講吧？」

芮妮靠過去，給了她一個擁抱，賓克斯則是拍了拍她的背。正當查爾姆走向珍的車子時，芮妮又在後頭大喊，「查爾姆，前幾天我接到一個女孩子打電話找你，她說她和你念同一所高中。」查爾姆回頭看著媽媽，臉上充滿惱怒。

「媽，之後再說可以嗎？我現在只想趕快離開這裡。」

「她說她叫艾莉森·葛蘭，還說她剛回到鎮上，很想和你聯絡，我是記得這個名字，但記不得是哪一個了，她是你朋友對吧？」

查爾姆想要趕快離開這裡，遠離她媽媽和賓克斯，遠離這一排又一排的墓碑與蓋斯的孤單新墳，但是她的身體卻不聽使喚，她沒辦法繼續往前走，她只能站在那裡，嘴巴張得大大的，呆看著媽媽。

「你沒事吧？」芮妮也不禁懷疑起來，「你的臉色看起來好奇怪，你記得這個人嗎？」

查爾姆想起來了，那天她在書擋書店窗戶裡看到的那女孩，確實是艾莉森．葛蘭，那個殺死自己親生女嬰又棄屍的兇手，出獄了，她回到了林登佛斯，而且，不知道為什麼找到了約書亞。

布琳

我收拾東西，準備去看爸爸，或者，應該說是去看艾莉森吧，我不知道這個舉動是否恰當。終於，我聯絡上媽媽了，她聽起來好慘，一點都不像我媽媽——她什麼都不確定，也不知道再來要怎麼辦，等到我提議帶奶奶一起回去林登佛斯的時候，我認識的那個媽媽又回來了。

「這裡不歡迎那個女人。」她語氣冷酷。

「媽，爸爸畢竟是她的兒子……」我想要解釋，但還是放棄了。奶奶曾經犯了錯，質疑過母親對父親的愛，自此之後，她就成了爸媽家的拒絕往來戶。

我痛恨回家，我想盡理由要繼續待在這裡，至少有兩天的課不能上，然後，還有寵物需要照顧。

「快去吧，」奶奶告訴我，「你去了之後，可以馬上給我消息，如果狀況危急，就算你媽反對，我也會過去醫院一趟。那髒兮兮的小土狗，還有全身跳蚤的兩隻貓，我也會好好照顧，但天竺鼠和鳥就沒什麼特殊待遇了，我只會餵牠們東西吃、還有換水而已，」她開始逗我，「我才不會碰牠們哩。」

我臨走之前，給了奶奶一個大大的擁抱。離開紐艾莫利也許是對的，米西還是不理我，我聽得到竊竊私語，也注意到現在大家是怎麼在打量我，我又再次變成殺人犯的妹妹，而且又開始失眠，我經常在深夜時分站在冰箱前、瞪著上頭的酒櫃，陷入天人交戰，不知道是不是應該在上床之前趕快喝一杯。

「我應該帶米洛一起回去吧？」我向奶奶央求，「牠不習慣我遠行。」

「胡說，」奶奶回我，「我們不會有事，牠們都可以陪我作伴，大家都會想你的。對了，你能見到艾莉森，我也替你開心，把話說清楚，一切重新開始。」

「奶奶，我也會想你，星期天我一定會回來。」我親了她的臉頰。

「別忘了吃藥。」她提醒我。

出門前，我又給了米洛一個緊緊的擁抱。

越來越接近林登佛斯，我的心跳也越來越快，公路與朱伊德河平行，在我加速前進的同時，我也看到那小女嬰的臉隨著河水奔流而下，緊緊追著我的車子不放，我把油門催死，希望可以擺脫那個畫面，雖然，我知道那是假象。當初那個釣魚的人發現了屍體，然後我爸媽也處理善後，不過，我不知道那是什麼意思，沒有葬禮，他們究竟把她怎麼了？我很想問，但是我們從來沒有討論過，也不曾提到艾莉森或其他事，希望那小女嬰無論到了什麼地方，現在都能保持全身溫暖乾爽。

我聽到警笛聲，又看到照後鏡裡出現了閃燈的警車，我低頭看著儀表板，這裡的速限是五十五英里，我的時速卻是七十五英里，太好了，我開始減速，把車子停到路邊，警察不會輕易放過我的。他拿了我的駕照，回到他自己的車上，我心中暗自祈禱，希望他不要搜車，因為我偷了一罐奶奶的止痛藥、藏在包包裡，那是她先前動關節手術時所剩下的藥，另外，座位底下還藏了半瓶的桃子口味杜松子酒，我只是想確定自己回來的時候、還是有點東西可喝。我等著巡邏警察回來，內心緊張萬分，好不容易看到他了，他劈頭第一句話，「布琳．葛蘭？」

「是。」我應聲回答。

「幾年前，他們發現寶寶屍體的時候，我也是現場的其中一位警官，」我低頭看著自己的手，沒有說話，「我的太太，是我自己動手下葬的。我也在戰爭時看過男人和孩童死在我面前——有一次，我甚至還得拿槍殺人——但我從來沒有看過那麼悲慘孤寂的畫面，小嬰兒被河水沖刷、撞擊河床，面目慘不忍睹。」他的聲音裡沒有怒氣，甚至也沒有評斷的意思，我還一度以為，我們兩個也許會有些共通之處吧。

我想告訴他，我懂，我知道你的感覺，我想握住警察的手，好好問他，當你晚上閉起眼睛的時候，是否也會看到她？她會不會在你的夢境裡哭泣？有時候，甚至在你醒著的時候也在哭？大家是不是會用奇怪的眼光打量你？因為你心裡想到了當時自己束手無策、只能對著這個連名字都沒有的小女孩低頭飲泣？你是否曾經想過，要是當天晚上你不在林登佛斯，人生也會因此而改寫？

我還來不及把這些話說出口，警官已經靠在我的車窗上，整張臉湊了進來，他的眼珠就跟哈士奇狗一樣，都是冰藍色。「我聽說你姊姊出獄了，她真是變態的賤女人，做出這種事卻沒有自殺，還真是奇蹟，真不知道她這樣怎麼有臉活下去。」他把駕照還給我，還加上一張兩百美金的超速罰單，頭也不回，走了。

我好恨這個地方，要不是因為爸爸生病，我根本不會想回來。這次會見到爸爸媽媽，也會與艾莉森會面，那麼，就做個了斷吧。

艾莉森

布琳和我最後決定在葛楚特之家附近的某家餐廳見面，我比預定時間早到了二十分鐘，點了咖啡，還帶了一本克萊兒借我的書，準備好好等布琳，但我看著書本裡的字，卻完全讀不進去，我心裡想的是，她到底會不會出現。我沒注意到她過來了，但那是她的聲音，錯不了，「艾莉森？」

我抬頭望著妹妹，她沒有變，個子嬌小，亂七八糟的頭髮。她一身全黑樸素打扮，黑色眼影和蒼白皮膚成了強烈對比，她咬著下唇，低頭看著我，眼光猶豫不定。

「布琳，」我站起來，給了她一個擁抱，她好瘦，可以感覺得到她細瘦凹陷的骨架，簡直像隻小鳥。「看到你真開心，也謝謝你過來這一趟。」我很客套。我必須要不斷告訴自己，這是布琳，真的就是布琳。

她沒有回話，逕自坐在我的位置對面，我也回座，頓時語塞，不知道該說些什麼是好。感謝老天，這時候女服務生過來，問布琳要喝點什麼，「茶，謝謝，如果是低咖啡因，更好。」她向我解釋，「咖啡因會害我睡不著。」

「要不要點什麼東西吃？」我又問她，「我請客。」

「不用，謝謝，我吃不下。」她的眼神緊張不安，在餐廳裡飄來飄去，就是不肯看著我。

「我很緊張，」我向她坦承，也露出輕笑，「現在你來了，我不知道該說什麼，其實，我有好多話想告訴你，現在也不知該如何說起。」

「凡事都有第一次，」布琳拿起餐巾紙，「你也有不知如何是好的一天。」她的話裡沒有憤怒也沒有惡意，但我還是覺得很受傷。

「你去看過爸爸沒？」我問她。

她點點頭，「看起來狀況很不好，但醫生說應該沒問題了。」我們又沉默了好一會兒，看來布琳一刻都待不住、想要馬上離開這裡。

「對不起，」我脫口而出，「真的很對不起。」

「你已經說過了。」布琳冷道，她開始細細撕起餐巾紙，一條又一條。

「我寫信向你道歉，也在電話裡向你說對不起，但從來沒有當面道歉。」布琳還在撕紙，已經把它撕成了碎紙花，「布琳，求你看著我好嗎？」我盡可能彎身向前，她抬起下巴，我們終於四目交接，但她的眼神冷硬，完全無動於衷，「布琳，我很抱歉把你拖下水，我知道自己犯下了愚蠢錯誤，害你跟著受罪，我也很清楚，在發生這麼多事情過後，再說抱歉也沒有什麼意義，但是你真的幫了我很大的忙，要不是有你，我絕對不可能——」

我沒有再說下去，布琳的臉色變得很難看，她還沒有心理準備、要談當晚的細節。「好，反正我還是很高興你來了，」我趕緊結束話題，「你上課上得怎麼樣？我想聽聽你的近況。」

「我得趕緊回家了，不然媽媽會擔心。」布琳看著手錶。

「你要住在那裡？」希望她沒有聽出我受傷的感覺，「媽媽說你可以住在那裡？」

「不然她還能怎麼辦？」布琳回嗆我，隨即起身離座，「我也沒有別的地方可以去，就是待到明天而已，之後就會回奶奶家。」

「這麼快？」我語露驚訝，「你才剛到而已。」

「我好累，只想趕快上床休息。」她的確有黑眼圈，而且一直用手遮嘴，她呵欠連連。

我在桌上丟下幾張鈔票，隨即和布琳走出餐廳，夜色淒寒。

「你是要說他的事情吧？」她突然問我，「所以才找我來，對嗎？你其實也沒那麼關心爸爸，你希望我過來這一趟，不就是因為你找到了那小男孩？」

「這樣說太過分了，」我忿恨不平，「我很擔心爸爸。」

「艾莉森，你少來了，」布琳勃然大怒，「我住在爸媽家，而你卻住在中途之家，你受不了對吧，你怎麼能忍受現在過得好的人是我，而且爸媽引以為傲的人也是我……」

「以你為傲？爸媽也早就把你的東西都收起來了，跟我一樣的下場，你到底進去過沒有？」

布琳皺起了臉，我知道我應該閉嘴，但忍不住了，「你的照片都沒了，不是只有我的，布琳，你也一樣。」

「隨便啦。」布琳嘴硬，裝作無所謂，但我知道她很受傷。

「抱歉，布琳。」我伸手去拉她袖子，希望她可以停下腳步，但她用力把我甩開，我看到她整隻手臂上到處都是紅色的抓痕。

「你很抱歉？」她大聲叫嚷，不可置信，「你知道我每天晚上一閉上眼睛，看到的是什麼？」

「布琳，」我語帶悲戚，「我知道，我也是。」

「不，」布琳聲調低冷，「我才不信。現在你還要我去見那個小男孩？她的弟弟？就是要讓我再活受一次罪？」布琳拚命搖頭。

「我是想……我以為……」我結結巴巴，「我只是想要告訴你約書亞的事，希望你可以看看這小孩。」

「所以你想要怎麼做？」我陪她走過陰暗的街道去取車，她的問題十分尖銳。

「我在想，也許你可以幫我決定，我究竟應該怎麼做。」我的回答很忸怩。

「你自己好好想想吧，艾莉森，」她突然停下腳步，「你也只有一個選擇而已。」

她的這句話讓我忍不住挑眉，這麼篤定，布琳變了，不再是五年前那個猶豫不決的女孩，「布琳，如果你能給我指點，我會很開心，因為我真的不知道該怎麼辦。」

「他過得幸福嗎？」布琳問我。

「整體來看，是吧。」我回答。

「他的父母對他好不好？能給他平安無虞的生活？」

「看起來是很好的人。」

「艾莉森，那你還有什麼好煩惱的？」布琳從外套口袋裡拿出車鑰匙，「他過得平安幸福，又有一對好父母，你為什麼要去打擾他的生活？」

「我沒有，」我開始為自己辯解，「我沒有打擾他，我只是不知道自己是不是應該要辭去工作，或應該做些什麼才好。」

「或做些什麼？艾莉森？在他的生活裡陰魂不散？這樣會有什麼好處？」布琳轉頭看著我，

雙手扠腰，「艾莉森，老實說，這樣還滿自私的。」

「自私？」我猛搖頭，不敢相信布琳居然說出這種話，「我可能有一大堆缺點，但是你怎麼可以說我自私？你自己說，我是不是盡量處處為你設想？」我講話越來越大聲，路人開始偷瞄我們，我只好壓低音量，勉強輕聲低語，「知道他現在人在什麼地方，我覺得心裡舒坦多了，你不想看他嗎？連一點好奇心都沒有？」布琳看起來完全不為所動，「看一眼就好，明天到書店去，下午或傍晚都行，他那時候都在，看過他之後，你也會覺得比較安慰，真的，我向你保證。」

布琳看著我，好久都沒說話。「我會過去看看他，艾莉森，不過，最多就這樣了，我不想再被抓到了。」

「謝謝。」我本來想再給她一個擁抱，但覺得還是算了，「明天見。還有，謝謝你過來見我。」

「好，等著看明天怎麼樣吧。」她旋即轉身離開。

她什麼時候變得如此冷漠？難道是生活帶給她的磨難？我做了什麼？害她變成這樣？

「你記得『小鼠鼠』？」我在她背後大喊，她停住腳步，依然背對著我。

又過了好一會兒之後，她轉身過來，「記得，」布琳開口，「我記得『小鼠鼠』。」

布琳

我當然記得。我居然還回頭看著艾莉森，愚蠢至極，但是『小鼠鼠』是我還住在家裡的時候、算是最接近寵物的小東西了。爸爸經常因公務出差旅行，總會帶回家一些旅行專用的小瓶洗髮精和乳液，以及細扁的小香皂。我開始對那小香皂發生興趣，那應該是四歲的時候吧，我開始把它隨身放在口袋裡，還假裝餵它吃起司，我把它取名為「小鼠鼠」，隨時隨地都帶著它，白天玩耍的時候，一定要把它放在眼睛看得到的地方，半夜睡覺的時候也不離身。我媽媽只能翻白眼，告訴我那條香皂不能帶上餐桌，而爸爸總是露出奸笑，嚷著說他要洗澡。

艾莉森那時候五歲，只有她把我和小鼠鼠的緊密關係當成一回事，她幫我用鞋盒做了一張床給它，還幫我裝飾修邊，畫上許多小鼠鼠與起司。只要爸爸一假裝要偷走小鼠鼠、拿去洗澡，艾莉森就會立刻擋住他的路，大聲叫他走開。

我們一天天長大，艾莉森也變成了完美女孩，各方面都表現傑出、再也沒有時間和平庸妹妹在一起的那個女孩。艾莉森記得小鼠鼠，我好驚訝，更讓我意外的是，她居然這麼努力要挽回我，也許艾莉森變了，也許她求我過來的理由是正確的，也許，從此就會一切好轉。

然後，我想到了那個小男孩，明天就要在書店裡看到他，接著又想到了他的小姊姊，我的皮下又開始發癢，無論怎麼抓都還是癢得受不了。我聽到小女嬰在哭，我開始大聲哼唱，想要蓋過她的哭聲，路人開始看我，我趕緊上了自己的車，加足油門離開。

艾莉森

第一次與布琳會面，我不敢奢望太多，但我覺得結果還不錯。她沒有中途離開，也沒有對我大吼大叫，布琳與我記憶中的樣貌似乎有些不同，變得更冷酷，更暴躁易怒，我不怪她——她的確有理由生氣，不過，一定還有別的事情，讓她把餐巾紙撕成了碎片，而且她一直緊張兮兮回頭張望，偶爾還會側頭，彷彿有人在她耳邊低語一般。我曾經想過要打電話給奶奶，聽聽她的意見，但搞不好我反應過度了。我也不能說自己多麼了解她，畢竟我已經五年沒有看到她，而且，人是會改變的，誰知道呢，我也變了。現在，我要等著看她明天見到約書亞與克萊兒的反應。

我知道自己應該要讓布琳慢慢來，但我覺得不會有事的，新的起點，嶄新的開始，如此而已，我們還有一生的時間，可以再次當朋友，重新再做好姊妹。

克萊兒

一陣冷風襲來，黃色、紅色，以及褐色的枯葉，在街燈的映照下，被吹得四處翻飛。時值九月，現在也冷得太不尋常了。路面因溼氣而閃閃發亮，厚厚的烏雲密佈，恐怕要再度落雨。雖然書店的營業時間通常是到晚上九點，但克萊兒覺得這個傍晚應該是不會再有客人了，她今天想要早一小時打烊。約書亞現在正在童書區玩樂高積木，他答應只要一有客人進來，他就會馬上把玩具收起來。克萊兒現在正看著艾莉森和布琳，艾莉森忙著在整理書櫃，拿著保養油擦木頭、讓整間書店盈滿檸檬芳香，這對姊妹也依然在交頭接耳。「艾莉森，你隨時都可以下班啦。」克萊兒勸她今晚早點離開，不過艾莉森卻堅持要做完再走。

「等到下班以後，我們會一起去喝咖啡，還有很多時間可以聊天。」艾莉森回答她，臉上笑顏燦爛。自從她妹妹進到書店之後，這女孩就變了，過去幾天以來的重重焦慮，彷彿都已經煙消雲散。克萊兒很替艾莉森開心，雖然她可以感覺到這對姊妹之間有哪裡不對勁，艾莉森拚命在討好布琳，但是這個妹妹卻很冷漠，心不在焉，似乎只想去別的地方，哪裡都好，就是不想待在這裡。

克萊兒突然也好想念自己的姊妹，她們已經好一陣子沒有聯絡了，等到今天回家的時候，她一定要打通電話，好好交換彼此的近況。克萊兒心裡開始想著為約書亞添個弟弟或妹妹，姊妹一起成長、交換祕密、無論需要什麼總有對方在身邊，克萊兒充滿了美好的記憶。有一次，她和強納森真的動了念頭，想再領養一個孩子，如今見到艾莉森與妹妹在一起時如此開心，又看到約書亞沒有手足而多少顯得形單影隻，她覺得也是該重新討論這件事的時候了。

克萊兒聽到門口鈴聲響起，她的眼角餘光瞄到是個年輕女孩進門，看來遲疑不定，宛如跨過門檻是什麼天大的決定一樣，她定神一看，才認出那女孩是查爾姆·圖里亞。秋霧染溼了她那一頭棕髮，馬尾紮得亂糟糟，面容因擔憂而顯得極其蒼白，她打扮正式，而且還穿了高跟鞋。她攏緊身上的藍色外套，彷彿書店裡的空氣比外頭還要冷冽。

「嗨，查爾姆，」克萊兒向她打招呼，「都還好嗎？我聽說蓋斯的事了，葬禮是今天嗎？聽到這消息真的是很難過……」

查爾姆點點頭，伸長脖子東看西看，彷彿是在找人。

她緩步趨前，依然在四處探望，「是不是有個叫艾莉森·葛蘭的人在這裡工作？」查爾姆的聲音低沉嘶啞。

「是啊，她現在人在後面，」克萊兒仔細看著查爾姆的臉，「你還好嗎？看起來好像不太舒服？」克萊兒很關心她。

「我沒事，」查爾姆並不領情，「我和她講兩句話就好，不會花太久時間。」

「沒問題，」克萊兒滿腹疑惑，「我不知道原來你認識艾莉森，你們念同一所高中？」

查爾姆咬著下唇，遲疑了一會兒才回答，「艾莉森和我……有個共同的朋友，我聽說她到這裡來工作，只是想來和她打聲招呼。」克萊兒聽到後頭有腳步聲和笑聲傳來，她還沒來得及回頭，艾莉森與布琳都突然停住不動了。

「艾莉森，有人要找你。」克萊兒話才剛說完，立刻就發現這不是什麼歡喜重逢的場面，她的目光來回看著這三個女孩，每個人都臉色僵硬，布琳看起來手足無措，艾莉森伸手擁著妹妹、保護意味濃厚。

「艾莉森？」查爾姆開口，舔了舔嘴唇，「我們聊一下吧？」

艾莉森左右張望，先看著查爾姆，然後又是布琳，最後是約書亞在玩耍的童書區。克萊兒沒辦法判斷艾莉森臉上閃掠而過的表情，驚慌？害怕？也許兼而有之，而布琳看起來只想迅速逃離現場而已。

「艾莉森？」克萊兒擔心問道，「你沒事吧？」

「還好，」她點點頭，下巴抖晃得厲害，「只是很意外，我們好久沒見面了。」

克萊兒又看著查爾姆，臉上滿是疑惑，但查爾姆匆匆一笑，「沒關係，克萊兒。」

「那，好吧，」克萊兒雖然不信，但也莫可奈何，「我到後頭去陪約書亞，你們可以留在這裡講話。布琳，要不要跟我一起來？」布琳小聲說好，約書亞還在玩樂高積木，他的海盜船已經有了舷緣板和大砲。

布琳和克萊兒坐在地板上陪約書亞，兩人不知道該講些什麼話才好。

艾莉森開口，「雨應該停了，我們出去說話。」

布琳

這樣下去，是不會有好結果的。我不敢相信自己居然還在這裡，還待在林登佛斯的這家書店，和姊姊在一起，我以為自己永遠不會再見到她，而且，我也永遠不想再看到她了。

然後，我看到了約書亞的媽媽，她完全被蒙在鼓裡，不知道已經有人偷偷潛入她的家庭生活，如果我告訴她真相呢？如果我大聲說出來，「你小孩的生母就在這裡。就是這女孩，先淹死自己的嬰兒，又把另一個小孩扔到消防隊。」不知道她會有什麼反應？凱比太太是可憐，但我很難說出什麼安慰的話，對於那些輕忽事實的父母，我覺得也沒什麼好同情的。

艾莉森把自己的肚子藏得很好，她確實有本錢——個子高，腰身長，懷孕時所增加的體重，均勻分佈在全身，她不像其他的孕婦一樣有大肚子。那天晚上，艾莉森叫我的時候，我爸媽已經出門去了，一起去參加爸爸的應酬，當然，我一聽到她叫我，我馬上就衝過去。大家聽到艾莉森開口、都會立刻衝去，固然是事實，但是，我還在她的聲音裡聽到了別的訊息，她喊我名字的語氣不太一樣，我知道有事情不對勁。

等到她第二次喊我的名字，我才發現狀況真的很嚴重，她的聲音聽起來快窒息了，而且痛苦不堪，我從廚房跑上樓，衝到艾莉森的房間，門突然被拉開了，她正跪在地上，雙手抓著門框、尋求支撐，她仰著頭，髮絲披散，遮住了整張臉，她身上穿的是普通的寬鬆運動衣褲，領口已因汗溼而變色。

「艾莉森！你怎麼了！」我大叫一聲，趕緊跪在她旁邊，「天啊？你是不是受傷了？是不是受傷了？」我拚命問她，但她就是不回答，應該說，她沒辦法回答，一陣突如其來的劇痛讓她說不出話，她忍住哀號，用力將手撐在門框上，雙臂抖個不停，又過了一會兒之後，她的頭垂得低低的，迸出微弱的哭泣聲。

「你到底怎麼了？艾莉森？求求你告訴我啊！」我突然站起來，「我要打電話給爸爸媽媽。」而且已經要準備去拿電話。

「不要！」艾莉森好不容易出聲，隨即又使盡全身氣力要阻擋我的去路，她現在雖然極度痛苦，卻還是很強悍，「不要！」她又說了一次，但口氣比較溫和，她在乞求我，「布琳，拜託你，求你幫我。」她跌在我懷裡，然後，我感覺到了，她腹部隆起的結實圓塊，我嚇一大跳，整個人縮了回去。

「艾莉森？」我小心翼翼，將手指再次放在她的腹部，然後，我幫她脫去運動上衣，露出了她的運動內衣，還有那小小的、隆起的肚子。

我怎麼會沒有發現？我的父母怎麼會沒有注意？他們又不是笨蛋，但卻是自私的人，當爸媽一發現艾莉森和我不是他們心目中的理想女兒，他們就想要立刻撇清關係，我很早就覺悟了，自己永遠不會符合他們的期待，但是，艾莉森，艾莉森卻各方面都表現傑出，完美，然後，她卻鑄下愚蠢大錯，現在，爸媽彷彿裝作不曾有過這個女兒一樣。

如果說，誰有權利可以將艾莉森逐出我的生活之外，那個人就是我。她逼我墮入她的謊言與祕密之中，自此之後，我陷溺其中無可自拔，現在，我又再次捲入這起事件，你知道受苦的人會是誰嗎？約書亞。一旦艾莉森和查爾姆開始談判，這個小男孩的生活將會就此變調，也許，我可以好好保護這個孩子——這是姊姊從來不曾想過，爸爸媽媽也從來沒做過的事。

「我去看看現在是什麼狀況，」我告訴凱比太太，「馬上回來。」我走向書店的前門，但太遲了，慘劇已經發生。

艾莉森

我把查爾姆帶到書店外頭，她一身正式打扮，看起來像是剛從教堂過來，但神色卻是悲傷又憤怒。

「現在是怎樣？」查爾姆很生氣，「你為什麼會出現在這裡？我以為你還在坐牢，你卻在這裡工作？你瘋啦？」

「我不知道——」我想要解釋，但查爾姆不肯聽。

「約書亞找到好人家，他們疼愛這個孩子，他現在過得很好，你為什麼要破壞他的生活？」

「我沒有！」我立刻反駁，而且盡量壓低聲音，「我之前根本不知道，我先找到這邊的工作，一直到書店來上班的第一天才發現，我第一眼看到他的時候，我就認出來了，因為他和克里斯多夫長得一模一樣。而我上次看到這孩子，也不過就是把他交給克里斯多夫的那個時候！」

「哦，克里斯多夫把約書亞丟給我和蓋斯，」查爾姆忍住淚水，她的目光一直注意著書店裡的動靜，「我們本來想要把他留下來，好好照顧他，但是蓋斯生病了，而且我那時候只有十五歲。」她說不出話，眼淚也不聽使喚。

「他就這麼走了？」我問道，「克里斯多夫把寶寶丟給你們？」

查爾姆不耐悶哼兩聲，「喂，顯然你雖然睡過我哥，不過你太不了解他了。你才剛開車走人，他就把小孩塞給我和蓋斯，馬上離家出走。」查爾姆喘著氣，薄霧與她臉上的淚糊成一團、緩緩落下臉頰。

我愣了一下，不知道該說什麼才好。我不知道自己在期待什麼，但我曾經以為，克里斯多夫是愛過我的，提出分手的人是我，我覺得，無論我給他什麼，他都會開心接受才是，尤其，這個小東西有我，也有他。

「我不想打擾約書亞的生活，我知道克萊兒和強納森是很好的爸爸媽媽，我也不希望他們發現我是誰，我只想要知道事情經過而已。」

「現在你很清楚了，克里斯多夫不要他，」查爾姆想要繼續講下去，但我一直回頭看，擔心克萊兒會突然出來，「蓋斯和我盡心盡力照顧他，真的，但最後也無能為力。克里斯多夫離開之後，我們聽說你被逮捕了，後來我把他丟在消防隊，克萊兒和強納森收養了他，他們真的是很好的一對父母……」查爾姆話說到一半，突然看著我的背後，「啊，天哪。」她低聲驚呼。

我轉頭過去，發現有一男一女正朝我們走來，女的疾步在前，男的緊追在後，「啊，我的天哪，」查爾姆再次驚呼，「你趕快走！」

「查爾姆，我要找你！」那女的一邊大吼，一邊揚著手裡的東西，高跟鞋踩踏在地上的響聲，讓她的每一個字更顯得盛氣凌人。

查爾姆眼睛瞪得大大的，她踉蹌後退，撞到書店的磚牆面，「你快走。」她小聲催促我，但我也只能站在那裡，目睹我面前發生的這一切。

布琳

我到了書店門口的時候，她們兩個正在吵架，查爾姆看起來很生氣，但我知道艾莉森絕對不甘示弱，艾莉森吵起架來是很可怕的。

「布琳，你要幫我，」那個晚上，她抓著我的手，一直哭喊著這句話，「拜託，你要幫我。」

「爸爸媽媽知道嗎？」我一邊問她，一邊把她扶上床，她搖搖頭，整個人縮成球狀，彷彿要把自己壓碎一樣。我趕緊關上臥室的門，希望能把艾莉森的祕密牢牢關在房裡、與我們在一起。

「我想想，」我站起來，「讓我好好想想，」我看著這整個房間，她床上的床單已經都溼了，血跡斑斑，「艾莉森，聽好，」我正色告訴她，「我們要找人幫忙，我去打電話叫救護車。」我準備伸手去拿床邊桌的手機，艾莉森的電腦螢幕上有個小孩生產流程的網站，我心想，這種考驗，怎麼會是靠填鴨苦讀過關的呢。

「不要！」艾莉森大聲咆哮，她強壯的長手臂先我一步、搶下了手機，「不，不要打電話給別人，求求你，我自己可以的，拜託，布琳，求你幫我！」又一陣劇痛讓她淒厲哀號，但她自始至終都牢牢抓著手機，就是不希望我打電話找別人。

我坐在她旁邊，以指梳開她汗黏在前額的頭髮，「怎麼會這樣？」

「我搞砸了，」等到這一次陣痛過去之後，她終於開口說話，氣若游絲，「我跟他上床，上床之後，就懷孕了！」艾莉森口氣暴怒。

「誰？是誰？艾莉森？」

「克里斯多夫。」她痛苦呻吟。

「哪個克里斯多夫？姓什麼？」我又追問，但是她沒有回答，「沒關係，很多女孩子都遇到這種事，把小孩送給別人領養就可以了，沒關係。」我盡量讓自己的語氣聽起來鎮定自若，但這番話連我自己也不相信。

「媽媽要是知道的話，你覺得她會怎麼辦？」艾莉森語帶不屑。

「剛開始一定會氣瘋，然後就會冷靜下來，她會幫你找一個——」

「怎麼可能！」艾莉森的尖酸把我嚇得往後退，「她會想盡辦法彌補，一定會自己撫養什麼的，不然就是叫我養，我一輩子就只能困在這個爛到不行的小地方，她會毀了我！」她的話越來越歇斯底里，終於，她坐起來，鼻子碰到我的鼻尖，「我們一定要把它弄走！」

「好，好啦，」我只想安撫她，「告訴我怎麼做就是了。」

想必艾莉森已經陣痛了好幾個小時之後，才向我求救，當爸爸媽媽忙著找晚宴服的時候，她一定躲在自己的房間裡、掩飾得很好，媽媽還一度沒敲門就闖進艾莉森的房間，告訴她餐桌上有放錢，晚餐的時候可以打電話叫披薩，還有，一定要確定家裡的門都有鎖好，因為他們今天會很晚才到家，而且，因為家裡沒大人，所以不可以找朋友來家裡玩。

我發現艾莉森不對勁的十五分鐘過後，她已經開始在用力推了，我從來沒看過姊姊這麼疲倦頹敗，一綹綹汗黏的髮絲，披散在她蒼白的臉上，她連眼睛都睜不開，現在的她全身無力，抓著我的手，雙腿不停顫抖，「小艾，讓我打電話叫醫生好不好？」我求她，「我好怕。」但是她說不行，我們自己來就可以了，她只需要我，不必再找任何人。

我一直都好想聽姊姊說這句話，那個漂亮、強勢、個性獨立的姊姊，終於需要我了，現在，她在陰暗角落，向我求救。

「拜託，布琳，」她乾裂的嘴唇低聲說出這幾個字，「拜託你，」她哭著求我，有她這句話就夠了。我的腦袋裡開始在想，生小孩會動用到哪些用品：乾淨的毛巾和床單、冰涼的溼毛巾、消毒酒精、剪刀、垃圾袋。等到我回到艾莉森臥房的時候，她已經坐起來，雙手緊抱著膝蓋，頭埋得低低的，「我要用力推！」她大叫，「用力推！」

我趕緊丟下手中的毛巾，衝到她旁邊，語調溫柔，「我幫你脫掉運動褲，小艾。」

「不要！」她大叫，「不要！我不要生小孩，布琳，求求你，」她開始嗚咽，面露絕望，「不要讓它出來，不要！」姊姊的聲音好淒慘，是隱藏在幽暗古老角落的原始嚎哭，我想只有在分娩中的女人，才會將這種巨慟召喚出來。她的雙腿因流汗而溼黏，我好不容易才脫下她的運動褲與沾滿大便的溼內褲，然後，我趕緊打開天花板的電扇，隨即盡可能把她身上的穢物清理乾淨，以沾滿消毒酒精的毛巾擦拭她的大腿，扇葉不斷翻攪著散發著銅腥味的污濁空氣，艾莉森的皮膚上突然冒起雞皮疙瘩，徐徐涼風似乎讓她暫時恢復了精神，她使盡力氣抓著床單，指關節也因而緊繃發白，絕悲目光直視著我的雙眼，我用雙手托起她的臉，有我在。

我發現克萊兒也跟在我後頭，我們看到窗外有一男一女朝艾莉森和查爾姆走來。男的五十多歲左右，額頭上綁著印花巾，皮衣袖子上有隻刺繡的老鷹。那女人穿的是緊身黑色洋裝，足蹬細跟高跟鞋，這身打扮顯然並不適合外頭的天氣，她的手裡還緊抓著一些東西。

聽到外頭的吵鬧聲，約書亞和小狗也立刻湊過來，「發生什麼事了？」約書亞很緊張。

「狀況不妙。」我低聲嘀咕，胃也開始抽痛，這可憐的小男孩啊，我心想，誰能解救他？別讓過往繼續折磨他好嗎？

查爾姆

查爾姆的媽媽就站在她前面。厚厚的睫毛膏因雨滴而暈染，雙頰上出現了墨色細河。查爾姆雖然心中恐懼，但一看到母親這種恐怖殭屍的模樣，還是很想偷笑。

「這到底是什麼？」芮妮揚起手中的照片，硬塞到查爾姆的臉前，這時候就算有任何笑意，也立刻消失無蹤。

查爾姆幾乎沒辦法呼吸了，「你從哪裡拿的？」

「你生過小孩？」芮妮聲音低沉，更顯得威脅性十足，「該死啊！你生下小孩沒跟我說？」

「拜託，」查爾姆哭了，「求你別這樣！」

「我怎樣啦？」芮妮激動逼問，「叫我裝作沒這回事？小孩在哪？照片裡的是不是你的小孩？」

一切都毀了，她的所有祕密都被強迫曝光。她只想要保護約書亞，讓他可以好好安心過生活，她希望這孩子有正常的童年、有正常的父母相伴。查爾姆推開照片，她不想看。「你去過了，」查爾姆不可置信，「你居然自己進去蓋斯的房子裡，還亂翻我的東西。」

「照片裡的小孩哪來的？」芮尼依然緊迫盯人。

「噓，」艾莉森想要出手介入，「拜託別這樣。」她偷偷瞄向書店的窗戶，克萊兒、布琳、約書亞全都在看著他們。

「他媽的你給我滾遠一點，」芮妮猛搖食指，她開始打量著艾莉森，「我知道你是誰，臭婊子。」

「小芮。」賓克斯在求她。

「你給我閉嘴。」她立刻回罵，隨即又開始對付查爾姆，「我今天下午和克里斯多夫通過電話，他叫我問你小孩的事，」芮妮手扠腰，雙眼發出怒火，「我現在再問你一次，好好給我說清楚小孩的事。」

「你從哪裡拿的？」查爾姆看著母親手中的照片，低聲問道。

「我是你媽！」芮妮又大吼，彷彿這個理由足以解釋一切，「查爾姆，你是不是生過小孩？你這個混帳生了小孩也沒告訴我？」

「你是不是趁我們在葬儀社的時候偷溜進去？」查爾姆不敢相信母親居然有這個膽，「到底是什麼時候？」

「我正大光明，」芮妮語氣憤慨，「我有鑰匙。你沒接手機，所以我過去房子那找你，因為擔心，我就直接進去了。然後我打電話給珍，她說你在這裡。查爾姆，聽好，我一定要知道究竟發生……」

芮妮突然安靜下來，查爾姆發現母親正看著書店玻璃窗裡的約書亞，她顯然十分好奇，仔細端詳著那壓在玻璃上的小臉。查爾姆知道自己要是再不趕快展開行動，母親一定會發現的，原來這小孩和克里斯多夫居然長得這麼相像，然後，約書亞就毀了，再也沒有幸福安穩的家，芮妮雖然無法行使親權，但一定會想盡辦法滲透到約書亞的生活裡，讓他過著悲慘的童年，正如她當年對待查爾姆和克里斯多夫一樣。「請你離開，」查爾姆淚眼婆娑，「現在我沒辦法和你講話。」

「除非讓我知道答案，否則我不走。」芮妮開始鬧小孩脾氣。

「拍拍屁股，一走了之，媽，這不就是你最擅長的事嗎？」查爾姆的話尖酸刻薄，「你最會利用人，吃乾抹淨之後，立刻走人。你不配到這裡來對我問東問西，早在多年之前，你就沒有這個權利了，因為你選擇的不是我，卻是別的男人，而且一個接著一個！」

芮妮冷不防出手，呼了查爾姆清脆的一巴掌。

克萊兒

「他們為什麼這麼生氣呢？」約書亞拉著媽媽的手，好奇問道。克萊兒站在窗邊，看到查爾姆臉上的陣陣恐懼，也發現那女人準備要出手打人，當她掌摑查爾姆的時候，約書亞嚇得大叫，還向後退了好幾步。克萊兒趕緊衝出去，「媽媽？」約書亞顫抖的聲音在後面響起，「你要去哪裡？」

「我馬上回來，」克萊兒準備要去人行道上看個究竟，先讓兒子安心，「你乖乖和布琳待在這裡。」

「發生什麼事了？」克萊兒趨前查問，她先看著查爾姆，又看著那一對陌生人，最後望著艾莉森，但她和克萊兒一樣迷惑。「查爾姆，你還好嗎？」克萊兒仔細看著查爾姆的臉頰，鮮紅手印與蒼白肌膚成了鮮明對比。

「她沒事啦！」那女人在咆哮。

「天哪，芮妮，」那男人語調輕柔，「何必搞成這樣？」

「媽！」查爾姆不可置信，她輕撫著自己的臉，哭得更大聲了。

媽，原來這女人是查爾姆的媽，克萊兒心想，難怪查爾姆會買這麼多心靈成長的書籍。查爾姆和她媽媽一樣，都有深色的眼眸與豐唇，她面前這個世故強悍的女子，想必早年時也是美女。

克萊兒仔細打量著她，衣服太緊了一點，嘴邊已有細紋，然後，克萊兒的目光停留在芮妮手中的照片，看起來好熟悉。

克萊兒伸手抓住芮妮的手腕，「喂！」她勃然大怒，想要揮開克萊兒的手，但是克萊兒已經搶下她手中的照片，她仔細端詳，裡面是年輕好幾歲的查爾姆，滿臉倦容，抱著一個小嬰兒，那娃娃戴著藍色小帽；朝天鼻，細唇和尖下巴，眼睛又大又靈活，額頭有皺紋，這麼相似，錯不了，克萊兒有一張幾乎完全一樣的照片，只不過，那個抱著嬰兒的疲倦女子是她自己，在他們把約書亞從醫院帶回家的第二天，強納森幫她拍下了這張照片。

「我的天，」她晴天霹靂，看著查爾姆，「我的天哪，天啊。」

克萊兒一直擔心有一天她得和約書亞的生母面對面，但眼前的一切讓她毫無心理準備，「查爾姆？」克萊兒幾乎問不出口，「你是約書亞的媽媽？」

艾莉森

我看到查爾姆媽媽的瘋狂行徑，簡直不敢相信自己的眼睛，我不知道自己是不是還有時間可以趕快逃走。

「查爾姆，」克萊兒又問了一次，她的臉上佈滿恐懼，「你是約書亞的媽媽？」

查爾姆張口想說話，但卻仰頭向天，宛如在禱告，雨滴也在她的肌膚上跳彈個不停。

芮妮抓住查爾姆的手腕，她想掙脫卻動不了，「你這小賤人！」芮妮繼續猛抓她的手臂。

查爾姆想解釋，但什麼話都沒說，只有傳出幾聲隱約的喉音，我實在看不下去了。

「是我的小孩。」我好不容易說出口。

克萊兒望著我，一頭霧水，「是我的，我是約書亞的媽媽。」我面向克萊兒解釋，「是我的小孩。」

布琳

約書亞跟在我後頭，像隻小羊一樣在啼哭。我想要繼續留在窗邊、觀察外頭的發展，但我待不下去了，我覺得皮膚底下有東西在蠕動。「怎麼了？」約書亞一直問個不停，可憐的小男孩，我的心裡反覆感嘆。我想要拋開腦海中的記憶，用力撕扯自己的頭髮，讓眼前浮動的景象立刻消失。

艾莉森使力一推，發出淒厲尖叫，迴盪在屋裡久久不去，她叫得這麼大聲，距離我們最近的鄰居雖然遠在一英畝之外，想必他們也聽得到，寶寶的頭出現了，撕扯著姊姊的細嫩肌膚，「出來了！艾莉森，」我太害怕了，聲音顫抖，「出來了！快生完了！」

艾莉森緊咬著牙，發出無助的微弱叫聲，「不要！」她的哭聲細綿綿的，而且開始夾攏雙腿，一隻手還壓住寶寶的頭頂，想把她塞回去。

「艾莉森！」我緊張大叫，趕快移開她的手，「別管我！」她想要回擊，卻軟弱無力，又一次陣痛襲來，她雖然不想讓寶寶出來，但是身體卻違抗她的意志，寶寶宛如一陣惡浪、向前推擠，艾莉森的身體張開，寶寶纖巧的小頭從她體內滑出來，我充滿敬畏看著她們兩個，這簡直是古代女神的某種詭異現形。

「天啊！」艾莉森嘶吼，「不要！不！不要！」她的頭激烈左右擺動，「不！不要！」

「小艾，再推一次就好，」我告訴她，「再推一次，就可以結束了，快推！」我對她下令，我從來沒有用這種語氣對她說話，她也因而安靜下來、只是怔怔聽我說話，「艾莉森，再用力推一次，再一次就好，馬上結束，再也不痛了，我跟你保證。」

艾莉森點點頭，呼吸轉為急喘，我趕緊幫她重新擺好後面的枕頭，她雙臂顫抖、好不容易才撐起身體。我所熟悉的那個堅強的艾莉森又回來了，鐵藍色的眼眸幾近發狂、死盯著我，嘴唇抿成一直線，「啊啊啊！」她激狂大吼，大量的帶血羊水出來了，寶寶滑入我迎接的雙臂裡，是個女孩，外頭是厚厚的血糊黏液，我突然覺得震驚又噁心，離小孩遠遠的，她簡直像是別人用過的骯髒衛生紙。

我告訴艾莉森，「是個女孩。」因為我也想不出該說什麼是好，也不知道接下來要幹什麼。

「天啊！」艾莉森大哭，「我再來要怎麼辦？怎麼辦？」她癱在床上，全身因為激烈收縮抖個不停，「拿走啦！布琳，拜託你，」她在求我，「趕快拿走！」我低頭看著那小女嬰，不動也不哭，軟趴趴躺在我懷裡，小嘴不停張合，像跳離水岸的一尾孔雀魚。

「艾莉森，那你是要我怎樣？」我的聲音裡藏著一股怒氣，連我自己都嚇了一跳。

「我不管，我不管啦，你弄走就是了，拜託！」我又看著寶寶，她還是沒有哭，但是小小的胸口不斷快速起伏，我拿起床邊桌上的剪刀，小心剪斷臍帶，我不知道這麼難剪，好像在切斷一條動來動去的粗繩。我拿出毛巾，盡可能把小嬰兒擦乾淨，然後把她輕放在房間的某一角落，隨即又拿起另一條乾淨的毛巾，按壓住艾莉森雙腿之間，希望能夠止血，我很擔心她需要縫針。我把所有的髒毛巾都扔到塑膠袋裡，最後也把艾莉森的運動褲丟進去。

「艾莉森，不要擔心，」我拿毯子蓋住她顫抖的身體，她已經閉上眼睛，似乎是睡著了，

「一切有我。」我瞄了角落的嬰兒，本來包得好好的，但現在有隻手露了出來；似乎想要伸手找人。「我馬上回來。」我拖起垃圾袋下樓，它在我背後發出砰砰巨響，時間不多，我還得把艾莉森的房間清理乾淨，要把她們母女送到醫院，想要說服艾莉森，相當困難，她現在整個人正處於否定和驚嚇的階段，而且還伴隨著其他情緒，我想，她現在一定以為，只要眼不見為淨，這件事就只不過是幻象罷了。

我使勁將垃圾袋拉進廚房，又拖到車庫，然後把它猛塞到大垃圾桶裡的底部，又把其他垃圾蓋上去、仔細藏好。此時我聽到屋內的電話響起，我很猶豫，可能是爸爸媽媽打電話回來查勤的，鈴聲頻頻催促，我想打電話的一定是媽媽，趕緊接起電話。

「喂？」我上氣不接下氣。

「布琳？」是爸爸，「怎麼了？幹嘛要用跑的？」

「啊，沒啦，」我撒謊，「我剛才去車庫丟披薩的餐盒。」

「你媽要我看看家裡有沒有事，都還好嗎？」

「很好啊，」我的口氣很不耐煩，「爸，拜託，你覺得會有什麼事？」

「好啦，我知道，不會有事，」他不囉唆，「我們會晚一點回去，十二點以後吧。」我瞄了一下時鐘，快九點，夏日的夕陽正要西沉。

「爸，別擔心，我們都會乖乖的。」

「好，知道了。再見，布琳。」

「再見，爸。」我掛了電話，兩步併作一步，立刻衝回艾莉森的房間，我推開房門，眼前的景象宛如剛發生過大屠殺，雖然我已經把沾血的毛巾和床單丟了，但是艾莉森的床依然有大片血漬，而且，也不知道為什麼，還有些血飛濺在牆上。艾莉森的模樣看起來很嚇人，臉上已經出現黑眼圈，我覺得室內氣溫好悶熱，但艾莉森依然在全身發顫。

我準備要去走廊上的衣物櫃拿另外一條毛毯，但就在這個時候，有東西吸引了我的目光，或者，應該說，我發現少了個什麼東西，氣息。剛才我把寶寶放在一疊乾淨的毛巾上頭，但現在她的肌膚是青藍色的，手臂動也不動，一隻手擱在小下巴的下面，另一隻手則軟垂在旁，細瘦的腿也沒有動靜，張成大字狀、簡直像是生物實驗課裡的青蛙。「不要，」我低呼，「啊，拜託不要啊。」

「布琳，我好怕！」約書亞大叫。

我拚命眨眼，想要忘卻那可怕的景象，聽清楚約書亞到底在說什麼，不過，我心裡只想到的是，可憐的寶寶，可憐，真的好可憐。

克萊兒

克萊兒極度害怕，恐懼感蔓延至靜脈、滲入到軟組織，然後又穿透她的骨幹，這與她自己的幸福和安全感無關，她擔心的是約書亞。

她知道大家都在看她，等待她接下來的反應，查爾姆的媽媽似乎想說些什麼，但還是忍住沒說。

「我們進去談吧。」那個穿皮衣的男人出聲建議，克萊兒整個人呆呆的，跟著進去書店裡，約書亞的身體貼壓在書架上，手指滑過一本本的書脊，宛若撫弄琴鍵。

「為什麼大家都在大吼大叫呢？」約書亞小心挨近媽媽，怯生生問道。

「我們只是在講話而已。」克萊兒輕扶著他的肩膀，示意叫他去書店的後頭。

「那為什麼大家都在哭呢？」他掙脫媽媽，小拳頭緊挨在身體兩側，克萊兒伸手摸臉，才發現自己已經淚溼一片。

「那是雨水，約書亞。」話雖如此，但她知道如果將指尖抵舌，味道是鹹的。她得要把約書亞支開才行，不能讓他聽到談話內容，對，他知道自己是被領養的，當初被遺棄在消防隊，但如果約書亞親耳聽到艾莉森是他的生母，也太難為這孩子了，克萊兒也搞不懂，怎麼可能？

「可以回家了嗎？」約書亞在求媽媽，「我想回家了。」克萊兒聽得出他的恐懼，她知道他在擔心這些陌生人是侵入者，是會傷害他們的壞人。

「約書亞，只要他們離開書店，我們就馬上回家，我答應你，只要再幾分鐘就好。」約書亞憂心忡忡，看著仍在流淚的查爾姆，「她一定會好好的，約書亞，我保證。」約書亞望著她的臉，她也只能勉強擠出一絲微笑，「不然讓布琳先帶你上樓好了？」克萊兒看著布琳，希望她可以幫忙，但是她似乎心不在焉。「布琳，」這次克萊兒加重語氣，布琳終於望著她，「請你帶約書亞上樓好嗎？」布琳點頭，「約書亞，記得不可以碰爸爸的工具，我等一下就會上樓，不要擔心，這和上次搶案不同，完全不一樣。」他看著通往二樓公寓的門，滿臉狐疑，直到布琳牽起他的手，他才跟著上樓去。

等到確定他們上樓、聽不見樓下的說話聲音之後，克萊兒拿起電話，撥了丈夫的手機號碼，「強納森，求你趕快來書店，拜託。」

艾莉森

克萊兒帶我們到閱讀區，而且還很客氣請我們坐下，雖然發生了這些事情，但我卻想到的是自己一直很敬重她，她總是冷靜鎮定，泰然自若。「兩位，我不知道究竟發生了什麼事，但是我希望你們可以好好說清楚，因為我現在真的搞不清楚狀況。」

查爾姆與我並肩坐在沙發上，真希望現在布琳能在這裡，坐在我旁邊。我真不敢相信自己居然告訴克萊兒真相，現在我根本不敢看著她。克萊兒坐在咖啡桌邊，面對著我和查爾姆，芮妮與賓克斯則坐在附近，如禿鷹一般虎視眈眈。查爾姆又開始哭，「艾莉森，麻煩你講清楚，你是約書亞的生母？」我聽得出來克萊兒極其恐懼，就這一點來看，我們是一樣的，我們兩個人都很害怕，但理由卻天差地遠，她擔憂我會把約書亞帶走，而我怕的是，這五年來唯一未曾把我當成惡魔的人，馬上就會知道那才是真正的我。

我點頭，克萊兒悲痛難平。

「真的很抱歉，」我急忙解釋，但卻不知要從哪裡開始才好，「我把寶寶留給克里斯多夫。」

「誰是克里斯多夫？」

「我哥哥，」查爾姆輕聲回答，臉上又滿是淚水，她的雙眼已經哭腫，而且她媽媽的那一巴掌也還沒有消褪，「也是約書亞的爸爸。」她的語氣尖酸，顯然是針對她媽媽而來。

「胡說八道，」芮妮不肯相信，她把我從頭到腳打量一番，「克里斯多夫絕對不會和這女人在一起。」

「這是真的，」我不客氣回嗆，隨即又面向克萊兒，「我那時候真的不希望傷害任何人。」芮妮的不屑鼻音更大聲了，查爾姆看著她媽媽，眼淚掉個不停，「真的，請你趕快離開好不好。」

芮妮努努嘴，彷彿在忍著不罵人，不過，她卻開始忿恨吐氣，紅色的血流從脖子一路漲到雙頰，「好，真對不起，原來我想關心女兒也錯了，」她的聲音轉成怒吼，「我還要對不起，因為我想提醒她注意一個變態殺人魔！你知道那女的是什麼人嗎？」芮妮氣急敗壞，「就是艾莉森．葛蘭，五年前，她把自己剛生下來的小女嬰扔到朱伊德河裡，你應該在牢裡被關到死才對！」

我的胃在絞痛，我以為讓克萊兒知道真相已經夠可怕了，但芮妮的這番話更加殘忍狠毒。

「你怎麼知道？」克萊兒進一步逼問，「你怎麼確定是她？報紙上從來沒有提過那個女孩的身分。」克萊兒看著我，希望芮妮說的不是真的，但她的聲音裡已經有了疑心，「怎麼可能會是你。」

「一點都不難，我記得以前聽過她的名字，隨後就想起來了。而且我也有認識的人在克雷文維爾監獄工作，我朋友都告訴我了。」芮妮隨即看著我，面色嚴厲，「你生下小女嬰，不想養，就把她丟進河裡！」

「媽，閉嘴啦！」查爾姆在求她。

「艾莉森？」克萊兒不肯相信，轉而問我，「是這樣嗎？真的是你？」

「我可以解釋。」我急得掉淚。

布琳

我坐在浴室裡，浴缸邊，約書亞則坐在沙發上，依然睡得很熟。我聽得到他們在樓下大吼大叫的聲音，我摀起耳朵，不想聽，但是它依然魔音穿腦，我只好打開水龍頭，嘩啦啦的水聲終於掩蓋了底下的噪音。

現在，這樣的水聲，變成數年前那一晚的傾盆大雨，敲打在窗戶上的激烈雨聲。

我俯看著約書亞的小姊姊，好安靜，動也不動，「不要，」我低呼，「千萬不要啊。」

「什麼？」艾莉森虛弱無力問我，她想抬頭看個究竟。

「啊，艾莉森，」我好傷心，「你不需要擔心了。」我知道這個結果會讓艾莉森鬆一口氣，我要強調，不是開心，而是鬆一口氣。我站了好久，不知該如何是好，最後，我開口說話，只是不知道她有沒有聽到。「我來處理。」我拿另外一條毯子緊裹著艾莉森，「我下去幾分鐘，馬上回來。」

我滿臉是淚，彎身抱起那動也不動的小嬰兒，淚珠撲簌簌落在她的肌膚上，宛如雨滴打在乾枯的土地上，她太小了，一切都太遲了。我顫巍巍走下樓，眼睛就是不敢看那小娃娃。我先經過客廳，牆上掛滿了家庭照，訴說著我們的童年故事，在這片艾莉森稱之為「鳥事榜」的牆上，我和艾莉森的照片原本各佔一半，但艾莉森十三歲之後就變得不一樣了，她是傑出的游泳選手、足球隊員、體操隊選手，還有拼字比賽選手，牆上都是她的照片，拿著各式各樣的動帶與獎盃，笑得靦腆，臉上是一副「哎謝謝各位承讓」的表情。

不過，這些照片卻沒有講出背後的祕辛，大家並不知道，就在拍照前沒多久，艾莉森在足球賽裡用手肘猛撞對方球員的肋骨，結果兩個人都出現瘀傷。還有，她在參加拼字比賽的時候，惡瞪著她九歲的男同學，害他緊張不安，拼錯了「白色體」，但這原本是他就算睡著、也不可能出錯的字。艾莉森從來就不作弊，她不需要，但是她那種咄咄逼人的方式，卻讓大家愛得不得了，甚至，根本是在慫恿她。師長們認為艾莉森是他們一生中難得見到的奇才，女孩們很忌妒，但又不敢表現出來；男孩子覺得她很漂亮，但卻高不可攀，而在爸媽的心目中，艾莉森十全十美。

我很欽佩艾莉森的決心與衝勁，但我從來不覺得她是個完美的人，大家似乎都忽略了一件事——我的姊姊也是人，只要遇到重要的考試，她就會緊張嘔吐，每晚上床睡覺之前，她會做一百五十下的仰臥起坐，還有，她會半夜惡夢連連，最後溜到我的房間、爬到我床上和我一起睡。在那段時間當中，我以為她已經揮別了惡夢，因為她有好幾個月的時間都不曾進入我的房間，現在，我知道為什麼了，艾莉森不希望我發現她已經懷孕。

就在她生小孩之前沒多久，我發現了姊姊不為人知的祕密，她在談戀愛。這個被大家認為聰明絕頂、不可能會交男友的女孩，這個將所有心力投注在運動與課業的女孩，居然與人瘋狂熱戀，這可憐小寶寶的爸爸。她從來沒有和我提過那男人，但是我知道有狀況，她以為沒有人注意，但是我卻看在心裡，她的肩膀不再緊繃，嘴角也會露出淺笑，眼睛裡會出現夢幻迷離的神情，姊姊終於也有開心的時候。我也知道她有時候會在半夜溜出去，有一次，我從臥室窗戶看到她偷偷上了一台車，那台車裡只有一個人，而且還刻意關了車燈，在漆黑夜色中，他們兩人激情擁抱熱吻。

但似乎是出事了，她的朦朧眼神已經消失，又再度出現那可怕的專注表情，而且她比以往更用功，花更多時間運動。雖然我事後知道她懷孕，但依然很難想像她當初那樣拚命運動的時候、肚子裡居然有小孩。

我走過廚房、打開後門，夏夜涼風吹拂著前額的髮絲。艾莉森房裡的空氣悶熱難耐，現在我終於能仰頭面天、迎接落雨。我重新將寶寶的毛巾整理好，彷彿是要為她遮風蔽雨。黑漆漆的天空躊躇不決，不知道下一步將何去何從，南方高掛著一輪明月，在快速飛移的層層雲朵間、趁隙向下凝望，想要辨識方向，這樣的微光已然足夠，但它依然昏昧不清，能讓我安心窩藏懷裡的甜蜜包袱。

艾莉森和我幾乎從來沒有去過後頭的小樹林，媽媽總是警告我們兩個，絕對不可以靠近流經樹林旁邊的朱伊德河，「河流洶湧不息，」她的說法很嚇人，「只要有一個腳趾頭碰到水，它就會把你拖到水裡，一旦跌落水中，你就永遠沒辦法爬起來了。」我記得艾莉森的惡夢就是與在河中溺死有關，她大哭大叫，驚醒時上氣不接下氣，拚命揉眼睛，彷彿想要擦乾身上的水痕。

當我走入童年時代的格林童話森林之際，微弱的月光曾經一度消失。媽媽以前經常恐嚇我們，森林裡有萊姆病，還有罹患狂犬病的野生動物，我懷裡抱著寶寶，心裡想到的是滿嘴口沫的動物正躲在樹後、隨時準備撲上來，牠們滿是病菌的毒牙將刺穿我的皮膚，痛飲我的鮮血。我小心翼翼走過滿是岩塊的泥地，我知道這是往河邊的方向沒錯。長滿新葉的尖銳樹枝低垂，逼得我必須彎下身子，如果是在白天，想必看起來柔軟青翠，但如今在夜色籠罩之下，卻像是毛茸茸的張狂手臂。我繼續向前走，已經聽到朱伊德河的水流聲，嘈雜又湍急，我的球鞋深陷在泥地裡，那年春天的降雨量創下空前紀錄，所有的河川溪流都悄悄暴漲，浸吞周邊的土地。

我坐在浴缸邊，手伸向那嘩啦啦的流水，蒸汽氤氳，我找到橡膠塞子，把排水孔塞住，啊，要是能爬進浴缸裡、讓熱水潤滑肌膚，整個人沉入水中，享受全然寂暗的世界，該有多好。我為什麼會來到這裡？我不知道。

約書亞在隔壁喊媽媽，我驚覺臉上有淚，趕緊擦乾，去找約書亞。

克萊兒

克萊兒盯著艾莉森，不可置信，這女孩淹死了自己剛生下來的小嬰兒？她是知道艾莉森曾經做了壞事、所以入監服刑，但是她不知道是這麼如此冷血殘酷的謀殺案。克萊兒對這條新聞有印象，淹死嬰兒……十六歲女孩……遭到逮捕……

「究竟出了什麼事？」克萊兒記得當時問了強納森。

她先生很遲疑，終於還是說出口，「有個十六歲女孩剛生下小孩，馬上把嬰兒淹死了。」強納森撥了撥妻子額前的頭髮。

克萊兒覺得反胃，喉裡出現了苦膽味。

「你沒事吧？克萊兒？」強納森低頭看著她，非常擔心。

克萊兒沒說話，只是搖頭，她該怎麼說呢？「不公平，」她終於爆發，「真是不公平！」她一直嚷著這句話，知道自己活像是個在鬧脾氣的壞小孩，強納森靠過去，企圖想伸手安慰克萊兒，但卻被她撥開，那個時候，只要有人膽敢碰她，一定會讓她發狂尖叫，「我們這麼想要一個孩子，她居然把嬰兒丟到河裡？」克萊兒大哭，強納森也不知該如何接話，叫他該說什麼是好？

五年前，她竭盡所能，就是希望能有個小孩，但是那女孩——克萊兒一度認為她是禽獸——要是能夠多想想，根本不需要下此毒手。

克萊兒看著艾莉森，只能一直搖頭，她無法理解，怎麼會有這樣的女人——不，她要修正，女孩，即便是事發五年之後，她看起來依然好年輕——犯下這種滔天惡行？為什麼上蒼送給這女孩一個小孩，不，兩個小孩，賦予這女孩集所有神奇因素為大成的能力、生下小孩，而卻讓她一無所有？

強納森衝進書擋書店，克萊兒也趕緊迎上前，「感謝老天，你來了。」

「發生什麼事？」他環視全場，看到艾莉森與查爾姆兩人憔悴不堪，芮妮滿臉怒容，而賓克斯的表情尷尬疑惑。克萊兒默默將那張照片遞給強納森。

「他是我們的，」克萊兒向全場宣佈，「我們收養了約書亞，他是我們的兒子。」

布琳

約書亞睡眼惺忪在喊媽媽，我趕緊過去哄他，「約書亞，」我低聲告訴他，「沒事了，別擔心，有我在這裡。」

「我媽媽呢？」他奮力想睜開眼睛。

「乖，」我想讓他靜下來，「乖哦，」我坐在他旁邊，讓他坐在我的膝上，約書亞想鑽開，但被我牢牢抱緊，終於，他放鬆了；把頭枕在我的肩膀，「聽話，約書亞，只要閉上眼睛就好，看，就跟我一樣。」我閉上眼睛，示意他照著我做。

我果然差點摔進河裡，母親幾乎一語成讖，但幸好我一手抓住細瘦的樹幹，只是跪進河邊的厚軟泥地裡。我重新整理好毯子裡的死嬰，本想就地埋在河邊，但隨即又放棄這個想法；我還得回到車庫拿鐽子，而且時間一直在快速飛逝，氣溫似乎一下掉了華氏二十度（約攝氏十一度），每一陣風吹來都讓我全身發抖，雲層漸漸散開，黃色冷月露臉，盈亮月光也映照出河面，激流滔滔，在石上濺擊出層層水沫，圓木與樹枝不斷被沖刷而下。我親了小外甥女冰冷的臉頰，我告訴她我愛她，要是我有辦法的話，一定會讓她永遠和我在一起，我的確想過，也許自己可以把她撫養長大，艾莉森其實不是當母親的料。我自作多情，幫她辦了小葬禮，對她唸了一段禱詞，然後將包裹著她的毛巾重新整理好。

就在我把她放入湍急水流的時候，我突然聽到哭聲，微弱而悲傷的抗議，彷彿那冰冷激流讓她嚇得回魂，又恢復精神。

我趕緊跳入河裡，這時候已經完全不覺得冷了，水深及膝，我奮力在水流裡走了好幾碼，那時候她第一次沉到水底，不過，她很快又浮了起來，我努力站穩在河床上，又向前一跳，她已經在我的前面，但她的毛巾漂走了，可憐的赤裸小身子就從我手間滾流出去，我狂急之下向前猛拉，的確抓到了什麼——手指，腳趾，我不知道——但是河流的沖激力道實在太大了，我失去平衡，也掉入河裡，我的眼睛、耳朵，還有嘴巴裡都是水，她也被沖得遠遠的，她不見了。

那天晚上，我好想自殺，雖然我多年來都考慮要自殺，而且想出了許多方法，但那天是我第一次這麼認真想這件事，吞藥，偷走爸爸藏在衣櫃襪子裡的槍，爬到我們家豪宅的屋頂上，對著那美麗的水泥車道、直接往下跳。我還記得自己在想，不知道血跡是否會從水泥地上消失，一想到媽媽必須走過那血污之地，我的心裡就湧起一股詭異的快感，忘不了我吧，怎麼能忘呢？但我猜她八成會挖爛那水泥路面，重做一個車道。

當我發現寶寶還活著，還有呼吸，而我居然就這麼讓她漂走的時候，我想過要投水自盡。我屏住呼吸，感覺到頭部、耳朵，還有肺部所逐漸累積的壓力，我盡量把自己壓沉在水面之下，想要抓住個什麼東西、不要讓自己漂起來，但這條河顯然很有意見，它不斷沖刷推擠我，啐罵我，又把我送回河岸邊，彷彿將我吞沒會弄髒它的嘴巴一樣，它無法接受。我也不能怪它，真的。

我待在朱伊德河畔，整個人蜷縮成球狀，任由雨水打在我的身上，肌膚也僵麻無覺，我在想，等到大家發現我做的事情之後，不知道會有什麼後果，我好希望能讓自己消失在底下這堆爛泥裡。但我運氣不好，最後，我還是站起來了，艾莉森知道該怎麼辦，姊姊總是知道答案。

當我在樹林邊遇到她的時候，幾乎沒注意她正因為痛苦不堪而彎著腰，「寶寶呢？」她勉強開口，幾乎根本聽不清楚。

「在河裡。」這幾個字聽起來好齷齪。

「什麼意思？」艾莉森問道，她的聲音好恐懼，她知道，她都知道。

「她長得很漂亮。」我明白那時候不該說這種話，但我也不知道該從何解釋，艾莉森誤會了，她的雙眼因為恐懼而睜得大大的。

「就因為她長得漂亮，所以要淹死她？」她好憤怒，抓著我的手不放，我向後退，好怕她要打我，但她也沒有其他動作，彷彿只是要找個支撐，讓自己不要摔倒。

我的頭拚命亂搖，「不是，」我嗚咽否認，「不，不是啦。」

「布琳，到底發生什麼事？」

「就像是它把她吃下去了，」我哭出來，慌張解釋，「它唏哩呼嚕就把她吞了，但是它不要我。」

「天哪，布琳，」現在她已經不再陣痛，她開始猛搖著我的身子，「你在胡說八道什麼！我知道我們可以把她送到哪裡去，克里斯多夫可以處理，他有責任，拜託，別說你把她扔到河裡了。」

「我以為她死了，」我喃喃自語，根本不敢看著姊姊的眼睛，我不想看到她憎惡與失望的表情，「我都是為你，我想要幫你。」

「殺死她算幫什麼忙？」艾莉森不滿，但她又開始犯疼。

我趁機甩開她的手，她立刻跪倒在地上。

「你瘋啦？」我不可置信，「你明明不要她，一直告訴我要把它弄走，對，你也沒把她當人看，我又不是故意的，我以為她已經死了！」我隨即轉身要跑回屋子，我心底在咒罵，不知感恩的賤女人。

「等一下！」我聽到她的聲音從後面傳來，「拜託，布琳，我需要你幫忙，不要走！」

我沒有理她，繼續向前跑，我摀住耳朵，不想再聽到她的聲音。

我膝上的小男孩好重，既舒服又令人窒息的重量，「約書亞，」我把他喚醒，他眨了眨雙眼，「你知道自己還有一個姊姊嗎？」他張嘴，隨即又閉上，彷彿想要講話，但又閉上雙眼，「對，你有姊姊，一個好漂亮，好漂亮的小姊姊，想不想看她？」

約書亞的身體整個趴在我身上，我走得好吃力，我要帶他到有流水聲的地方，「啊，你比姊姊重多了，」我在他耳邊輕語，現在，我幾乎聽到蟋蟀的鳴叫，還有河水的湍流聲，還感覺到夏日微風輕拂在頸間，「終於，終於啊，」我告訴約書亞，「你們可以團聚了。」我輕輕將他放在水裡，充滿愛憐，讓這對姊弟能就此相會。

艾莉森

強納森依然緊盯著那張查爾姆抱著約書亞的照片，而賓克斯悄悄向後挪了一小步，似乎是想要偷溜，而查爾姆的媽媽露出詭譎的微笑與神采，搞出這種局面，她其實是很開心的。

她的人還沒到，我就已經聽到她的聲音，踩踏階梯的沉重腳步，某種詭異的空洞聲響，然後，嘎一聲，門打開了，我妹妹走出來，雙手癱垂的姿態很奇怪。「布琳，怎麼了？」我問她，「到底發生什麼事？」她依然沒有回答，但是繼續朝我們走來，這時候，我發現她身上都是水，而且連鞋子也溼透了，雙眼空洞，但是她卻很輕鬆，我從來沒有在布琳臉上看過這種神情，釋然。

「布琳，」我又喊她，這次更大聲了，「到底怎麼了？」她還是沒有回應，我走到她面前，抓起她的手臂，「約書亞呢？」

「他們終於團聚了。」她語調輕柔，從我身旁走過去，她整個人彷彿恍惚了起來。

克萊兒

克萊兒一臉疑惑，看著艾莉森的妹妹慢慢走過去，衣服還不斷滴著水。「布琳？」她焦急問道，「你沒事吧？約書亞呢？」她沒有回答，只是嘴巴裡唸唸有詞，開始向書店門口走去。

「布琳？」克萊兒越來越大聲，「約書亞在哪裡？」沒有反應，強納森和克萊兒互看一眼，強納森趕緊抓住布琳的手。「沒事，他們在一起了。」布琳的低語宛若在吟唱，強納森放開了她。「啊，天哪……約書亞！」克萊兒哭了出來，她和強納森趕緊衝上樓梯，艾莉森也緊跟在後，她一度滑倒，而且小腿還撞到硬木地板。

「約書亞！」克萊兒大吼大叫，「約書亞！」她朝流水聲的方向衝去。

查爾姆

查爾姆聽到克萊兒和強納森在樓上大喊約書亞，她也急忙上樓，布琳還撞了她一下，她還碰到布琳溼答答的衣服，「發生什麼事？」查爾姆一直追問她，「為什麼你身上都是水？」

布琳突然停下腳步，看著查爾姆，她的眉頭皺成一團，神情專注，「團聚了，」她喃喃自語，「在一起，永遠不分開，我要走了，」布琳一臉茫然，走向門口，「我要去告訴她……」

布琳全身溼淋淋走過去，水珠滴滴答答，查爾姆好生疑惑。

樓上公寓傳出尖叫，「誰來幫幫忙！」查爾姆踢掉高跟鞋，趕緊衝上樓，她的母親與賓克斯也跟在後面，她的心跳好快，她不知道等一下會出現什麼狀況，她好害怕。

克萊兒

「打九一一！趕快……」克萊兒在哭喊。

強納森拿出牛仔褲裡的手機撥號，「拜託快派人來！」他驚慌失措，趕緊給了接線人員地址，「我不知道……真的不知道，等等，請等一下……」

「啊，天哪……約書亞！」克萊兒拉著約書亞的衣服，想把他從浴缸裡拖出來，但兒子的衣服已全然溼透，沉甸甸地，根本拉不起來，強納森把電話塞給艾莉森，衝到浴缸邊幫忙，他先抓住強納森的頭髮，將他拖離水面，然後用力抱起，艾莉森幾乎快說不出話了，請九一一快派救護車過來。

剛剛因為母親大發雷霆，差點讓查爾姆陷入歇斯底里，但她現在已經立刻恢復專業，而且態度鎮定，「先讓他躺下來，」她交代強納森，他也小心翼翼將兒子放在硬木地板上，克萊兒望著約書亞皮膚泛青、胸口毫無動靜的模樣，忍不住倒抽一口氣，查爾姆側耳貼著約書亞的嘴巴，開口問道：「救護車在路上了嗎？」

「對，要過來了。」艾莉森大哭。

查爾姆俯身，確定約書亞的呼吸道暢通，克萊兒和強納森站在一旁，徬徨無助。「我可以幫什麼忙？」艾莉森問道。

「去等救護車，把他們帶上樓。」查爾姆下達命令之後，隨即將手指放在約書亞的脖子上，艾莉森也趕緊下去。

「他還有呼吸嗎？」克萊兒聲音顫抖。

查爾姆搖搖頭，開始對約書亞的嘴裡送氣，然後又以單手開始連續壓胸。

他們聽到遠方傳來救護車的鳴笛聲，「他還有呼吸嗎？」克萊兒又問了一次，但她也知道答案，沒有，她緊抓著強納森的手，兩人絕望相依，只能等，只能看，希望見到兒子再次出現生命跡象，「求求你，約書亞。」克萊兒滿心哀戚，當初好不容易有了這個小生命，她應該要好好疼惜保護，但她失格了，她是個失敗的母親。

查爾姆

「吹氣，一，二，三，四……」查爾姆默唸每一次的壓胸數，數到三十次之後，繼續重複此一步驟，她不記得自己上次做心肺復甦術是什麼時候了，她的手臂好累，但她也聽到遠方出現了救護車的聲音，感謝老天。

查爾姆聽到強納森斷斷續續的啜泣聲，克萊兒也在不斷苦求，「約書亞，拜託趕快恢復呼吸，求求你！」

查爾姆覺得還有其他人的目光在她身上，她抬頭一看，發現母親和賓克斯也站在門口，怒氣頓時襲身，「滾！」她大叫，「現在就滾！讓緊急救護人員進來救人！」他們兩人不發一語，旋即消失不見。查爾姆知道自己媽媽就愛看好戲，她怎麼能讓她媽留在現場？救護車的鳴笛聲越來越大，隨即出現踩踏樓梯的腳步聲，查爾姆又壓了一次他瘦小的胸口，約書亞的身體終於開始抽搐，嘴裡吐水，呼吸再度出現，雖然短促淺急，但他的呼吸確實是回來了，查爾姆整個人累癱在牆上，緊急救護人員立刻接手，不消幾秒鐘的時間，他們已經送走了約書亞。

「謝謝。」克萊兒和強納森跟著救護人員出去，她趕緊將手放在查爾姆的臂上，表達謝意。

艾莉森跪在查爾姆旁邊，眼睛早已哭得紅腫，「你救了他。」

真的嗎？查爾姆覺得好奇怪，那麼，為什麼我卻覺得當初都是我害了他？幾乎要毀了他的一生？

克萊兒

克萊兒坐進強納森的車裡，一路跟著救護車到了醫院，「他在呼吸了？你說是不是？已經有呼吸了？」克萊兒拚命問道。

「對，他恢復呼吸了，」強納森的這句話，彷彿是在給自己打定心針，「天啊！到底怎麼會發生這種事？」他納悶不解，但克萊兒也只能搖頭，她不知道為什麼約書亞會在浴缸裡，她也不敢去想布琳究竟在想些什麼，她根本不想知道，克萊兒的思慮不夠周全，不然她怎麼可能會讓約書亞和布琳．葛蘭一起上樓？她不清楚這女孩是什麼樣的人，而且也才剛知道她姊姊的過往，整個局面實在太混亂了，芮妮胡亂開罵，含血噴人，又加上那張查爾姆的照片，約書亞嚇壞了，克萊兒只希望可以讓他趕快離開現場，讓他覺得安全無虞。他們怎麼會不知道艾莉森．葛蘭這號人物？他們當時剛為人父母，手忙腳亂，完全沒有注意到鎮上的大事？她一直想好好努力，做個稱職的媽媽，但這樣就夠了嗎？她還有機會彌補嗎？

強納森追不上救護車，等到他們到達醫院的時候，約書亞已經被送進去了，他們兩人坐在等待區，緊緊牽著彼此的手，一直掉淚，克萊兒打電話給自己的妹妹，她答應會通知她們的媽媽，然後兩人會盡快趕來林登佛斯。

查爾姆隨後也到了醫院，不過她在等候室的門口張望好一會兒，才決定進去。

「我已經把楚門安頓好了，也先把書店的門鎖上，」查爾姆開口，「我也把我媽趕走了，她不會再來煩你們。」

克萊兒四處張望，「艾莉森呢？」

查爾姆的眼睛都是血絲，鼻頭也哭得紅紅的，「她去找她妹妹了，我很抱歉……真的，真的很抱歉。」她又開始抽泣，整張臉已經哭皺成一團。

「我打電話報警了，」強納森說道，聲音裡隱然有股憤怒，「這件事有太多疑團。」他抓著頭髮，充滿無力感，「艾莉森的妹妹是怎麼回事？她現在人在哪裡？」

「我不知道。」查爾姆徬徨無助，她的衣服依然溼皺，臉色蒼白焦慮，克萊兒知道查爾姆就和他們夫妻一樣心力交瘁，而且，她也很清楚這女孩絕對不會刻意傷害約書亞，但是，她一想到查爾姆的謊言與欺瞞，仍然覺得怨怒難平。

「請你，現在離開，」克萊兒對查爾姆說道，「現在，我們真的沒辦法留你在這裡。」查爾姆一句話都沒說，默默轉身離去。

等待，宛如經過了漫漫數年，約書亞的醫生終於走出來，要宣佈他的狀況，等候室裡的空氣簡直要令人窒息了。

「約書亞不會有事，」醫生面露微笑，「他已經醒過來了，而且可以自主呼吸，要不要現在進去看他？」

「當然！」克萊兒又哭了，但這次是解脫的淚水。醫生帶著夫妻兩人到了約書亞的病床旁，他吊著點滴，眼睛半睜，但是一看到父母出現，他蒼白的小臉上立刻綻放微笑。

「嘿，我們的三隻尾巴小狗獾。」強納森勉強要逗兒子開心，聲音卻已經沙啞。

「才不呢，我是約書亞・凱比。」他有氣無力。

「對，你是約書亞・凱比。」克萊兒語氣堅定。她在心中告訴自己，你是我們每天早上起床時的祈願，你是我們每天晚上入眠前的祝禱，然後，握住了兒子的小手。

布琳

只要再做一件事，我就可以好好休息了。

我要去找她，要讓她知道弟弟馬上就到，我推開大門，夜色深沉，臉龐和溼答答的皮膚感受到陣陣涼意，「穿過小河，走過森林……」我一路哼唱著歌，幾乎沒注意到路上行人的側目眼光，大家都在看我吧，我一想到就想笑。應該不遠了，我知道這裡不是當年拋下小女孩的確切位置，但已經相當接近。我聽到遠方出現鳴笛聲，不知道他們是不是來找我的，是時候了，我加快腳步，五年前他們就應該來找我了，我想要全盤招供，但艾莉森告訴我，不要，你閉嘴就好。我也想這樣，可是每當我閉上眼睛，我馬上會看到她被河水沖走的景象，還會聽到她的哭聲。當那男人發現她的冰冷小屍之後，我立刻打電話給警察，我想要告訴他們，是我，我，就是我，不過，當他們過來的時候，我只能一直哭，而且艾莉森叫我閉嘴，閉嘴，閉嘴，我也乖乖照做，然後，他們就把艾莉森帶走了。

有好長一段時間，我一直心懷愧疚，都是我的錯，害她去坐牢，而我卻好好待在家裡，去學校上課，過著自己的生活，但後來我想清楚之後，罪惡感也沒有持續太久。這就像我們小時候，要是桌上只剩一塊蛋糕，艾莉森總是會挖掉有花飾的側邊，只留給我白色糖霜的那一塊。她又重施故技，她一心要走；就算要坐牢也在所不惜，而我卻必須留下來，然後，他們開始注意我，希望我能夠變得像她一樣，但明明不可能，他們就再也不理我了，這比以前還悲慘，所以，我也不覺得有什麼好抱歉的了。

還沒有走到朱伊德河邊，已經先聽到它的隆隆流水聲，它穿越了小鎮中心，向南奔流，也流經我們家後方的鄉間地帶，它蜿蜒曲折，與密西西比河交會，然後，宛如消失得無影無蹤。說來神奇，鎮上的河水通常聞起來有死魚和汽艇油料的味道，但是經過大雨沖刷之後，全都不見了，空氣清新潔淨，我在鋪面人行道邊，看著底下黑黝黝的河水，朱伊德的意思正是魔術師，神奇的魔法。

我好怕，真的好怕，我四處張望，想要找艾莉森，我要我姊姊，有人碰我的手，「你還好嗎？」

「我要我姊姊，」我開始大哭，「他要姊姊，我要告訴她，弟弟馬上就來了。」

「需要找人來幫你嗎？」那個聲音又問我。

「不，不，不要，真的不要，」我喃喃細語，「我一定要告訴她。」

我走入河中，突然湧起一陣驚慌，冰涼的河水立即淹滿我的耳朵、鼻腔，還有嘴巴，我想要大叫找我姊姊，但是我的話語卻化作許多泡泡，默默漂升到水面，我不再扭動掙扎，我終於看到了她，完美，瘦小，一如我記憶中的模樣，「他就來了，」我把雙手伸向她，「馬上會到這裡來。」我將她擁入懷中，一起下沉，緩慢，寧和，我們落在河床底，靜靜等待。

查爾姆

查爾姆賣了房子，又拿出蓋斯過世後留給她的部分現金，決定要買一台更為耐用可靠的車子。在那一晚的驚魂夜之後，她知道自己一定得離開林登佛斯了。不過，查爾姆還是花了八個月的時間才完成打包，告別家園。

想到要與約書亞道別，何其艱難，查爾姆原本以為第一次已經夠難了，但是第二次卻難上加難，因為她知道這次自己不會回來了，永遠不會。

她離開的前一天，曾經打電話給克萊兒，不知道是否可以去書店向她道別，幸好，克萊兒答應了。當查爾姆到書店的時候，約書亞正在書店裡跑來跑去，希望可以逗楚門去追他，但他一看到查爾姆，卻立刻停了下來，仔細望著她。

「你呼氣救了我。」他的語氣好認真。

查爾姆咬著下唇，當下不知該做什麼反應才好。

「約書亞小朋友，」克萊兒說道，「查爾姆只是來說再見的，因為我們過幾天就不在這裡了。」

約書亞突然想起來，「我們要去找外婆，她住在——」

「約書亞，」克萊兒警告他，「記得嗎?這是祕密，我們要給外婆一個驚喜。」

「約書亞，希望你在外婆家玩得很開心。」查爾姆努力忍住淚水，她覺得好難過，克萊兒並不希望她知道他們的動向。「我只是來跟你說再見，我會很想你的，約書亞。」查爾姆蹲下來抱他，她發現克萊兒整個人都僵住了，不過，查爾姆還是緊緊抱著他，他柔軟的髮絲貼著她的臉頰，瘦巴巴的脊椎骨抵著她的指尖，查爾姆想要永遠記得此刻的感覺，而約書亞也抱著她，好緊好緊。

「我有東西要送給你，約書亞。」查爾姆好捨不得推開他，她抬頭看著克萊兒，想要得到克萊兒的許可，雖然她臉上有所猶豫，但還是點了點頭。

「什麼？是什麼？」約書亞好興奮，查爾姆站起來，擦了擦眼睛，交給他禮物袋。

他一把搶下禮物，克萊兒溫柔提醒他，「約書亞，現在該說什麼呢？」

「謝謝。」他完全心不在焉，他伸手進去，在一堆亮綠色軟紙團裡、拿出蓋斯當年在他出生時所買的小熊隊棒球帽，查爾姆將它珍藏在鞋盒裡五年之久，盒裡的珍貴紀念物還有那張惹禍的合照、小鞋子，還有波浪鼓。

蓋斯說，總有一天戴得下這頂帽子。

「哇！棒球帽！」他好高興，「就和路克的一樣，但是這頂更好！」他把帽子戴上去，帽簷蓋住了他的眼睛。

「好棒的帽子。」克萊兒也稱讚。

「對，小熊隊的球迷要從小開始訓練。」查爾姆想到蓋斯經常掛在嘴邊的話，不禁笑中泛淚。

「我要去照鏡子。」約書亞一溜煙跑進浴室了。

「很好的禮物，真的。」克萊兒句句是肺腑之言，「查爾姆，你一直對約書亞都很好，你會是……你會是很棒的姑姑。」克萊兒又吞吞吐吐，「希望你可以諒解，我們沒辦法讓你們繼續保持聯絡，約書亞會很困惑，還有，我們擔心你哥哥。」

「我哥哥絕對不會想找約書亞，也不可能會把他從你們身邊帶走，」查爾姆語氣激動，「克里斯多夫不想再為自己多添麻煩，至於我媽——」她嘆了一口氣，「就是那個樣子，她不會想要約書亞的，她只是喜歡把事情搞得亂七八糟，然後一走了之。」

「我知道，你只希望要給約書亞最好的一切，你還救了他一命，我真的好謝謝你。」

查爾姆聳肩，不知道該怎麼回答是好，「這是給你的。」查爾姆終於說出口，交給她一個大信封。

「這是什麼？」

「家族醫療病史，艾莉森和我盡可能收集了自己家族的所有資料，」查爾姆解釋道，「全都在裡頭，還有艾莉森和克里斯多夫，蓋斯和我，還有祖父母與外公外婆的照片，」查爾姆注意到克萊兒的表情，繼續告訴她，「我的意思是，如果，你想讓約書亞看他們的話，這些照片派得上用場。艾莉森和我是絕對不會聯絡約書亞的，我保證，我們希望他可以過得幸福平安，只要你和強納森陪著他，我們就放心了。」查爾姆覺得眼裡的淚一陣刺痛，她知道離別的時候到了。

她走向書店門口，希望自己能夠忍住，千萬不要再回頭了。

「查爾姆，」克萊兒叫住她，查爾姆轉身，充滿期待，約書亞歪戴著帽子，雙手環抱著媽媽的腰，「謝謝你，」克萊兒熱淚盈眶，看著查爾姆的雙眼，「我要為我兒子，謝謝你。」

艾莉森

一開始的時候，我好害怕，擔心大家以為布琳想淹死約書亞，與我有關係，看起來這簡直像是一場大陰謀。警察問了我好幾個小時，我一直否認自己與此案有關，但他們卻是猛搖頭，就是想叫我承認某些事，隨便哪些事都好。不過，最後又是黛文救了我，她拿到布琳的就醫資料，還有她住在紐艾莫利時、看心理醫生的訪談紀錄，她在就診時多次提到自己的罪惡感，因為她把寶寶帶到河邊的時候，以為她已經死了，我奶奶也找到布琳的日誌，她畫了許多我產下雙胞胎那晚的細節，甚至有朱伊德河把寶寶沖走的一張張素描，還有一幅讓人看了不寒而慄的畫，斷氣的布琳躺在河底，抱著兩個小嬰兒，一男一女，兩人的臍帶連著同一個胎盤。

最後，終於證明我是無罪之身，而且我過往的犯罪紀錄也被消除，檔案就此封存，如果我想離開林登佛斯，隨時都可以走人，我可以搬到像是威爾曼的小鎮、根本不會有人認識我，又或是搬到德梅因之類的大地方，那裡的人也不會在意我的過往，我也可以離開愛荷華州，或是乾脆離開美國，我想去哪裡都可以。

媽媽問我可不可以去認屍，因為爸爸還在住院，而她就是沒有辦法，我答應她了，最起碼我還可以為布琳做點什麼，是我讓布琳回到林登佛斯，也是我讓她去面對那意外淹死女嬰的弟弟，我居然沒辦法救她，可憐的小布琳，她只想和自己的小動物在一起。我不知道她會對約書亞做出這種事，但我確實是導火線。

我是在顯示器的螢幕上認屍；也沒和布琳待在同一個房間裡。她躺在金屬台上，整個人被裹屍布所覆蓋，一旁有個女人拉開屍布、露出臉部，我馬上就認出那是布琳，只不過她臉色蒼白，嘴唇變成了紫藍色而已，她看起來好像在熟睡。「是我妹妹。」

布琳的葬禮簡單又悲戚，我坐在爸爸媽媽和奶奶的中間，不過，當布琳的棺木入土的時候，我握住的卻是奶奶的手。在為數不多的觀禮來賓中，我看到了歐莉娜和碧亞，讓我大吃一驚的是，佛蘿拉居然也出現了，最後，我發現只剩下爸爸媽媽和我而已。

「你再來有什麼打算？」媽媽開口問我，她哭紅了眼睛，看起來好疲倦，好蒼老。

「念大學，」我停了一會兒，「但去哪裡還沒決定，」我說，「很遠的地方就是了。」我得要離開林登佛斯，離開愛荷華，希望有個我可以容身的地方，那裡不會有人把我和布琳、約書亞、凱比一家人，或是克里斯多夫聯想在一起。我想申請伊利諾大學香檳分校，黛文真的是好人，她說會幫我寫推薦信，而且只要是她能幫得上忙的地方，她一定傾力協助。

「明智之舉。」爸爸點點頭表示贊同，他住院的時候瘦了好多，現在需要隨時緊抓著媽媽。我等著他們其中一個人來抱抱我，就算是握手也好，但他們只是站在那裡，看起來渾身不自在，我無言以對，搖搖頭，準備轉身離去。

「我真的搞不懂，」媽媽終於開口，拉住我的袖子，我又回頭，充滿希望看著她，希望到了這種時候，我們能夠好好談一談，說出真心話。

「你放棄所有，」她看著我的表情帶有一絲困惑，憐憫，憎惡？「本來你要念哪一所大學，都不成問題，我們給了你一切，你前程似錦，要做什麼都可以，但你居然為了她去坐牢？為了她放棄大好未來，我就是不懂，為什麼？」

我退後一步，掙脫母親的手，為了保護她，我想這麼告訴媽媽，總得要有人保護她，如果接受警方詰問與盤查的是布琳，叫她怎麼活得下去？她絕對沒有辦法告訴他們這其實是場意外，她真的以為寶寶已經死了。還有，當我不再是個完美的人的時候，她是唯一願意幫忙我的人。不過，無論我說什麼，爸爸媽媽是不會懂的。

「艾莉森，值得嗎？」媽媽不肯放棄，「這麼多謊言？你說，她值得嗎？」

「當然，」我實話實說，堅決目光直視著母親，「布琳當然值得。」

然而，到了最後，我根本沒有保護到布琳，我以為自己扛下了罪責是為所應為，我只是希望她不要再受其他的折磨，但沒想到該來的還是會來，我只是延長了她受苦的時間而已。希望她的一生中曾經得到些許平靜，與奶奶同住的日子當中，也曾找到她理應得到的愛與支持，在她的寵物身上，尋求些許慰藉。

「好啦，」爸爸拍了拍手，面目冷淡，「我給你開張支票，讓你好好重新開始吧？」他好像以為給了錢之後，一切就沒問題了。我沒有工作，沒有地方住，而且一無所有，依照常理判斷，我應該收下這筆錢才是。

「不，謝了。」我回道，就這樣了，爸媽與我之間，到此為止，他們永遠不會有機會看到我大學畢業，也不會看到我結婚生子，我看著母親，我不懂她的淚是因為失去了布琳，還是失去了我？或者，這兩個女兒不符合她的期待？我永遠不會知道答案。

爸爸媽媽走遠了，回到他們為自己構築的平靜、孤絕的生活裡，我卻在這個時候，看到了奶奶，她正站在布琳的墓旁低泣。「奶奶？」我小聲喊她，「你還好嗎？」我把手輕輕放在她的肩上。

「我以為她情況已經慢慢好轉，」奶奶在抽泣，「她也去看醫生，和自己的同學，還有寵物，都相處得很好。」

「奶奶，」我一開口，眼淚又掉下來，「都是我的錯，寶寶的事不能怪她，錯的是我。」

奶奶的手臂強壯厚實，抱住了我，我也靠過去，「艾莉森，許多過錯都有其因果。」

奶奶鬆開了手，我陪同奶奶一起走去取車，她在路上問我，「你爸爸媽媽想看那小男孩嗎？」

「沒有。你覺得應該要讓我爸媽接近約書亞嗎？」我扮了個鬼臉，一想到就覺得全身發抖。

「不，我也覺得不好。你和他道別了嗎？我說約書亞。」奶奶牽起我的手。

「沒有，凱比夫婦顯然不希望與我有任何瓜葛，我也可以體諒。自從書店出事那個晚上之後，我再也沒有見過約書亞。」

「你也幫忙救了他，意義重大。」

「凱比夫婦是好人，雖然我和布琳的行為沒有關係，但他們看到我，只會想起可怕的記憶，我知道他們也不會再相信我了。當初我發現約書亞是我兒子的時候，我就應該要立刻辭職才對，我也不應該和布琳提起這個小男孩。」

奶奶打開車門，我忍不住在想，如果我和布琳的童年有奶奶相伴，結局可能會改觀吧。我們只去過奶奶家幾次而已，但每次都玩得好開心，我記得我和布琳會躲在奶奶的花園裡，將鼻子湊近牡丹花的光滑花瓣裡，我們侵犯了大黃蜂的領土，引得牠們嗡嗡抱怨，但卻被我們猛力揮趕。

奶奶這般仁慈和善，當初有她的話，會不會有不同的結果？

「要不要我載你？」奶奶問我。

「不用了，謝謝，歐莉娜在等我。」

「再抱一個。」她微笑下令，我也彎身給了她一個擁抱。

「還有，艾莉森，」奶奶已經鑽進車裡，肥腫多節的手指頭已經拿出車鑰匙，準備要發動車子，「如果你需要，而且也有意願的話，我非常歡迎你到紐艾莫利來，和我一起住，你愛住多久都可以。」

「真的嗎？」我喜出望外，能拋下林登佛斯的一切，直接跟祖母離開，不正是我的願望嗎？「我這裡還有幾件事得善後，」我覺得好可惜，不能馬上走，「等到我處理完好嗎？再給我幾天的時間就好？」

「沒問題，」奶奶回我，「等你準備好了就來，還可以看看布琳的寵物。」

「好想現在去啊！」我彎身靠在車窗上，又輕吻了奶奶的臉頰。

我希望自己是個更好的姊姊，當初能好好幫助布琳，但我不是。處境越來越艱難，布琳只看得到淒絕無望，看不到好轉的希望。我不知道除了布琳自己之外，還有誰能夠拯救她，但我知道，我能救我自己，我可以過著幸福快樂的生活。

我準備要去找歐莉娜和中途之家的其他夥伴，我想起歐莉娜曾經告訴過我的一番話，心裡要懷抱希望，去迎向這個世界，對，這就是我接下來的目標。

我知道我再也不會看到約書亞．凱比了，我的兒子，此生永不相見。但我心中有希望，我知道他會是一個堅強快樂的人，而且在充滿愛與呵護的環境中長大，我也希望，等到時機成熟的那一天，他的父母會這麼告訴他，從前，有個女孩，好愛好愛你，她給了你這整個世界。真的，我好希望。

作者後記

目前全美有五十州已實施「安心避難法案」，雖然每一州的施行細則各不相同，但是立法精神卻很一致，為人父母、或是擁有親權的其他人，若將嬰孩留在醫院或其他醫療院所，不需要因為擔心犯了遺棄罪而遭到逮捕。

在愛荷華州，只要有嬰兒被留棄在安心避難法案所規定的地點，醫療院所就會聯絡負責孩童保護的社工人員，衛生服務部的人也會立即通知少年法庭與郡檢察官，並要求少年法庭發令，由衛生服務部取得嬰孩監護權，等到醫護人員為其做過健康檢查之後，即可安置寄養，判定親權的聽證日期與時間會公告在報紙上，而依照規定，聽證會必須在安心避難處所發現嬰兒的三十天之內舉行。

究竟有多少這類的案例？目前並沒有確切的統計數據，因為全美各州郡、以及不同社區的資料保存方式各不相同。

此一法案也並非毫無爭議，某些反對者認為這等於是在變相鼓勵拋棄小孩，而且也降低了婦女尋求產前與產後醫療照護與諮詢的意願，母親與嬰孩的健康也出現隱憂，他們認為立法者創造的是法律的急救繃帶，卻沒有注意到棄嬰與殺嬰問題的根源。不過支持者卻認為這套法案可以保護小生命，匿名原則也保障了新生兒的父母。

如果你對於自己的州的「安心避難法案」有任何問題，可以與當地的醫療院所或是衛生服務部聯絡。

希瑟・古登考夫

誌謝

寫作，通常是孤獨的行為，但要是沒有外在世界的涓滴影響，有時甚至是巨力衝撞，寫作將是不可能完成的任務。我要感謝許多支持我的人，還有家人，尤其要感謝我的父母，米爾頓．施密達和派翠西亞．施密達，他們給了我生命的力量與重心，還要謝謝我的兄弟姊妹及其家人，他們都是我的生命守護者——謝謝葛雷格、馬蒂、杭特．施密達與金布拉．瓦倫提，珍、吉普、湯米與美拉迪絲．奧格斯普傑，摩根與凱利．霍克瑟隆，米爾特、潔姬、莉茲與喬伊．施密達，莫莉、史提夫、漢娜、奧利薇亞，還有派翠克與山姆．施密達。我也要謝謝夫家古登考夫那邊的家人，總是不斷支持我們：洛依德、路易斯、史提夫、塔米、艾蜜莉、珍妮、艾登、馬克、凱莉、康諾爾、勞倫、丹、羅蘋、莫莉、雀瑞兒、海莉與漢娜．札西克。

我也要向這些支持我們的朋友表達謝忱：珍妮佛與肯特．彼得森，珍與查理．達奧德，安與約翰．施渥伯，羅絲與史提夫．舒茲，凱西與保羅．克羅夫特，珊蒂與里克．霍恩納，蘿拉與傑瑞．特里姆伯，麥克與布蘭達．瑞奈特，以及他們的家人。我也要感謝丹妮特．普特奇奧、里諾拉．溫克爾、塔米．拉特納、瑪麗．芬克、馬克．伯恩斯、辛蒂．史蒂芬斯、蘇珊．米漢、貝佛與梅爾．葛拉佛斯、芭芭拉與凱文．蓋契、安．歐布萊恩、瑞奇．亞當神父，愛荷華州威爾曼小鎮教區的教友，還有傑瑞．普赫、莎拉．瑞斯，以及各地支持我們的朋友。由衷感謝杜布克社區學區的所有師生，尤其是喬治華盛頓中學、卡維爾、甘迺迪、布萊恩特、馬歇爾小學，以及漢德托兒所的瓊斯・漢德。

由衷感謝我的經紀人瑪利安・米洛拉，她總是為我著想，而且帶引我找到正確方向，她的提攜與友誼對我意義非凡，多虧了我的編輯瓦雷莉・葛雷和米蘭達・英卓戈的友誼、支持、想法與建議，才能讓我的寫作更上一層樓。我還要謝謝海瑟・佛伊、彼得・麥克馬洪、安迪・瑞克曼、納內特・隆恩、艾蜜莉・奧漢賈尼恩斯、凱特・鮑森、傑恩・胡金柏克、瑪格麗特・馬布里、唐娜・海耶斯，以及出版社的所有工作人員，大家都百般照顧我，為了我不辭辛勞。我還要特別向娜塔莉・布萊斯克維奇致謝，她提供給我許多愛荷華州法律與刑事訴訟法的寶貴資訊。

一如往常，我要將所有的愛與感謝獻給史考特、艾力克斯、安娜，以及葛瑞絲，沒有你們，也不可能會有這本書。

Storytella **78**

相

hese Things Hidden

相 / 希瑟.古登考夫作 ; 吳宗璘譯. – 初版. – 臺北市 : 春天出版國際,
018.12
面 ;　公分. – (Storytella ; 78)
自 : These Things Hidden
BN 978-957-9609-64-7(平裝)

74.57　　　107009813

BN 978-957-9609-64-7
inted in Taiwan

作　者　希瑟・古登考夫
譯　者　吳宗璘
總編輯　莊宜勳
主　編　孟繁珍

出版者　春天出版國際文化有限公司
地　址　台北市信義路四段458號3樓
電　話　02-7718-0898
傳　眞　02-7718-2388
E－mail　frank.spring@msa.hinet.net
網　址　http://www.bookspring.com.tw
部落格　http://blog.pixnet.net/bookspring
郵政帳號　19705538
戶　名　春天出版國際文化有限公司
法律顧問　蕭顯忠律師事務所
出版日期　二〇一八年十二月初版

定　價　280元

總經銷　楨德圖書事業有限公司
地　址　新北市新店區寶興路45巷6弄6號5樓
電　話　02-8919-3186
傳　眞　02-8914-5524
香港總代理　一代匯集
地　址　九龍旺角塘尾道64號 龍駒企業大廈10 B&D室
電　話　852-2783-8102
傳　眞　852-2396-0050